978-7533-9548-26

U0750773

你好，

HELLO 1978

1978 上

连谏 —— 著

浙江出版联合集团

浙江文艺出版社

目 录

CONTENTS

··

CONTENTS

第一章

亲爱的旧时光

1

　　杜沧海家住挪庄,是一片棚户区,在青岛火车站的西南方向,靠海,以前是一片小泥洼,后来青岛被德国人占了,德国人要在这里修炮台,赶居民走。居民靠海吃海习惯了,不愿远走,就挪到坡上,临时搭棚居住,就叫挪庄了。意思是从小泥洼里挪上来的。青岛开埠成了码头城市,外地不少来闯青岛的,见这一带有人烟,就也来搭棚而居。挪庄土著心善,也没当回事,来这里落脚的外乡人,觉得这片地界好扎根,就呼亲唤友过来投靠,渐渐地,棚子越搭越多,挪庄就长大了。人一多,挪庄地皮就不够用了,街面上的活也不够这么多人干的,于是,为了抢一砖宽窄的一溜儿院子、为了抢活,一言不合挪庄人就乒乒乓乓打到街上。

　　挪庄人之间虽然打得凶,但出了挪庄讨生活,谁要欺负挪庄人,旁边的挪庄人会一拥而上,不管三七二十一,先把不是挪庄的那个揍趴下了再说。

　　所以,在青岛混码头,只要说自己是挪庄的,就没人敢给亏吃,因为挪庄民风太彪悍了,今天让挪庄人吃了亏,明天就会来一群挪庄人给治罪。

　　挪庄人的彪悍,大约是因为,但凡来挪庄的,十有八九是逃荒的,逃荒是个力气活,虽是被穷逼急了,但能走出来的,也都是身强力壮的,初来乍到一陌生地方,要不彪悍凶猛着点,怕是谁也不给落脚扎根的机会。挪庄的居民,基本都是

1

这来头，不是彪悍遇上愣头青，就是孙二娘不服孙悟空，谁胳膊粗就得认谁的酒钱。在挪庄，软弱无能，谁都瞧不起，挪庄人要说某某是个鼻涕时，满鼻子满眼都是瞧不起，意思是又软又窝囊，甩到哪儿就趴在哪儿，没本事挪窝。

挪庄人百分之九十是逃荒来的，没文化没技术，干的都是又苦又脏的累活。比如说，解放前，挪庄男人从事的行业主要是拉大车、掏大粪、扛大包。

杜沧海兄妹四个，大哥杜天河，二哥杜长江，姐姐杜溪，杜沧海是最受宠爱的小儿子。母亲赵桂荣是地道的家庭妇女，没工作，一家六口，全靠父亲杜建成。

杜建成以前是交通局运输队拉大车的，给菜店、商店、工厂运送物资。因为跑得快，被邮局要了去，当邮递员，走街串户送信送包裹，跑台东和仲家洼那片。因为没读几年书，经常喊错收件人的名字，闹过不少笑话，他自觉没面子，从废品收购站弄了一本新华字典，没事就抱着看，可看来看去，那些方块字就是进不了脑子，就把字典扔了，但也长了脑子，为了少闹笑话，送邮件时不喊收件人名字了，敲敲门，哑巴似的，把邮件递人手里就走，久了，就养成了习惯，不到必要的时候，不开口说话。

每天早晨，赵桂荣都会把一条洗得很干净但已发板了的毛巾和一只装满旱烟的荷包，递到杜建成手里，目送他跨上那辆绿色的大金鹿自行车，驮着一家人的希望，叮叮当当出门远去。可是，就算杜建成每天驮着几口袋的信件包裹，马不停蹄地在大街小巷里穿梭，也填不饱一家六口的肚子，尤其三个儿子，杜天河和杜长江相差不到两岁，两人比着劲儿地长，胃口大得好像无底洞，靠粮油本上的那点供应，哪儿填得饱？

至今，杜沧海还记得母亲带他们上街的时候，走到粮店和饭店门口，闻着里面飘出来的吃食味，他们弟兄三个就鬼迷心窍一样地站住了，微微闭上眼，陶醉地嗅着粮店的炸脂渣味、饭店的炸油条味和蒸大包子味……香得他们的魂都快掉了。赵桂荣走着走着，不见了儿子们，一回头，看见在食物的香气中迷醉不已的孩子们，就泪光闪闪了。

晚饭桌上，说起这一幕，赵桂荣哽咽得咽不下饭，杜建成定定地看着他们四个，虽不说话，但好像在怪他们没出息的样儿，惹他们的母亲难受。

杜建成一直这样，好像累了一天，连说话的力气都用完了。杜沧海他们也习惯了父亲的沉默寡言,真被惹急了,操起家什就打,绝不废话,作风非常挪庄。

夜里,睡得迷迷糊糊的,杜沧海听父亲叹了口气,说:"真是半大小子,吃穷老子。"

赵桂荣幽幽地说:"把你吃穷了,孩子们也还是没吃饱啊。"

父母之间,类似的对话,杜沧海听到过许多次,在不同的场合,相同的语气,一样的惆怅。

在杜沧海的童年记忆里,怎么才能让四个孩子吃饱,一直是困扰父母的大问题。每天饭点,他们兄妹四个围桌团团坐了,眼巴巴等父亲上桌,拿起筷子,象征性地吃一口,他们就风卷残云一样地开吃了,一笸箩饭,几样咸菜,不一会儿就见了底。望着饭桌上的空盘子空碗,杜沧海分明能感觉到胃里有只小手,还想往里扒拉点什么,可饭桌上的盘子碗,都已比洗过还干净了。

哥哥姐姐们和他一样,眼巴巴地看着干净如洗的盘子碗,恋恋不舍地放下了已毫无用武之地的筷子。

这时,父亲的眼神,总是怔怔的,好像走街串巷地一天跑下来,累得他连抬一下眼皮的力气都耗光了,他们的母亲也是垂着眼皮,一边收拾饭桌一边说真是一群填不饱的强盗肚子。

为了填饱他们兄妹几个的强盗肚子,赵桂荣就去赶海。开始,在栈桥附近捡点被潮汐扔上沙滩的小鱼小虾和海菜,掺在玉米面里做成窝窝头,既充饥又解馋。

第一次吃掺着小杂鱼和海菜做的窝窝头时,杜沧海差点把自己噎死。又鲜又香又解饿,太过瘾了,杜天河甚至还为此抒情,说这是他有生以来吃过的最好吃的饭。

因为大海的慷慨赠予,杜沧海兄妹几个,终于体会到了打饱嗝的幸福感。赵桂荣不仅因此迷上了赶海,还越赶越来劲,也越赶越远,从团岛的前海一直赶到了后海的沙岭庄。

沙岭庄是一片漫滩,更是寄宿着大片肥美蛤蜊的滩涂,退潮后,坦坦荡荡地裸露在潮湿的空气中,用耙子随便一划拉,青岛特有的薄皮花蛤蜊就滚了出来,几个小时就能挖一大筐。

沙岭庄的滩涂肥,赵桂荣挖的蛤蜊多,一开始,孩子们吃得欢呼雀跃,可再好吃的东西,也架不住天天成盆地往桌上端啊。一段日子吃下来,杜沧海一看见蛤蜊就愁眉苦脸。母亲也晓得他们吃够了,可吃够了也比吃不饱好啊。

所以,蛤蜊,还是要挖,恍惚间,都挖成职业了。有时候,人问赵桂荣干什么工作,好几次她都下意识地说是挖蛤蜊的。人家就问,还有单位专门挖蛤蜊?她就一愣,然后笑,其实挺心酸的,她一城市妇女,却跟渔婆子似的,整天戴一草帽挖蛤蜊,脸和胳膊晒得黑红黑红的,哪里还有点城里人的样子?

后来,杜天河下乡了,冬天去修水库,落下了病,命都差点没了才回了城。

杜天河回城前,街道上说乡下缺少"赤脚医生",让杜溪下乡,看着杜天河遭罪的那样,杜溪不想去,哭了好几天,可没办法,街道上天天来催,终还是抹着眼泪去了乡下。

杜天河在家养了半年,和杜长江一前一后就了业,都是大国营,杜天河是纺织机械厂,杜长江是国货,街坊邻居们羡慕得眼珠子都红了。杜建成两口子高兴,出来进去都眉开眼笑的,趁着退大潮,赵桂荣挖了一整夜,挖了一麻袋蛤蜊,吐干净了,蒸的,煮的,炒的,包鸡蛋蛤蜊韭菜饺子的,也算请街坊邻居们吃了顿海鲜大餐。

杜天河和杜长江上班以后,家里经济没那么紧张了,大家都劝赵桂荣别挖蛤蜊了,夏天晒,冬天冷,何必找那罪受?

有阵子,赵桂荣也真不去了。

可在家待着,无非就是洗洗涮涮,怪没意思的。

挪庄在坡上,地势高,一退大潮,站在街上就能看见海边裸出了一片黄褐色湿漉漉的沙滩,赵桂荣就心神不宁,好像不去海边忙活一阵,这日子就成了虚晃的,让她不安。

赵桂荣就又去了,看着从泥沙里翻出来的蛤蜊,莫名的喜悦一下子就在身体里流窜开了,开心得那么熨帖,就像抱着肉嘟嘟的孩子走在五月的春风里。

夜里,和杜建成说。

杜建成说:"喜欢,你就去吧,别累着就行。"

可就赵桂荣的脾气,哪儿可能累不着?她从来都是十分钟能干完的活绝不拖延到十分零一秒;挖蛤蜊,是能多挖两个就不会只挖一个。

所以,从念初中开始,放学后,杜沧海都会爬到学校院墙上看看远处的海,如果正退潮,他就不回家,跑到火车站,坐5路电车去沙岭庄的滩涂上找母亲。

赵桂荣挖蛤蜊的时候,在潮乎乎的海风里一抬头,看见儿子像矫健的小马驹一样向自己跑来,心里就会涌上一股幸福的暖流。那幸福,就像含辛茹苦的白发老娘,一抬头,看见儿子已衣锦还乡。

可从去年开始,赵桂荣的脖子就吹不得风了,尤其是冬天的海风,吹一阵,就会起一小撮一小撮的红疙瘩,奇痒无比,一挠就连成了片,通红通红的,肿老粗,很吓人。

赵桂荣没觉得这是病,说可能是上火了。

因为上面突然来了新的指示精神,上大学不搞推荐制了,得考试,杜沧海他们这批学生除了学工就是学农,基本就没在教室里待过,怎么考?听到消息的当天,海风就把赵桂荣的脖子吹成了一根红彤彤的大火腿肠。

一开始,赵桂荣也害怕,可几次反复下来,就发现除了痒倒也不碍吃不碍喝的。

在穷苦出身的赵桂荣心目中:只要不碍吃喝,就不是要命的毛病,遂也没管。她脖子上的疙瘩就是刚起的时候吓人难受,回家暖和一阵就消了,平平整整的,啥事没有一样。所以,虽然全家人都催她上医院看看,她还是当了耳旁风,久了,也就习惯了。

可杜沧海看她一边用袖子去蹭红肿的脖子解痒一边挖蛤蜊,就难受得要命,跑去找隔壁院的吴莎莎。

吴莎莎让他把症状写下来,她拿去问小姨。

2

吴莎莎的小姨是护士,对吴莎莎很好,但从不到吴莎莎家里来,是因为吴莎莎的爸爸。

吴莎莎的爸爸爱喝酒,好打人,两杯酒下去,上街横着走,没人敢惹。吴莎莎的奶奶是解放前的暗娼,所以,吴莎莎的爸爸连亲爹姓什么都不知道,在街面上混,靠的就是要横使无赖,名声坏得很,成年以后,娶不上媳妇,攒了一肚子火没地儿撒,不知怎的,就把吴莎莎她妈睡了。

吴莎莎她妈肚子鼓得老大了,吴莎莎的姥姥姥爷才发现。吴莎莎她妈有点傻,但长得很好看。要照吴莎莎小姨的意思,是报案,让大吴去坐牢。

吴莎莎爸爸姓吴是跟他妈姓,长得人高马大,认识他的,都叫他大吴。

关于他妈是暗娼的事,不能当大吴的面提,否则他会急。大吴不承认他妈是暗娼,更不承认他妈连他爸爸是谁也不知道,说他爸也姓吴,是在青岛做生意的南洋华侨,抗日战争打响以后,他爸因为会开车,响应号召当运输兵,在滇缅公路上往返运送弹药,被日本人炸死了,他们才成了孤儿寡母。后来,人说你爸是烈士,国民党政府应该给你们发抚恤金吧?大吴支支吾吾的,无以应对,被追问急了,只好说他是姨太太,还是外室,所以,抚恤金没发到他们手里。再后来就"四清"了,"文革"了,有人检举大吴母子是国民党军属,要批斗他们。大吴才说,什么南洋华侨,什么国民党运输兵,全是他瞎编的,就解放前曾有个在青岛经商的南洋老头包养了他妈一段时间,那会儿他都五六岁了。

听说吴莎莎小姨要报案,吴莎莎奶奶就跑到吴莎莎姥姥姥爷家门口跪着,给儿子求情,说大吴喜欢吴莎莎她妈是真心的,求他们成全两个孩子。

那会儿,吴莎莎她妈都二十七周岁了,因为傻,不好嫁,给耽搁在家里了。吴莎莎姥姥姥爷虽不情愿,可想想自己总得老,也陪不了她一辈子,孩子也怀上了,就顾不上那么多了,答应了。

事实证明,吴莎莎的小姨是英明的,虽然娶不上媳妇,可大吴的心气并不低,觉得像吴莎莎她妈这样的傻女人,偷摸睡睡也就罢了,娶回来做老婆,会让人瞧不起,就对吴莎莎她妈没好气。吴莎莎奶奶也这想法,自己暗娼出身,人前抬不起头一辈子,就指望儿子了,没承想儿子不着调,被逼得没办法了才娶了一个傻媳妇回来,街坊邻居谁瞧得起?

娘俩对吴莎莎她妈没好气,好吃的藏起来吃,吴莎莎她妈双身子,消耗大,吃粗茶淡饭不扛饿,就老是往娘家跑着找吃的。有一次回家,身上都饿了,吴莎莎小姨拖着她洗澡,见她大腿根上青一块紫一块的,一问,才知道是吴莎莎奶奶拧的。

因为傻,吴莎莎她妈难免毛手毛脚,打个盘子砸个碗是家常便饭。吴莎莎奶奶本就嫌她丢人,心里嫌恶得紧,有心要打,一院五六户人家住着,怕人说她虐待傻媳妇,就让儿子帮忙捂嘴,她拣别人看不见的地方拧。前面说过,吴莎莎她妈虽然傻,但长得好看,最好看的,就是她的皮肤,像嫩豆腐,细腻白皙。可吴莎莎奶奶天长日久地拧,瘀青一层叠一层地摞成片,看上去触目惊心。吴莎莎小姨不干了,翻出一根废旧拖把杆,拉着吴莎莎她妈就去了大吴家。

吴莎莎小姨进门时,大吴正捏着一片破镜子对着太阳剔牙花子,瞥见吴莎莎小姨进门,也没起身打招呼,只是微微转了转身子,用背对着吴莎莎小姨来告诉她,这个家不欢迎她,他连最起码的文明礼貌都懒得跟她讲。

因为吴莎莎她妈,吴莎莎小姨从没给过大吴母子好脸,因为他们不给吴莎莎她妈吃饱,上门骂了也不是一次两次了。

见大吴甩给自己一冷脊梁,吴莎莎小姨也没客气,抡起拖把杆就打,噼里啪啦地往肉上落。虽然吃过吴莎莎小姨的白眼和骂,可大吴没想到能吃她的打。

大吴是不招人待见,可毕竟人高马大,街坊四邻,除了背后嚼嚼舌根子啐两口唾沫,还真没人敢欺负到他脸上,更没撕破脸到动手打的程度,所以,大吴虽高大,打架却不是个身手敏捷的。吴莎莎小姨一拖把杆下去,大吴就被打蒙了,一下从马扎上跳起来,嚷着你干什么你干什么就过来夺拖把杆。

吴莎莎小姨挪来跳去,愣是没让他夺着,大吴倒是一下也没少挨。直到吴莎莎奶奶闻声端着一盆还没洗好的荠菜破马张飞地闯进来,一边帮大吴夺拖把杆一边虚张声势地号啕上了:"欺负到门上来了,这日子我没法过了!"活像被人欺负得刀架在了脖子上。

三个人拽着拖把杆,拉拉扯扯地就到了院子里。

吴莎莎奶奶惯会做戏,尤擅苦情,壮子悍母欺负吴莎莎小姨一个弱女子,怕落街坊四邻说道,就把大吴推开了,自己抱着拖把杆的一头坐在地上,闭眼仰天地号啕自己一寡妇女人拉扯儿子不容易,她盼星星盼月亮地盼着儿子结婚,没承想盼来了塌天大祸……

正好傍晚,院子里的人,都已倦鸟回巢,三三两两地出来看。吴莎莎小姨并不说话，只是一把拖过吴莎莎她妈，撩起裙子，眼泪就哗哗掉下来了，让大伙儿看看，她姐都怀孕八个月的人了，大吴娘俩不仅不给吃饱，还给拧成这样，还是人吗？

一院子的人，登时就炸了锅。

吴莎莎奶奶这才明白，吴莎莎小姨是因为这打上门来的。见街坊四邻的眼神里满是嫌恶，没一个向着她和大吴的，忙撇清自己，摸过吴莎莎小姨丢在地上的拖把杆，没头没脸地往大吴身上敲："混账东西！给你娶媳妇是让你欺负的？"

为了让街坊四邻觉得大吴欺负媳妇自己这正义善良的婆婆非但没参与，还压根儿就不知情，吴莎莎奶奶下手打得挺重，大吴被打急了，一把攥住了拖把杆，恶声恶气道："你再打一下试试？！"

满眼的火，好像能燎掉她全身上下的皮。

吴莎莎奶奶就蔫了，低头耷拉脑地哭。吴莎莎小姨看也不看，拉着吴莎莎她妈进了屋，翻出十个鸡蛋，切葱段炒了，示威似的端给吴莎莎她妈。

吴莎莎她妈吃得眉开眼笑，吴莎莎小姨却哭得上气不接下气。她结婚了，孩子才五个月，老公是家里老大，下面还有五个弟弟妹妹，就算她再有心，也做不到全然照顾即将临盆的姐姐，唯一能做的，就是在她挨欺负的时候，帮她出口气，可日子，过起来就是细水长流的啊，这一跟头一嘴泥的日子，什么时候才是个头啊？

总之，让吴莎莎小姨这么一闹，大吴母子确实收敛了不少。吴莎莎她妈跑回娘家找吃的次数少了，大腿上的瘀青褪了再也没添新的，日子总算平静了。后来，吴莎莎出生了，白胖胖挺漂亮一小女孩。有几年，挪庄街上，人们经常能看到这样一幕，一收拾得干头净脸的老太太领着一漂亮得像洋娃娃的小姑娘飞快走在前面，一个疯疯癫癫的女人在后面边哭边追。

自打吴莎莎出生，除了喂奶，吴莎莎奶奶就不让吴莎莎她妈碰孩子，说她毛手毛脚不知轻重，怕摔着或是磕着孩子。虽然傻，可吴莎莎她妈也有颗和其他女人并无二致的娘心啊，对自己身上掉下来的肉，也亲得要命，整天哭着闹着跟婆婆争孩子。

一开始，吴莎莎小姨也管来着，加上街坊四邻也说，想在别人眼里当个好婆婆的吴莎莎奶奶碍于面子，只好把孩子还给了儿媳妇。结果，没几天，就出事了。

吴莎莎长得可爱,招人稀罕,抱上街经常这个塞一个水果那个塞一块糖,吴莎莎她妈傻,接过来就往吴莎莎嘴里塞,塞来塞去,吴莎莎肚子就吃坏了,上吐下泻,到医院挂了好几天盐水才活过来。打那以后,吴莎莎奶奶就有了强有力的理由,坚决不让吴莎莎她妈碰孩子。

有了前车之鉴,吴莎莎小姨也不好再管,生怕傻姐姐万一真把孩子带毁了带没了,自己落一身不是。

可吴莎莎她妈亲孩子啊,就整天撺着婆婆,想抱孩子,吴莎莎奶奶不给,她就掀开上衣要给孩子喂奶,青天白日的,露着两只肥鸽似的奶满街跑,有伤风化。吴莎莎奶奶虽早年操过皮肉生意,可洗手上岸以后,一心想在街坊邻居跟前要个好,言行做派比相夫教子的良家妇女还端正,只要吴莎莎她妈在街上掀衣服,她回手就打。回家告诉大吴,大吴再打一顿。吴莎莎小姨来打抱不平。吴莎莎奶奶就说你上街掀了衣服露着奶,你男人管不管?要是你男人能不管,你姐上街脱了裤子我都不会让大吴动她一手指头。

吴莎莎小姨呆呆地看着坐在旁边托出一只雪白的乳房招呼孩子的姐姐,流了半天泪,什么也没说,起身走了,打那以后,吴莎莎小姨再也没管过他们家的事。

在吴莎莎五岁那年,有一天夜里,吴莎莎奶奶起夜,看见吴莎莎的傻妈蜷缩在灶房角落里,两只胳膊抱着膝盖,脸埋在膝盖上,就推了她一下,让她上床睡。吴莎莎她妈说疼,然后抬头,满眼乞求地看着她,说疼。

一看她眼睛,吴莎莎奶奶就吓坏了。

因为吴莎莎她妈不仅脸,连眼睛都是金黄色的,吴莎莎奶奶几乎给吓得原地跳了起来,以为撞了鬼,茅房也顾不得去上了,逃到里屋,上气不接下气地跟大吴说:"撞鬼了,你痴巴老婆撞鬼了!"

大吴打小就是个好吃懒做的主,把睡觉看得比命还重,就迷迷糊糊地说:"鬼是她撞的,让她滚出去不就行了。"

吴莎莎奶奶吓得声音都发颤了,说:"你去吧,她全身发黄,跟个金人似的,我不敢弄。"

大吴就骂骂咧咧地起了床,趿拉上鞋,嘴里嘟哝着哪儿呢,在吴莎莎奶奶指挥下去了灶房,连看都不看,提着衣服后领子就把吴莎莎她妈扔到了门外,关上门,说睡吧。

吴莎莎奶奶原以为第二天早晨,院里的人会围着吴莎莎的傻妈看稀罕,就满腹心事地开了门。

却见一院子的忙碌和往常没什么不同。吴莎莎的傻妈也没在院子里,就想她可能回娘家了。因为知道她傻是傻点,可有事知道往娘家跑,饿了娘家能给盛碗饭,疼了吴莎莎小姨是护士,也能约莫着给她拿几片药吃吃,没什么大不了的,就没往心上去。

就这么着,过了一个星期,吴莎莎问妈妈去哪里了。吴莎莎奶奶这才想起来,她的傻儿媳妇有段时间没回来了,就让大吴去她娘家看看,这一看,吴莎莎姥姥家炸了锅,因为吴莎莎她妈压根儿就没回去。

吴莎莎姥姥姥爷哭,吴莎莎小姨满世界找。最后,终于找到了。在北岭山上,人已经死了,蜡黄蜡黄的,坐在一棵树下,头耷拉下来,满头满脸的血,一看就是让人打的……

很多年后,说起母亲的死,吴莎莎就会泪流满面,说小姨说她妈不是撞了鬼,是得了急性传染病戊肝,只要及时送到医院就能查出来,也能治好。可当时没人懂,她之所以死在北岭山上,一定是她全身蜡黄,连眼睛都是金黄的,被街上不三不四的人当成怪物打了,她也是逃打才逃到了荒僻的北岭山上,不敢下来,连病带饿就死在了那儿。

吴莎莎她妈死的时候,杜沧海已经记事了,隔着院墙,就听吴莎莎奶奶哭天抢地,赵桂荣和几个邻居围着水龙头洗菜,神情戚戚地说道:"死了也好,不用遭罪了,就是可怜了孩子。"

那天晚上,赵桂荣把吴莎莎领过来,给她蒸了一碗鸡蛋羹,一边看她吃一边叹气。杜沧海馋得不行,说:"妈,我饿了。"吴莎莎抬头看着他,就不吃了,好像吓着了似的。赵桂荣就打了杜沧海的头一下。

所以,很长一段时间,杜沧海对吴莎莎有意见,因为赵桂荣善良,好吃的本就不多,赵桂荣还总惦记着给吴莎莎这没娘的孩子留一份。

说起母亲的死,吴莎莎虽然难过,却没把它当深仇大恨记在奶奶和父亲身上,毕竟,不管他们对她的母亲怎么歹怎么恶,他们都是她在这个世界上为数不多的几个亲人之一。尤其是奶奶,她人生中的好时光,就是奶奶活着的时候,奶奶疼她亲她。

上初中以后,不少男生说吴莎莎漂亮,杜沧海没觉得,为这还跟同学争执过,说吴莎莎好看是好看,但是眼神有点呆滞,没精气神儿,可能随她妈,脑子的某个地方短路。同学就让他说一个漂亮有精气神儿的,让大伙也鉴赏鉴赏。杜沧海就说丁胜男。

丁胜男是班里的文艺委员,身材高挑,眉目间有股桀骜不驯的英气,皮肤微黑,细腻光滑,像黑色的缎子。杜沧海觉得她有味道,像刚拉开罐的青岛啤酒,一口闷下去,够爽,够劲,能把一颗张牙舞爪的心给收拾熨帖了。

这话不知怎么传到丁胜男耳朵里去了。有天放学,丁胜男突然从胡同里跳出来,拦在他跟前说:"杜沧海你有病啊?"

杜沧海先是一愣,然后嬉皮笑脸地说:"你能治啊?"

原本虎着一张脸的丁胜男就让他逗乐了,笑着说:"我告诉你啊,杜沧海,有的想法,你得先撒泡尿照照自己才能有。"

说完,转身走了。

高挑的背影,雄赳赳在明黄色的胡同里,美极了,以至于杜沧海都看痴了,全然忘了身边还有一个吴莎莎。

半天,杜沧海回过神,看着眼泪汪汪的吴莎莎,嘿嘿笑着说瞧她那傻样。

因为打小格外受杜沧海母亲的照拂,吴莎莎对杜沧海有种天然的亲近感,除了街坊邻居们拿他和吴莎莎开玩笑的时候,杜沧海也不反感她。

在挪庄,杜沧海家的经济条件,虽不是宽裕的,但比起靠吴莎莎奶奶一双手支撑起来的日子,还是要从容一点的。杜溪比吴莎莎大差不多三岁,穿小的衣服,底下没妹妹接,赵桂荣就浆洗干净,送给吴莎莎。

可以说,吴莎莎打小是穿着杜溪的旧衣服长大的,所以,喊杜溪姐姐,喊得特别亲昵,宛如一母同胞。街坊邻居坐一起侃大天时,就会拿她开玩笑,说:"莎莎啊,你穿了杜溪姐姐的衣服,等将来长大了,得给沧海做媳妇啊。"

天真无邪的吴莎莎就满口答应着,说:"好啊,等我长大了给沧海哥哥当媳妇。"

也会有人跟杜沧海打趣,远远看见他放学回来,走在街上,就会调侃一句:"沧海,怎么自己回来了? 你媳妇呢?"

杜沧海就恼得满脸通红,瞪人一眼,撒腿就跑。

随着时间的流逝,他们渐渐长大,杜沧海不管上学还是放学,都尽量避着吴莎莎,这让吴莎莎很难过,甚至很自卑,尤其懂事以后,对自家的不光彩,吴莎莎已渐渐明了,就觉得杜沧海之所以躲着她,也是因为这,就挺难过的,也问过杜沧海。那会儿的杜沧海十四五岁,正情窦初开,却也是不善表达的时候,就愣头愣脑地说了句莫名其妙,甩下吴莎莎走了。

吴莎莎哭了好半天。后来,她问丁胜男,知不知道杜沧海为什么讨厌她。丁胜男觉得他是装的,心里还不知多高兴呢。见吴莎莎不信,就又强调了一遍,说真的,男人天生禽兽,最爱口是心非,就像幼儿园的时候,有个小男生经常打她,有一次老师都看不下去了,就找了小男生家长,家长呵斥了一顿,小男生说实话了,说他喜欢丁胜男,想摸摸她胳膊,就打了!

吴莎莎也信了,每天上学放学,都远远地跟在杜沧海身后。

不少同学因此取笑她,说她是杜沧海的保镖。杜沧海就更气了,他堂堂一男人啊,用得着她一女人给做保镖了? 就对吴莎莎凶,把她凶哭了,又觉得自己过分,第二天放学路上,就买一根冰棍非逼着她收下吃掉,把吴莎莎弄得云里雾里的。他却眼看着一旁,说以后你别老跟在我后面。吴莎莎问为什么,杜沧海瞪着她,说我不喜欢。就走了。

丁胜男却说什么他不喜欢? 他是怕别人说三道四。吴莎莎就说其实杜沧海喜欢的是她。丁胜男嗤之以鼻,说喜欢我? 怎么不买冰棍给我吃?!

这就是杜沧海和吴莎莎的关系,千般的微妙,万般的说不清楚,让杜沧海觉得,吴莎莎简直就是一片头皮屑,甩不掉,令人烦,因为母亲对她好,很多时候,恍惚间又觉得她是自家不讨喜的妹妹,寄养在大吴家里。

杜沧海把母亲的脖子见风就红肿的症状写给吴莎莎的第二天,吴莎莎就捎给了他一小包过敏药,说小姨咨询过大夫了,是冷性荨麻疹,属于过敏,只要注意保暖就没事了。如果发作得厉害,就吃片药。

3

确实也是,再去挖蛤蜊,赵桂荣就先吃片药,果然没再发作,可这药有副作用,会让人打瞌睡,瞌睡得挖着挖着蛤蜊都能一脑袋扎到滩涂上。人就说,这还了得,万一你真倒在滩涂上睡着了,海水涨上来也不知道,还不淹死啊?

还有一家老小等着她伺候呢,杜溪还在莱西乡下等着她搭救呢,赵桂荣可死不起,药就不敢再吃了。

杜沧海说既然是冷过敏,买条厚实点的围巾把脖子包起来不就行了? 赵桂荣就顺嘴说了一句听说有一种拉毛围巾很暖和,就是太贵了。

杜沧海就想什么是拉毛围巾,能有多贵? 跟同学打听了一下,才知道在中山路北头,国货商店的斜对面,有人卖拉毛围巾,和他以前见过的围巾不一样,可暖和了,十级风都刮不透。

放学后,杜沧海特意去看了,果然是,毛茸茸的,看上去很软,像条小毯子,杜沧海想摸摸。卖围巾的翻了他一个白眼,一脸嫌弃,好像一眼看透了他买不起,唯恐给摸脏了。

杜沧海讪讪地,回了家,跟赵桂荣要钱。赵桂荣问他要这么多钱干什么。杜沧海说买拉毛围巾。赵桂荣说还拉毛围巾呢,做梦拉饥荒还差不多。说完,端着一盆衣服出去洗了。

杜沧海站在堂屋里发了半天呆,胸口有口闷气不知该往哪里出,就把床腿踢得梆梆响。

这天生产队要进城送菜,杜溪跟着车回家了,去玉生池洗了个澡,一头钻进她糊满花纸的木头盒子,想好好睡一觉再跟车回去,就被杜沧海生气踢床腿的声音给弄醒了,从木头盒子里探出头,问他发什么神经。杜沧海就说:"想要三块钱给咱妈买一条围巾。"杜溪就奚落他:"三块?!你也真敢要,买条围巾才两毛钱。"

杜沧海说:"懂什么? 拉毛围巾,上海的! 名牌!"

杜溪说:"名牌咱妈就稀罕啊? 又不是不要钱,真是的,不当家不知道柴米贵!"

一片好心,母亲没当回事,又被姐姐抢白了,杜沧海气得慌,抬脚把一只小板凳踢趔趄了:"挣钱就是花的,老是攒!攒来攒去,攒出毛来发酱吃啊?"

杜溪说:"攒钱把我从乡下赎回来!"

杜沧海当了真:"你回城得拿钱买啊?"

杜溪白了他一眼,说:"懒得和傻子说话。"就把帘子放了下来,打算睡觉,又怕杜沧海来追问到底怎么才能把她从乡下买回来,就瓮声瓮气地说:"想回城就得攒钱送礼,和花钱赎人有什么区别?"

杜沧海知道,从杜溪下乡那天起,父母就没停下送礼托关系,想让杜溪早点返城,有好几次,钱花了,礼送了,又被人找一堆理由搪塞说上面下文了,政策变了,暂时不能办,他父母追着问什么时候才能办,人家连话都不接茬儿了。杜长江就气,说什么下文了?就是骗子!

杜沧海说:"非得送礼才让你回城,这不就拿着权力敲诈勒索吗?"

杜溪让杜沧海别站着说话不腰疼,有本事他下乡过一年试试。再说了,就算不为她回城送礼,家里等花钱的地方也多着呢,大哥二哥对象都谈好几年了,婚礼是眼瞅着的事,可就他们家这条件,根本就没能力在两年内操持两场像模像样的婚礼,不省着点花行吗?

杜沧海突然就觉得,这日子暗淡无光,想要有光,就得有钱,穷日子像匹瘦马,只有钱才能把它喂得油光水滑,可他一个十几岁的少年,哪儿有弄钱的道?

这么一想,就没精打采的。

过了几天,大哥和父亲又提着大包小包的礼下了趟乡,终于把杜溪领回来了。晚上,杜沧海听父母边吃饭边算账,才知道为了让杜溪早点返城,前前后后光礼送出去二百多块钱的,是全家人硬从牙缝里抠了一年多才抠出来的。

杜沧海想了想也是,一年多了,饭桌上的荤菜就是蛤蜊和赶海赶上来的各种小海螺。运气好的时候,母亲还能赶到几只海参,下锅开水焯一下,切成丁,用香菜末和青辣椒丁加上香油酱油白糖拌一下,鲜美Q弹而又爽口。可杜沧海还是深深地、深深地怀念并热切地盼望吃红烧肉,没红烧肉哪怕是清水煮的肥肉也成,煮熟了,切成晶莹透明的薄片,蘸一下蒜泥,蒜泥把猪肉最原始的鲜香给激了出来,那糯而清新的香,有俘获千军万马的力量……想到这里,杜沧海会闭上眼,深深地吸一口气,眼泪都快馋下来了。一年多了,他们家唯一吃过一次的猪肉是在大年三十的饺子馅里。所以,每当上学放学走到春和楼时,他都要在后厨的排风口那儿站一会儿,闭上眼,使劲地翕动着鼻翼。

他能从奔涌而出的热风里,清楚地猜到厨师正在烧的是红烧肉还是干炸里脊……

4

有一天放学,他跳上学校院墙,张望了一会儿,见海滩裸露出去一两里路远,知道是退大潮,母亲肯定又去了沙岭庄,就跑到火车站,坐上5路电车往沙岭庄去。

车过热河路大上坡,见几个半大孩子,背着绳子在坡下等拉沿,他心里一动,在黄台路站下了车,折回去,站在坡底下,看他们怎么揽活。

青岛是座依山傍海的城市,路没一条直的,上下坡也多。热河路是典型的坡路,陡,有两站路那么长,是南来北往的必经之道。杜沧海听父亲说,以前他在运输队的时候,给市南这片送菜送粮食送煤,都要走热河路,车装得满,如果没人搭把手,一个人豁上吃奶的力气也拉不上坡,就有半大孩子凑上来帮忙,当然,不白帮,拉到坡上,给五分钱。可他们是公家单位,这五分钱车队不给报,所以,如果他们知道哪天要走热河路,就三两个人搭伙,到热河路底下,你先帮我拉上去,我再放下车子回来帮你拉,不用这帮孩子。孩子们就气得慌,趁他们相互帮衬着上坡的时候,偷没人看的车上的东西,一上手就不是五分钱的事,父亲他们把货送到了地方,斤数不对,交不了差,队里还得扣工资,比给拉沿钱狠多了。逼得没法,他们也得用这帮拉沿的半大小子,用归用,可父亲对他们没好印象,因为这帮孩子,小的十一二岁,大的十四五岁,不是家里没人管的野孩子、乡下进城的盲流,就是一帮有爹娘生没爹娘教的小混蛋,脸皮厚得跟鞋底似的,他要把拉沿钩子搭到你车上走两步,你不用他,走的时候就骂骂咧咧的,顺手从车上摸棵葱拿头蒜根本就不叫偷。

所以提起这帮孩子,杜建成直摇头,说:"瞎了,都是给公安局养的。"

那天,杜沧海在热河路坡底下看到七点多才回家。赵桂荣以为他去沙岭庄了,娘俩走岔了没碰上头,没往心里去,可天都黑了,还没见着他回来,就慌了,让杜天河去学校看看,是不是闯祸让老师留下了。

学校大门早锁了。

回家路上,哥俩在胡同口遇上了。

在街边站了半天,饿了,再加上满腹心事,让杜沧海看上去没精打采。远远看见他,杜天河从自行车上跳下来,拍了他后脑勺一下,不重,甚至有些亲昵,问他干什么去了。杜沧海定定地看了他一会儿,说:"哥,把你自行车后座上的绳子给我吧。"

杜天河有点警惕,问:"怎么了?"

杜沧海知道哥哥是怕他拿绳子闯祸,就说:"正事。"但没敢说要去拉沿,怕他告诉父亲挨揍。

杜天河问:"真的?"

杜沧海认真地点点头,没再说什么。

杜天河就把自行车支在路边,解下绳子,递给他。

那是连交通局运输队都以人力板车为主的年代,有辆自行车很了不得,有钱未必买得着,还得有自行车票。他们家有自行车,是杜长江的功劳,在国货上班,弄点紧俏商品,比别人容易些,因为这,杜长江在挪庄很吃得开,走在街上,人见了,老远就打招呼。

杜沧海把绳子卷了卷,放在书包里,见杜天河一脸不解的担忧,就笑了笑,说:"学校要用。"杜天河说:"别干歪歪的,爸妈还指望你考大学呢。"

杜沧海点头,表示明白。人就是这样,自己没有的东西,心里就巴望着。父母希望他读大学,第一是为了不用下乡,第二是他们没文化,羡慕识文断字的,见着个说书的,都先生先生地尊着。

从那以后,杜沧海放学就去热河路坡底下拉沿了。

刚开始的几天,一分钱没挣着,净跟人打架了。

拉沿也是有地盘的,青岛的路坡多,每个上坡路坡底都有一帮,哪些人在哪

16

个坡拉,是固定的,如果谁起了意要抢地盘,一顿血拼是少不了的。杜沧海初来乍到,像把刀,硬生生要往里扎,他们哪儿肯? 就上来问杜沧海是哪一帮的。杜沧海说:"我自己这帮的。"

他们就知道了,是新来的,欺生,再就是看杜沧海个子高,怕抢他们生意,就撵他走。杜沧海说:"谁规定这沿只许你们拉,我拉就不行了?"

两下一呛呛,就打起来了,杜沧海个儿高,虽然不壮,可身手敏捷,尤其挪庄是打群架的大本营,是个男的打起架来就是当仁不让的好手。他也知道,如果今天不把他们打服了,以后他就甭想在这儿拉沿,就抢着编成了辫子的绳子和他们拼了命。俗话说,愣的怕横的,横的怕不要命的,一架打下来,对方五六个半大小子,愣是没把他怎么着。打架又打不来钱,杜沧海不想没完没了地打下去,第二天,就从家里偷拿了把菜刀装在了书包里,等放了学,往热河路坡底下一站,就把菜刀摸出来,说不怕死,就来打。

来拉沿不过是混口饭吃,谁也不想玩命。杜沧海还真把他们给镇住了。第三天,杜沧海就弄了块木板做成刀的样子塞到书包里,从外面看,还真像随身背了把菜刀。那帮半大孩子见了,还真不敢惹他,各自相安无事地拉自己的沿,时间久了,也没觉得对方有多坏,就熟了,一帮屁孩子称兄道弟地喊杜沧海老大。杜沧海就把包里的木板摸出来,在他们的瞠目结舌里咣咣地砍着马路牙子,哈哈大笑。

杜沧海拉了整整一个冬天的沿,快放寒假了,终于攒够了三块钱。他像头撒欢的小驴,在操场上跳着高地跑。跑了四五圈,惹得不少同学围在操场边看。吴莎莎见了,扑也似的跑过来,拦腰抱住他,说:"杜沧海,你疯了啊?"

杜沧海扒拉开她,在原地跳了个鱼跃,冲操场边指指戳戳的同学们大喊:"我有钱了,我要给我妈买条拉毛围巾!"

人群里的丁胜男就张大了嘴巴,喃喃地说:"可贵了。"

孙高第很不屑,说:"小茅房里的蛆!"转身走了。为这,丁胜男很生气,一定让他说清楚了,小茅房里的蛆是说谁的。

孙高第被她缠得没辙,只好说是说杜沧海的,不就三块钱嘛,抖得不知姓什么好了。

那天晚上，杜沧海小心翼翼地从书包里掏出围巾，迎着赵桂荣错愕的目光，给她围到脖子上，他原以为母亲会喜极而泣，却没有。赵桂荣先是愣了片刻，然后捞起笤帚就往他身上抽，让他交代围巾是打哪儿来的。

杜沧海又气又急，说买的！

没承想又挨了一笤帚。杜沧海一下就跳了起来，下意识地转身往外跑。

杜建成在一愣之后，也加入了追打的队伍。夫妻俩一个拿着鸡毛掸子一个拿着笤帚，把杜沧海追得像一条偷了肉的狗，满院子跑。

赵桂荣真吓坏了，三块钱呢，不是小数，怕他是学坏了偷来的，非让他交代钱是打哪儿来的。没辙，他只好拿出了那条拉沿的绳子，都让他的皮肉和汗渍磨光溜了，幽幽地，闪着青灰色的光。

赵桂荣愣愣地看着他，然后，抱着他的肩，哭了。那是他第一次觉得自己长大了，因为母亲抱不过来他了，只能抱着他的腰，在青色的月光下，呜呜地哭。

那天晚上，杜建成坐在大通铺上，抽了一袋又一袋烟，不说话。杜溪呛得不行，撩开帘子，说："爸，我们又不是蚊子，您能不能别这么个呛法？"

杜建成在嗓子眼里吭了一声，把抽到半截的烟，小心翼翼地掐灭了，放在烟笸箩沿上，拍拍杜沧海的脑袋："往后别去拉沿了，出息点，考上大学学文化，有文化才能当干部，跟板车打交道，一辈子出不了头。"说完，杜建成就笨拙地爬上吊铺。没多一会儿，鼾声就响起来了，高一声低一声的。

黑暗中的杜沧海，想父亲说的上大学当干部，大概就是穿着笔挺的中山装，上衣口袋里插着几支笔吧？语文老师就这样，不说人话，张口闭口说成语，见人听不懂，就煞有介事地讲解，很有学问的样子。杜沧海他们给他起了一外号，叫"会喘气的成语词典"。

如果有文化就是这样，杜沧海一点儿也不喜欢，甚至讨厌。

第二章

惹祸的拉毛围巾

1

拉毛围巾就在赵桂荣手里待了几天,她拿给街坊邻居看,大家都说杜沧海孝顺,赵桂荣有福。

柔软的、毛茸茸的拉毛围巾,让赵桂荣爱不释手,终还是没舍得戴,送人了。是的,杜沧海拉了一个冬天的沿才买上的围巾,被赵桂荣送给了杜长江的准岳母,也就是郭俐美她妈。

起因是杜天河厂里给他分宿舍了,可以结婚了。

其实杜天河早就该结婚了,都二十七了。女朋友米小粟是他初中同学,人长得漂亮,家庭条件也好,父亲是军人,师级干部,母亲是机关干部,看不上杜天河这种挪庄大杂院里长大的孩子。所以,杜天河和米小粟的恋爱史就是一部门不当户不对的爱情战斗史,一战就是十几年,最后,还是在米小粟的帮助下,才取得了阶段性的胜利。

米小粟绝食,水米不进,一连五天,人都奄奄一息了,送到医院输了一晚上的液才抢救过来。她爸妈实在没辙了,只好答应了,但提出一个条件,米小粟可以和杜天河结婚,他们不参加婚礼,不见杜天河,也不见他们的父母。

当米小粟把这消息告诉杜天河时,他并没有喜极而泣,只是紧紧地抱着她,感觉到心脏的位置，传来了一阵阵剧烈的疼痛。是的，他胜利了，却胜之不武。米小粟父母所谓同意他们的婚事，说白了，相当于不要米小粟这个女儿了，就当她是大街上的女孩甲女孩乙，事不关己，随便她嫁给阿猫阿狗。

而他，就是那个被嫌弃了的阿猫阿狗。

所以，他和杜沧海说，一定要好好读书，像他们这种家庭出身的孩子，除了读书，没有第二条让人瞧得起的路可走。杜沧海就说："你也可以考啊。"

杜天河就苦笑着摇摇头。去年恢复高考，他和米小粟商量过。米小粟觉得在电影院当售票员多好啊，天天有电影看，不想过没有电影看的日子。杜天河也就没再勉强她，下班去电影院找她，一起看电影，或是看米小粟。

杜沧海很喜欢米小粟。其实，严格一点说，米小粟并不漂亮，但有种天然去雕饰的干净又明亮的美，又黑又亮的眼睛好像会说话，笑起来像个天真的孩子，对这个世界一点防备都没有。

杜沧海很敬佩大哥杜天河，觉得他厉害，能谈到米小粟这么好的女朋友；再就是他与众不同，比如，虽然只是个普通工人，但杜天河很少大声说话，遇事也从不脸红脖子粗地争执，而是有理有据地讲道理，直到把人讲通了为止，讲不通的时候，也不恼，笑笑，说我再回家想想。杜天河喜欢看书，没书看，就看杜沧海的课本，杜沧海每学期的新书发下来，杜天河都是第一个读者，看高兴了还跟他比赛做题，杜沧海几乎没赢过他。

虽然米小粟父母不拦着了，可杜天河的婚还是结不成，因为家里地方小，结了婚也没地方住。杜天河就一年一年地跟厂里打申请，申请宿舍。

现在，宿舍终于批下来了，在四方区的金华路上，拿到钥匙，杜天河就领全家去看了，虽然是筒子楼，只有十五平方米，厕所和卫生间都是公用的，全家人还是很高兴。尤其是赵桂荣，这儿摸摸那儿看看，说真好，这人啊，真是一代比一代好了，咱一家六口睡不到三十平方米，到了你这儿，一家伙就住上这么大一间楼房。

接下来，是商量着操办婚事。

晚上吃完饭，赵桂荣戴上老花镜，拿个小本子，凑到杜沧海跟前，她絮叨着办婚礼需要买的东西和价钱，让他写在本子上，最后帮她统计一下，要花多少钱。

赵桂荣嘴里嘟哝着，满脸愁肠百结，全家没人说话，你看看我，我看看你。杜天河就像个自知犯下了弥天大错的孩子,抱着一本书,窝在墙角里看。

看眼神,杜沧海就知道他没看进去,借着手里的书,掩饰尴尬就是了。毕竟,这是要耗举家之财力为他办婚礼。赵桂荣说了,不管米小粟爸妈对他什么态度,就冲米小粟对他这份真情,也不能亏了她,一定要把婚礼办得风风光光的,不能让她娘家人看扁了。

杜长江就说,那也不能亏了我们家郭俐美。

郭俐美是杜长江的女朋友,国棉五厂的车间工人。青岛是座纺织城市,纺织女工劳动强度大,工资也高,所以,纺织女工在婚恋市场上很吃得开,就傲气得很,郭俐美来他们家,都像女王巡检民间,鼻孔冲天,除了杜长江,全家没一个喜欢她的,尤其杜溪,看见她就来气。

杜溪和郭俐美的矛盾起因是他们家房小,一家六口挤在两间加起来还不到三十平方米的房子里,里面大间是卧室兼客厅,外面的小间是厨房兼储藏室,人从外面来,要先进厨房,穿过厨房才能进到里面卧室。准确地说,他们家没有床,里间这房不到二十平方米,是长方形的,南北三米半宽,贴南墙到北墙,杜建成用角钢和木头做了个大吊铺,一半是他和赵桂荣的床,一半放衣服。吊铺下面,也是从南墙到北墙,用木板钉了个大通铺,是孩子们睡觉的地方,只是在靠近南墙一米多点的地方,用木板隔出了一个单间,算是杜溪的卧室。杜溪爱美,用花纸把木板糊起来了,门口那儿拉了个白底碎花的棉布帘子,看上去很温馨,自觉像公主房。可郭俐美瞅了一眼,又掀开帘子看了看,敲敲糊着花纸的木板,再看看上面的吊铺,撇着嘴说:"这算哪门子公主房?明明就是个贴着花纸的大棺材!"当时就把杜溪给气哭了。杜长江说了郭俐美一句。郭俐美还不高兴了,仰着鼻孔说:"真看不出来,猪窝里也能出公主啊。"要不是赵桂荣拉着,那天杜溪非跟她打起来不可。

现在,是筹划杜天河的婚礼,杜长江冷不丁插了这么一嘴,让赵桂荣心虚得很。

赵桂荣的这份虚,杜长江也感觉到了,说:"我好几个同学都当爸了。"

杜建成抬头扫了他一眼:"急什么?一个个地来。"

杜长江满脸不情愿地嘟哝:"我就怕轮到我结婚的时候咱家连包喜糖钱都

拿不出来了。爸，妈，我没跟我哥争的意思，是俪美，俪美说了，今年办我哥的，明年办我们的，她也没额外要求，我哥婚礼上有啥我们有啥就行。"

杜建成和赵桂荣相互看了一眼，啥也没说。

杜长江说："爸，妈，别怪我没给你们打预防针啊。为了我哥的婚礼，你们张罗成这样，到我这儿要是掉了份，就算俪美好说话，她妈也不干。"

杜长江虽然声音不高，但这话里的煞气，杜建成和赵桂荣还是感觉到了，是啊，怎么就把这茬儿给忘了呢？都是儿子，娶进来的也都是儿媳妇，这婚礼要办得一个天上一个地下，莫说郭俪美家不让，他们这做公婆的自己都觉得说不过去，这成啥了？这不看人下菜碟吗？平日里他们最瞧不上的德行，咋自己也办得热火朝天？

最后，主意还是杜溪出的。既然没有两年办两场像样婚礼的能力，干脆凑一起办得了。

大家觉得是个办法，让杜长江和郭俪美商量。

郭俪美说嫁谁她说了算，可婚礼事关父母的面子，得他们说了算。赵桂荣买了两瓶栈桥白干和一兜生活林点心，把杜长江打发到了郭俪美家。

杜长江没说几句，就让郭俪美她妈给抢白了一顿："你们家这是干什么？结婚还带批发的？回去告诉你爸妈，我们老郭家虽然不是什么大门大户，可就俪美这么一个闺女，娇贵着呢，想给我论了堆娶回去，门儿都没有！"

杜长江没敢还嘴，赔着小心坐了会儿就回家了。

第二天，郭俪美她妈就来了，虽然没吵，可话里话外，全是刺，不外是老杜家会算账，借着大张旗鼓娶大儿媳妇的机会，捎上了郭俪美这二儿媳妇。这算啥？买米小粟这冬瓜就手饶上郭俪美这根小香菜？

自始至终，赵桂荣端着笑脸赔小心，就差给郭俪美她妈跪下了。杜沧海在一边看得难受，真想一脚过去，把郭俪美她妈快要耷拉到地上的脸给踢上去。赵桂荣生怕他拢不住脾气，忙摸出一毛钱，让他去打酱油。

杜沧海也知道母亲跟郭俪美她妈软成这样，是让钱逼的，遂也不想给她添堵，就接过钱去了。打了酱油回来，老远看见郭俪美她妈被母亲送出来，虽然她对寒暄不已的赵桂荣依然爱搭不理，可原先沉甸甸的蒜槌子脸，已经提上去了两寸。

杜沧海懒得和她打招呼,就停了下来,提着酱油瓶子假装看天。

其实,天上什么也没有。

赵桂荣也远远瞥见了儿子,仿佛读透了他的心,轻轻推了郭俐美她妈一下,催着她快走。

郭俐美她妈也瞥了他一眼,匆匆走了。等她走远了,杜沧海才看见她腋下夹了个东西,就问赵桂荣给了她什么。赵桂荣支支吾吾地没说出个所以然就回家了。

晚上,杜建成和赵桂荣闲聊,说多亏了那条拉毛围巾,郭俐美她妈终于同意杜长江和郭俐美的婚礼跟杜天河他们一起办了。

杜沧海一听就气炸了,那是他拉了一个冬天的沿才挣来的啊,那是他对母亲的一番孝心啊,凭什么?! 郭俐美她妈算老几?!

他一声不响,把书一扔,就下床穿鞋。杜溪拽了他一把,示意他看母亲。

杜沧海一歪头,就见母亲好像自知做了对不起他的事,也不吭声,一味地低着头抹眼泪,心就一下子软了。母亲何尝不珍惜他这做儿子的孝心? 还不是迫不得已,这要不让郭俐美她妈点了头,等明年再办场像模像样的婚礼,是杀破天他们家也做不到了,就郭俐美的脾气,是能让他们家过舒坦了还是能把杜长江这辈子饶过去?

脚已拱进鞋里的杜沧海就那么怔怔地站着。

没人说话,气氛有点尴尬,最后,杜沧海闷声闷气地说我上茅房,就出去了。也真去了。从茅房出来,站在院子中间,仰头,望着湛蓝湛蓝的天,就觉得心里爬过一层凉飕飕的东西,像冷的泪,他再一次感觉到了钱的重要性。

他叹了口气,收回目光,才见母亲站在门口,看着他,眼里满是愧疚和担忧。

他笑了笑,一副没心没肺的样子,说:"妈,等我挣了钱再给你买一条更好的。"

赵桂荣擦了擦眼角的泪,也笑着说:"买什么买,好好上学,你能考上大学比给我买座金山都好。"

如果那条拉毛围巾就此从杜沧海的眼前彻底消失,也就不会有后来的一切,但是,这一切只是一个开始。

2

　　就在赵桂荣把围巾送出去的第三天,杜沧海再一次看见了它。在孙高第的自行车后座上!

　　那会儿,自行车就相当于现在的宝马奔驰,虽然杜家有两辆自行车,可杜建成的自行车是公家的,宝贝得很,家里没自行车的时候,尽管四个孩子都看着他的自行车眼热,杜建成碰都不让碰,一家六口人吃喝拉撒在三十平方米的房子里,喘口气能把另一个刚吐出来的吸进去,都挤成这样了,晚上杜建成还得把他的宝贝自行车搬进屋,赵桂荣嘟哝过几次,又不是自己家的物件,跟伺候祖宗似的,把起夜的孩子绊倒,磕得少皮没毛的,好几次了!杜建成不吭声,被嘟哝急了,就说,荣誉!这是公家给的荣誉!在杜建成眼里,他原来一拉车的,能调去当邮递员,公家还给配了辆自行车,就是对他人品的莫大奖励,那辆在他胯下叮当作响的自行车,其实是一面金属的、会行走的锦旗!因为邮递员这工作虽然累,可每到一处,迎接他的全是殷切的笑脸,比起在运输队拉大车那会儿,简直是一个天上一个地下的际遇。

　　为这,杜天河偷偷跟弟弟妹妹说过父亲的天真,做邮递员处处受到礼遇,是职业使然,因为他自行车的马甲兜里,装着千家万户来自远方的牵挂和惦记,如果送信的人不是父亲,是个阿猫阿狗,照样受到礼遇,因为这种礼遇本身就是项庄舞剑意在沛公。

　　扯远了,我们继续说孙高第。

　　孙高第才是高中生,就有自行车了,是辆大金鹿,威风得要命。上学放学路上,孙高第总是一路按着铃铛,从同学们的身后冲出来,然后回头冲大家笑,那得意劲儿,特招人恨。很多次,杜沧海都想照他自行车踹一脚,不是嫉妒,是因为丁胜男。

　　一放学,孙高第和他的自行车就横在丁胜男和吴莎莎眼前,把从学校花坛里偷的月季别在自行车把上,学着电影里的男主角,自行车微微一歪,一条腿支在地上,侧身冲丁胜男她们笑,好像在这世界上的男人里,他才是笑得最帅最酷的那一个。

吴莎莎就说:"孙高第你讨不讨厌?"拉着丁胜男就想绕过去,孙高第也不生气,把别在车把上的两枝月季拿下来,递给她们,说一人一枝。吴莎莎从来不接,丁胜男就欢天喜地地抢过来,说:"你不要我要了啊,回家插花瓶。"

孙高第也笑,说丁胜男财迷。丁胜男就问他什么意思,是喜欢她还是吴莎莎?不等孙高第说话,吴莎莎就翻着白眼说了句恶心,她瞧不上孙高第的纨绔子弟嘴脸。孙高第就讪讪地,目光在两人脸上往返巡视几遍,谁也不看地说我喜欢你。丁胜男就主动认领了,高兴得什么似的,要不是有好多同学看着,都能跳起来搂着孙高第的脖子亲一口。

杜沧海多么希望,丁胜男能翻他几个白眼,铿锵离去。可是,丁胜男没有,她总是冲孙高第灿烂地笑着,像矫健的小鹿,轻轻一跃,跳到自行车后座上。然后,在他愤愤的目光里,孙高第把自行车铃铛按得丁零零响,示威似的,扬长而去。

杜沧海就更气,觉得丁胜男没骨气,吴莎莎也这么觉得,说丁胜男喜欢孙高第是因为他们家住在火车站东。

丁胜男也住在挪庄。挪庄在火车站西。

虽然只隔了一个火车站,可在人们的印象里,火车站东和火车站西,就是一高贵一卑贱的天壤之别。

火车站以西是挪庄,前面我们说过,挪庄在解放前住着拉板车的、扛大包的、掏大粪的、做小买卖的等等,都是上不了台面的穷苦人家。尤其是挪庄西面紧邻着污水处理厂,就更是增加了青岛人对这片地方的不友好,直接把挪庄一带叫成大粪场,对住在这里的人也少有正眼,好像因为住得邻近大粪场,身份也比大粪场里横冲直撞的苍蝇高级不到哪儿去。杜沧海挺生气,为这还和火车站东的孩子们打过几次架。对,是的,火车站东的孩子就包括孙高第。

青岛火车站以东,是全市最繁华的商业街中山路,有著名的圣爱弥尔大教堂,周围错落有致地散落着独栋的欧式或日式别墅,解放前是资本家和外国人居住的地方,解放后就归了国家和入城干部。孙高第家住湖南路,在一栋老别墅的一楼,因为他爷爷是入城干部,他爸是他爷爷唯一的儿子,他父母虽然有四个孩子,但孙高第是唯一的男孩,在家要星星不给月亮,全家人掌上明珠一样捧着。孙高第就格外趾高气扬,他和火车站东的所有孩子一样,对生活在大粪场边上挪庄的孩子,别说玩,连话都懒得搭,根本就没看在眼里。

但丁胜男和吴莎莎例外,因为她们是女的,漂亮。

同为男人,杜沧海当然能觉察到孙高第的心思,从表面上看,他是和丁胜男好。其实最根本的原因是吴莎莎对丁胜男好,他真正喜欢的是吴莎莎。

而吴莎莎对丁胜男好,是因为知道杜沧海喜欢丁胜男,有事没事总往她身边凑,吴莎莎就黏着丁胜男,因为只要黏着她,杜沧海就会主动凑过来。丁胜男似乎也知道吴莎莎这点小心思,所以,对她没好气。吴莎莎虽然委屈,可为了杜沧海,这些委屈,都能当成一口有霉味的米饭吞下去。

孙高第也是个心明眼亮的人,完全看得出丁胜男对吴莎莎的领袖作用,就对丁胜男好得很,希望在他追吴莎莎这件事上,她对吴莎莎的这点领袖风采,能起到推波助澜的作用,可他万万没想到的是,丁胜男喜欢的是他。

这让他很烦恼,每每丁胜男跳到他自行车上,他就把自行车骑得歪歪斜斜的,说:"哎哎……怎么回事,怎么又把你男朋友往吴莎莎怀里推?"

丁胜男就撒娇似的搂着他的腰,说:"他才不是我男朋友呢。"

世界就是这么奇妙,杜沧海喜欢的是丁胜男,可丁胜男喜欢孙高第,而喜欢他的吴莎莎却被孙高第苦苦喜欢着。

其实,个中曲直,丁胜男是知道的,但她有她的追求,就不愿意让别人知道她是明了这一切的。很多年以后,杜沧海想,陷入狂热爱恋中的女人,个个都能拿奥斯卡最佳女演员奖。丁胜男说,孙高第说吴莎莎眼里有坚毅而明净的光芒,能够照亮男人人生中的每一个暗夜。

可杜沧海没这种感觉,觉得吴莎莎软塌塌的,像团和软了的面,怎么抓怎么拎她怎么是。也是很多年以后他才明白,因为爱他,吴莎莎是缴了械的。爱会让人缴械,而面对不爱又必须面对的男人,女人才会变成战士。

可是,他喜欢的丁胜男只喜欢孙高第,丁胜男说只要和火车站东的男孩子在一起,她仿佛就和臭烘烘的挪庄划清了界限,身份也高贵了不少。

杜沧海很生气,和她讲道理。丁胜男嘴角咬着一根冰糕棍,饱满而又润泽的嘴唇微微地张着,用眼梢看着他,满眼讥笑,却不说话,不管杜沧海有没有说完,只要孙高第的自行车一路铃铛乱响地来了,她就嘴角往上翘翘,转身走了,翘而饱满的小屁股,在微潮的海风里,欢快地拧着,在孙高第高一声低一句的你干什么你干什么的诧异声中,一个鱼跃,跳上自行车后座,对杜沧海和吴莎莎摆摆手,说不给你俩当电灯泡了。

吴莎莎就歪着一边嘴角笑,杜沧海问她笑什么。吴莎莎说这句话不是说给我们听的。杜沧海就恍然大悟,不由得,佩服吴莎莎的冰雪聪明。是的,丁胜男是说给孙高第听的,意思是别惦记了,他俩好着呢。

杜沧海挺失落的,也有点气,觉得丁胜男心眼多,太鬼了,但也不觉得她可恶,甚至还想,和这种智商斥足两的女孩子谈恋爱才来劲。

很多次,他夜里做梦,梦见丁胜男跳上孙高第的自行车走了,他在后面撒开大长腿追着踹孙高第自行车的后轱辘,累得满头大汗。最厉害的一次,他梦见自己把孙高第连同自行车一起踹到了一辆大货车的车轮底下,孙高第像只包子一样,被压爆了,血肉溅得到处都是。杜沧海吓坏了,气喘吁吁地醒来,心脏还在狂跳,就想起了母亲常说的日有所思夜有所梦,不由得,脊梁沟里就滑过一滴漫长的冷汗,自己怎么会这么狠?这跟杀人犯有啥区别?

也是在那个时候,杜沧海明白了,杀人犯并不是天生的。每个人的内心里,都住着杀人犯、流氓犯、小偷、骗子……所谓文明修养和道德,就是用来关押内心中另一些邪恶的自己的看守,看守着它们不出来作祸捣乱。

丁胜男也知道,自己不是唯一一个坐孙高第自行车的女生,也不是孙高第最想驮的女生。但是,像所有情窦初开的女孩子一样,她是自信的,自信于自己的魅力,总有一天会让她成为孙高第独一无二的爱。

现在,让我们回到当下的叙事现场。

在赵桂荣把拉毛围巾送给郭俐美她妈的第三天。那天放学后,做完值日的杜沧海发现丁胜男站在学校门口,东张西望。

知道她在等孙高第,杜沧海就故意和她并肩站了,像放哨的獴,和她保持动作一致,东张西望。丁胜男眼里流露出嫌弃的目光,往旁边挪了两步,说:"吴莎莎没等你一起走啊?"

杜沧海说:"她干吗要等我?"

丁胜男说:"别装了,她喜欢你,全天下人都知道。"

杜沧海说:"但是全天下人都不知道我喜欢谁。"

说着,杜沧海又往丁胜男身边挪了两步,依然和她并了肩,说:"孙高第不会来了。"

丁胜男冲他翻了个白眼:"挑拨离间。"

丁胜男又挪开两步。

杜沧海瞭望着树梢上的一个喜鹊窝说:"他去何晓萌家打扑克了。"

丁胜男说讨厌,声音很小,但把对杜沧海的讨厌和不信任,表达得很充分。说着,踢踢跶跶地往前走。杜沧海亦步亦趋地和她并着肩,一本正经地说:"真的,我亲耳听见的。"

丁胜男就站住了,回头,用眼白很多的眼睛盯着他,好像看穿了他内心的卑鄙。但她也知道,何晓萌就坐在杜沧海前排,如果何晓萌约孙高第放学去她家打牌,杜沧海确实能听见。

杜沧海又说:"真的,下午上课前,我听她和王海龙说,她约了孙高第,放学去她家,把中午输的牌赢回来。"

说这话时,杜沧海转到丁胜男的眼前,挡住她,说:"别傻了,孙高第有什么好的? 你要穿高跟鞋他还没你高。"

丁胜男知道杜沧海没撒谎,孙高第他们这帮火车站东的高干子女,和挪庄小胡同子女不一样,用不着帮家长干加工活挣零钱花,放了学,不是凑一起打扑克就是溜去看电影。

但是,像所有沉浸在自以为是的爱情里的女孩子一样,丁胜男听不得任何人说孙高第的坏话,尽管孙高第对她忽冷忽热。

她左冲右突,想突破了杜沧海的拦截,并不回他的腔。杜沧海就又说:"孙高第就是拿你当幌子接近吴莎莎,根本就不是真心的。"

"杜沧海!"丁胜男就像被锋利的小刀捅了,心脏剧痛了一下。

作为女孩子,感情丰富的她敏感着呢,又怎么会不知道孙高第喜欢的是吴莎莎而不是她? 可她也同样知道,吴莎莎满鼻子满眼里都是杜沧海,根本就没把孙高第放在眼里,所以,丁胜男很自信,总有一天,孙高第会发现这个真相,对她好。

对丁胜男恶狠狠地喊了他的名字,杜沧海嬉皮笑脸地唉了一声,刚想说叫我名字,你不用使这么大力气,就听一串自行车铃铛声自远至近,孙高第就像丁胜男的救兵,直戳杜沧海的眼球,一个急刹车停在了丁胜男跟前。

对杜沧海喜欢丁胜男,孙高第是知道的,但杜沧海缠着丁胜男不放,让他很生气,虽然他并不中意丁胜男,可丁胜男喜欢他,就相当于自动跳到他盘子里的菜,就算他不吃也得霸着,谁敢觊觎就相当于狗要从老虎嘴里抢肉吃!老虎不生气才怪呢!

他虎视眈眈地盯着杜沧海看了一会儿,杜沧海也不示弱,孙高第知道,他形单影只,动手的话,没他的便宜,就转头拍拍自行车后座,对丁胜男说:"上来。"

丁胜男冲杜沧海翻了个胜利的白眼,刚想跳上去,突然发现后座铺了一条拉毛围巾,一下子就僵住了,说:"坐围巾上?"

孙高第看了杜沧海一眼,故作风轻云淡地说:"坐吧,给你铺的,你原来不嫌硌屁股吗?"

丁胜男顿时受宠若惊。在当年,对女人来说,一条拉毛围巾,相当于今天的貂皮大衣。所以,在家里排行老三,永远只能穿姐姐们穿小的旧衣服旧鞋子的丁胜男抚摸着捆在车后座上的拉毛围巾,满心酸楚,迟迟没上车。

孙高第心情不好,因为何晓萌约他放学去家里打扑克,等他心急火燎地蹿了去,牌局早就开始了,没他的位子。孙高第看了一会儿,自觉讪讪的,就走了。回家,见母亲正和大姐吵架,起因是大姐带着外甥回来了,小孩子不老实,满房间爬来爬去地闹,拉下了,拉在了郭俐美她妈送来的围巾上,被他妈凶了一顿,姐姐挺伤心,觉得当姥姥的不该把一条围巾看得比外甥重,就把围巾洗了。孙高第他妈又嫌给洗坏了,变形了,孙高第姐姐忍着气用电熨斗熨干了熨平了,孙高第他妈却嫌沾过屎了,围在脖子上恶心,就手扔了。孙高第姐姐就生气,说她嫌弃外甥就是不亲的表现。娘俩就吵起来了,孙高第听得头大,转身往外走,差点踩在围巾上,就想起丁胜男说过好几次了,自行车后座的钢架硌屁股,就捡起来叠了叠,绑自行车后座上当坐垫了。

孙高第见丁胜男迟迟不上车,以为是碍于杜沧海的纠缠,就给了他一个大白眼,拉出一副蹬腿就走的架势问丁胜男:"走不走?"

丁胜男总觉得,那么贵的围巾,就这么当了自行车坐垫,实在是太可惜了,就满眼惋惜地小声说:"把它解下来吧,当坐垫太可惜了。"

孙高第这才明白,原来是因为这,就想显摆一下,满脸不在乎地说:"有什么好可惜的? 就杜沧海那条,他买给他妈,他妈拿着送给他二哥的丈母娘,他二哥的丈母娘送给我妈。对了,杜沧海,回家跟你二哥说一声,想拿条拉毛围巾就把小舅子塞进百货公司,把百货公司当什么了?"

杜沧海就觉得一团火苗,在胸口腾地就烧了起来。他知道孙高第他爸是百货公司人事科长,也知道郭俐美的弟弟郭俐军做梦都想进百货公司当售货员,可他没想到郭俐美她妈会拿他拉了一个冬天的沿换来的围巾去送礼。还是送给了孙高第他妈! 要知道,他不仅瞧不起孙高第,也没瞧得起孙高第一家,不就仰仗他爷爷当年的威风吗?

不得不和自己瞧不上的人为敌,本就是一件挺耻辱的事。那条他拉了整整一冬的沿才买来的围巾,不知不觉地,竟成了孙高第用以嘲笑自己的"武器"。杜沧海岂是由着他敲着脑门子奚落的主? 不由得,满肚子的火就从眼珠子里喷了出来,直扑孙高第的面门。

孙高第打小被宠得天不怕地不怕的,当然不会把杜沧海震怒的眼神放在眼里,就又冲他砸了一个冷漠的白眼,说:"杜沧海,你瞪什么瞪?"

杜沧海还是死死地瞪着他:"把围巾还我!"

"凭什么?"

"就凭它是我买的!"

丁胜男唯恐两人打起来,忙推着孙高第说走啦走啦。

孙高第从放学到现在没寻着一口好气,来找丁胜男不过是想从她的爱慕里寻点自在,没想到杜沧海又在这儿跟他使横,那口憋在肚子里的气,就跟六月的车胎被人拧了气门芯似的,噗噗地往外喷,就把自行车往旁边一支,挽着袖子说:"跟我来横的,杜沧海,有本事今天你把围巾从我自行车上拿走!"

杜沧海懒得废话,现在,他宁肯把这围巾拿回来点火烧了也不能落孙高第手里! 就去解围巾。

见他真去解,孙高第也怒了,从街边捡起一根削尖了的竹竿就往杜沧海身上抽。

杜沧海是谁?是挪庄愣头青们的老大。听见竹竿带着风声来了,头也不回,一反手,就攥住了竹竿,只轻轻地往自己怀里一拽,孙高第不仅竹竿脱了手,还摔在地上啃了满嘴土,门牙也让马路牙子磕掉了一颗。

娇生惯养的孙高第哪儿吃过这样的亏、受过这样的苦?登时就疯了,从地上爬起来就往杜沧海这儿扑。杜沧海一手拿竹竿胡乱往后捅,不让孙高第近身,一手去解自行车后座上的围巾。

围巾叠成了四方形,用旧毛线缠在后座上,千头万绪的,不好解。杜沧海就急躁了,一急躁,往后捅的竹竿就用了些力气。

突然地,就听孙高第惨叫了一声。然后是丁胜男的惨叫,像尖厉的哨子声,仿佛一瞬间就能顺着耳孔往他脑门里钻个洞。

杜沧海下意识回头,就被眼前的一幕吓呆了。

孙高第弯着腰,两手紧紧地捂着裤裆,鲜血顺着手指缝淅淅沥沥地往地上滴。他疼得脸色煞白,摇摇晃晃地,就跪在了地上。

尖利的竹竿捅穿了孙高第的裤子,捅穿了他的裤裆,具体是捅在哪儿了?杜沧海想都不敢想了……

足足十秒,他像被施了定身法,扭着上半身,呆呆地看着这一切,满脑袋里都是丁胜男没完没了的尖叫声在回响。

很快,他就回过了神,冲进学校,向传达室大爷求救。

3

传达室大爷从窗户探出头看了一眼,"哎呀"了一声,就说赶紧找车,送医院。

接下来的兵荒马乱,像电影快进镜头,相互交叠着,在杜沧海的脑海里唰唰闪过。孙高第被抬上观城路菜店的板车,几个大小伙子轮流拉着飞奔去市立医院,又从市立医院去了擅长外伤的401部队医院,医生护士冲锋陷阵一样地把孙高第推进了急救室。这时，孙高第的爸爸妈妈姐姐以及坐着轮椅的爷爷都来了，孙高第他妈扑上来就劈头盖脸地打杜沧海，说他不是人，成心要断了老孙家的后。

孙高第的爷爷虽然也急，但克制得很好，可一听孙高第他妈说老孙家要绝后了，就问到底伤哪儿了。

因父母偏心，姐姐们对孙高第难免心有怨意。出了这种事，姐姐们的情绪里，多少藏了点咎由自取的幸灾乐祸。见父亲的嘴张张合合地斟词酌句不知该怎么说恰当，孙高第大姐就一边颠着怀里哭闹不已的儿子一边说蛋让这小子拿竹竿穿了糖葫芦了。孙高第爷爷就好像兜头让人打了一闷棍，眼神直直地，往后一仰，就心梗了。

4

所有的人都七手八脚地忙活孙高第的爷爷，杜沧海被晾在了一边，他怔怔地看着兵荒马乱的门诊大厅，心里乱糟糟的，有个大体知道原委的老护士推了他一把，说："别傻站着了，还不赶紧回家找你爸妈？"

杜沧海是一路走回家的，两腿沉甸甸的，像两只水泥做的大罐子，每挪一步都千斤重。他不想坐公交车，也不想那么快到家，一想象跟父母说了之后他们的表情和反应，杜沧海的脑壳就像要炸掉一样地疼。

一路走了将近两个小时，中间，还嚼了一会儿冬青叶子。冬青是青岛的绿化灌木，半人高，栽在街道两侧，一年四季绿油油的，杜沧海坐在马路牙子上，就手扯下几片，塞嘴里嚼着，苦涩，带着微酸，也不知有没有毒，有毒也不怕，杜沧海想，最好几片下去，就人事不省了才好。

吃了十几片，啥事没有，他就不吃了，太苦，比黄连素还苦。他起身往家晃悠，路上遇见了父亲的同事老油条，他和父亲要好，常到家里去，杜沧海他们也油条叔油条叔地叫他，至于真实姓名，父亲说就会计知道，因为会计要给他做工资单。所有的人都叫他老油条，他也不气，应得好像油条就是他的真名实姓。

但这天，杜沧海没叫他，只在老油条骑着自行车掠过他身边时，扫了一眼，但老油条发现了他,像骡子突然看到前面是悬崖似的,停下来,跳下了自行车,诧异地看着他,说:"沧海,都什么时候了,你还有心思满大街晃悠呢?"

杜沧海就知道,完了,父亲肯定已经知道了。就胡乱跟老油条嗯了一声,撒腿往家跑,跑过拐弯,老油条看不见了,才慢下来,那么快回家干什么? 一顿打是逃不掉的。

果然,没等进家门,一进院子,打就来了,而且劈头盖脸。

因为在他回来之前,孙高第的三个姐姐和舅舅来了,两句话没说完动手就把他们家砸了。父母辛辛苦苦一针一草攒起来的家呀,被孙高第的舅舅和姐姐们砸得稀里哗啦,都把赵桂荣砸蒙了。杜建成是在他们砸完之后才回来的,他看着满地的碎罐子破碗,眼都红了。杜沧海就是这时候进门的,没等他开口说话,一脑子黑蘑菇云的赵桂荣抓起笤帚就往他身上抽,杜建成朝他胯上踹了一脚,拿起早就秃了的鸡毛掸子就往他身上抽,抽得他连跑带跳地到了院子里,围着公用水龙头转圈,把街坊邻居洗菜、洗衣服的盆子全给踢翻了,红的、白的、黑的、蓝的衣服和绿的、白的、红的菜扑棱了一院子。

街坊邻居们也知道他闯下了塌天的大祸,本不想插手,让他父母揍一顿解解气,可看着自家被踢翻的盆子,晓得再不管,晚上饭就没菜下锅了,就纷纷扑上来,抱杜建成的腰,扯赵桂荣的手,好歹把两个人制住了,才七嘴八舌地冲杜沧海嚷道:"沧海,还不赶紧给你爸妈认个错?"

杜沧海梗着一根被笤帚抽得红一道紫一道的脖子,瞪着赵桂荣,那样子,活像再一使劲,就能喷出丈八火焰来。

原本满眼都是硬邦邦愤怒的赵桂荣,就软了下来,像热乎乎的糖稀,从众人手里瘫软到湿漉漉的地上,闭着眼,嘴巴一张一张地哭,却没声,只有眼泪哗啦哗啦地往下淌,把青砖地上的泥水,拍得魂飞魄散,四处飞溅。

拉扯她的街坊邻居们忙放了手,往后闪了闪,满眼同情,仿佛在替她难受,不知不觉中入了戏。

杜沧海那颗原本在心里仰着的头颅,不由得,就垂了下去,跑过去一把抄起赵桂荣,说:"妈,我错了,咱回家。"

十七岁的杜沧海抱着哭得上气不接下气的赵桂荣回了家。

家让孙高第舅舅和姐姐们给砸成了破烂窝,里里外外找不到件囫囵家什,杜天河和杜长江正叮当地修被砸折了腿的床,见杜沧海抱着满脸是泪的母亲慌慌张张地找不到地方放,杜天河加紧敲下最后一个钉子,用手压了压床面,觉得没问题了,把掀上去的褥子扯下来,示意杜沧海可以了。

　　把母亲放在床上,杜沧海就垂手站在一边。

　　虽然是家庭妇女,但赵桂荣有和别人不一样的地方。家里遭了祸,别的家庭妇女就知道没头没脑地号哭。可赵桂荣知道,崩溃总是难免的,但不能一直崩溃。日子乱如麻,总还是要从乱麻丛中理出点头绪往前走的。

　　坐定了,赵桂荣揩了两把泪,把手里的笤帚疙瘩使劲往床沿上敲了敲:"杜沧海……"

　　声音狠愣愣的,好像有千斤重的话,要往杜沧海脑门上砸。杜沧海看了她一眼,就垂下了眼皮。赵桂荣的声音,却突然又哽住了,一个字也吐不出来,就把手里的笤帚疙瘩劈头扔到杜沧海头上,撕破嗓子似的喊道:"你这也叫打架?你这叫给人家老孙家灭门!"

　　说着,赵桂荣从床上忽地站起来,一头扑到杜沧海跟前,拿脑袋撞着他的胸口往门外推:"给我走!要剐要杀随他们老孙家,我就当没养你这个儿子!"

　　赵桂荣嘴里骂着,手开始撕巴杜沧海。

　　看着两眼通红,疯了一样的母亲,杜沧海一步一趔趄地退到门口,看着同样是满脸怒气,没一个打算上来替他解围的家人,觉得要再不给出个打孙高第的理由,怕是就成全家的公敌了,就用带了哭腔的嗓子嚷道:"谁让你把围巾送人了?!"

　　杜长江朝他胸口捶了一拳,不重。但杜沧海没提防,一个趔趄就坐在了门槛上,歪头瞪着杜长江:"都是因为你!"

　　杜长江就恼了,点画着他脑门说:"看见了没?拉不出屎来怨茅房!就这德行!行啊,老三!"说着,杜长江在他小腿上又补了一脚。

　　杜沧海瘦长瘦长的,小腿上没多少肉。杜长江这一脚下去,也没惜力。杜沧海疼得当即就抱着腿蜷成了一团。赵桂荣一愣,就急了,扑上来打了杜长江胳膊一巴掌:"老二!你算哪门子的哥哥?老孙家还没碰他一指头呢!"

杜长江更气了,把手里的锤子往地下一扔,气哼哼地扭头就走:"使劲惯!爸,妈,我把丑话给你们撂这儿,老三今天能闯这么大祸,都是你们给惯出来的!"

赵桂荣一边从杜沧海手里往外抠他的腿看被杜长江踢伤了没,一边嚷:"你们四个,哪个不是我惯大的?"

站在门外的杜建成见杜长江要走,也抬手拍了他脑袋一巴掌:"怎么跟你妈说话呢?"

杜长江回头,冷冷地看了父亲一眼:"爸,你也就帮我妈欺负孩子的时候像个男人。"

说完,嗖嗖走了。这要搁往日,赵桂荣早火了,可今天不成,她顾不上,摸了杜沧海小腿上的乌青一把,眼泪又下来了。把家弄成这样,杜沧海也难受,擦了一把泪,拖着母亲站起来,说郭俐美她妈又把围巾送给孙高第他妈了。赵桂荣仿佛这才明白了他和孙高第打架的缘由,不由得,也有点愧疚,说送给她就是她的了,她愿意给谁就给谁,你还能去抢回来?

杜沧海又喊了一声妈,声调里有掩饰不住的悲愤:"人家压根就不稀罕!"

赵桂荣心里一酸:"他不稀罕那是他的事,你的心意,妈稀罕,也领了,你还要怎么着?"

杜沧海歪着头看她,一动不动地看。

是啊,那么高的儿子,眼里满是悲愤的泪,像是在质问她,那是儿子对母亲的一片孝心啊,她怎么能随手给了人呢?

"孙高第拿它当自行车后座坐垫!垫屁股!"吆喝出这句话,犟在杜沧海眼里的泪,就滚了下来。

第三章

通往救赎的路

1

听说孙高第爷爷死了,杜天河就说,这事可能要闹大,只要孙家一口咬定是杜沧海寻衅滋事,把孙高第打成重伤,杜沧海恐怕就得进去。

杜建成愣愣地看着全家人,手里的烟也忘了抽,直到烫着了手,才猛不丁地甩着手,一脸的六神无主,好像是被烟烫得都不知道该怎么着好了。

杜长江说:"就戳破了一个蛋,算不上重伤吧?"

杜天河从挎包里摸出一个笔记本,翻开,给大家念打架斗殴中构成刑事犯罪的各种伤情级别。毫无疑问,杜沧海一竹竿下去,孙高第构成了重伤。

一个晚上,赵桂荣都坐在靠近灶台的角落里,一声不响,听到这里,突然说:"咱沧海又不是故意的。"

杜天河说:"达到一定程度误伤也是犯罪。"

赵桂荣说:"照你这说法,这事除了咱沧海进去,就没解了?"

赵桂荣有个习惯,生气得厉害,喊孩子全名;看着孩子越看越爱的时候,就喊他们名字的最后一个字;不温不火的时候,就把姓省了。所以,每当听母亲喊自己全名时,杜沧海的第一反应不是答应,而是拔腿就跑。

可今天,赵桂荣并没喊他的全名,而是叫他沧海,好像他出去闯的这祸,不会让天塌下来，只是走路不小心碰倒了人家依墙而立的一把笤帚。这让杜沧海忽然地惶恐忽然地感动，他知道，这时候的母亲不对他使厉害，是知道他心里的愧疚与难受，不想雪上加霜。

杜沧海想豪气一些，像个男人，祸是他闯的，不管坐牢还是拘留，由他一个人担着，不牵累大家，就叫了声爸妈。想说声对不起，可嗓子里像塞了一只巨大的拳头，又疼又堵，让他说不出话。

杜天河看了他一眼，明白他的心思，就说："现在，除了争取老孙家的原谅，不追究沧海的刑事责任，没别的办法。"

杜长江问："怎么争取？"

杜天河说："赔钱。"

杜天河看了杜长江一眼，又说："估计不是个小数。"

赵桂荣颤着声问："得多少？"杜天河说："这要看老孙家想不想讹咱了，想讹，三千五千也是，不想讹，百儿八十也过得去。"

杜建成觉得，不管怎么说，孙高第爷爷是高级干部，父母也是体面人，杜沧海伤了孙高第咱也尽心尽力地给治了，讹人的事，干不出来吧？

杜长江在国货站柜台，见的人多，知道像孙高第父母这号人，尤其难缠。早年时仗着父母在位，八面威风。父母从领导岗位上退下来，再也没人买账，人走茶凉的滋味，他们体会得比谁都深。这巨大的落差，除了让他们愤愤，还会让他们更加市侩：人生在世，什么感情交情道德仁义？在伸手能够着的时候把该得的先得了，该占的先占下才是正理，唱什么高调？还不都是拿把青草逗引着驴往前跑？

现在，能把孙家摁住的，只有钱。可他们家，都窘迫到了要把两个儿子的婚礼凑一块儿办，哪儿有钱？

除非连两个儿子凑在一起的婚礼都不办了。

杜长江知道，如果孙家说只要赔上让他们满意的钱，就不把杜沧海送进去，父母会毫不犹豫地取消婚礼。毕竟办婚礼属于讲体面，作为平头老百姓，荣誉体面这东西是穿暖吃饱了之后才讲究的。

杜长江越想心里越沉甸甸的，真想拽着杜沧海的领子把他拖到大街上揍一顿。为了一条围巾,他把天戳塌了,全家帮着他扛。如果害得他办不成婚礼,郭俐美她妈得把他和郭俐美一起撕了,因为郭俐美怀孕了,拖到"五一"结婚,就够晚的了,搞不好那会儿已经显怀了。为这,郭俐美见他一次骂一次,嫌他就图自己痛快,让她丢人现眼。

父母的眼神在杜天河和杜长江身上来回巡视,虽没说什么,其中意味,已很是明显了。尽管也担心杜沧海,也体谅父母的心情,可杜长江还是不想表态,心烦意乱地起了身,说出去溜达溜达。

杜天河明白他的心思,更懂得父母的为难和三弟面临的险境,就说先把孙家的事摁下,婚礼的事好说。

赵桂荣的眼泪唰地掉了下来,拉过他的手,说:"老大啊,委屈你了。"

杜天河看看杜沧海,说:"沧海还小,不能进去。"

赵桂荣点头,挺使劲,眼泪噼里啪啦地往下掉。

杜天河说:"监狱那种地方,进去一趟,毁一辈子。"

赵桂荣还是点头。

2

杜沧海一竹竿,把老杜家的日子捅成了马蜂窝。

可是,腊月里,收音机和广播整天喜气洋洋地说改革开放了。

父母的心思全在怎么把老孙家打发满意了,不追究杜沧海的刑事责任,至于改革开放到底是个什么东西,他们根本就没心思打听。

杜沧海问杜天河。杜天河简明扼要地给他解释了一下,就是对内改革,对外开放,老百姓可以自己做买卖了。杜沧海就想起了在即墨路上卖拉毛围巾和其他小玩意的,应该就不算投机倒把,也没人抓了吧?杜天河也不确定,模棱两可地说了句差不多吧。

转眼就是新年了,在杜沧海记忆中,这是他们家过得最凄惨的一个年。没有新衣服、没有压岁钱、没有金灿灿香喷喷的炸面扣、没有糖果、没有瓜子,连年三十的饺子馅里都找不到一星猪肉。全家人的脸,都紧绷绷的,仿佛连笑一下都是罪过,他们家的钱,流水似的送进了医院。赵桂荣一趟趟地往医院跑,去送钱,去下跪,去挨骂,只要孙高第爸妈答应不追究杜沧海的刑事责任,怎么都行。

听着满城都是噼里啪啦的爆竹声,杜沧海假装出去上厕所,跑到弥漫着爆竹硝烟的街上,捶胸顿足地仰天咆哮了一顿,泪流满面。

还没出正月十五,杜天河和父亲就陪着孙高第和他的父母往全国各地的大医院跑,可不管怎么治,孙高第性功能没问题,但两只睾丸中的一只,彻底报废了。照孙高第他妈的说法,这都构成残疾了,不把杜沧海送去吃牢饭,都对不起孙高第死去的爷爷!每当她这么发狠时,赵桂荣扑通就跪下了,直扑扑的,跪得迅速而又自虐,活像被人从背后踹了一脚。

看着母亲跪下去的瞬间,杜沧海觉得血要从眼里流出来了,扑上去拉,说:"妈,你再这样,我就去死!"

跪在孙高第家门口泪流满面、苦苦哀求的赵桂荣,突然就回了头,用刀子一样的目光逼住了他:"要死也得干干净净地死!咱家不能出个吃牢饭的!"

没辙,杜沧海就想陪她跪,却被赵桂荣轰走了。

晚上,赵桂荣拖着跪僵的腿回家,全家人看着她,像战争时期的作战指挥官们,因为消息被封锁而手足无措,赵桂荣是九死一生才回到指挥部的侦察员,她把沉甸甸的身子扔到马扎上,呆滞的目光在全家人脸上巡视一遍,最后落在杜沧海脸上。

杜沧海惭愧地低下了头,如果说对不起有用,那么,现在他愿意用这三个字埋葬自己。

赵桂荣并没有责备他,只是说:"沧海,你给我记住了,男儿膝下有黄金,有些事,我可以跪你爸可以跪,可你年轻轻的,不能跪。"

她低下头,歇息了片刻,终于有力气继续说了一样:"男人一跪,心里那张脸就没了,这辈子就别想有出息了。"

杜沧海低头难过。

赵桂荣又说:"别愁,事总有了的时候,看看你哥还有你姐姐,该娶的没娶,该嫁的也还没主,不为别的,单是为了他们,这牢饭我是豁上命也不能让你吃。"

杜沧海就呜呜地哭了。

可是，不管赵桂荣怎么求，孙家人就是不松口，甚至，孙高第他妈说她去派出所问了，等孙高第出院，就去做伤情鉴定，拿着伤情鉴定，就能把杜沧海送进去。

所以，1979年的春天，杜家阴云密布。

返城后一直在家待业的杜溪终于就业了，在5路电车当售票员。按说，这是个好消息，可她兴高采烈地说的时候，全家人脸上都像坠了铅球，没一点笑模样。

杜沧海就觉得自己是个罪人，把全家拖进了地狱。

3

因为有心事，杜建成的脑子好像灌满了糨糊，好几次，把信和包裹送错了人，事后人家找到邮政所告杜建成的状。杜建成家里的事，所里都知道，所领导理解，也知道杜建成是个要好的人，就没怪他，只旁敲侧击地说了几句："老杜啊，知道你家摊上了事，可不能因为这影响工作，告到所里还好说，这要告到局里，就我这巴掌也就遮咱所这么大一点天，出了咱所，就不在我能力范围之内了。"

杜建成虽没文化，可做事周全，恪尽职守，就怕别人挑自己不是，让所领导说得脸红脖子粗，讷讷地承认错误，说以后小心。

杜建成平时话不多，但是个蔫豹子，家里出了这么多事，工作上不顺畅，心里的火就是烧两丈高，可他是家长，不能带头火冒三丈，就一直压着，不让这火露出苗头来，时间久了，就觉得整个身体，都被烧焦了。夜里，他拉着赵桂荣的手去摸他的胸口，然后问热不热。赵桂荣没心情，说："热，不热那是死人。"

杜建成就叹了口气，说："觉得自己这心脏已经不是心脏了，是盏点着的灯，火苗子旺得，都快把人熬干了。"

赵桂荣一下子就坐了起来，拉开灯，怔怔地看着他，说："当家的，你可千万好好的，要不然啊，咱这家就真毁了。"

杜建成抓过她的手，捂在胸口，说："你放心吧，四个孩子没一个成家的，我的任务还早着呢，死不了。"

可第二天，杜建成就吐血了。

起因是一个月前，杜建成给一户人家送包裹，包裹挺大，去了几次，家里都没人。最后一次去送,正好遇见这户人家的邻居,说他们家人出远门了,一时半会儿回不来,让杜建成放她家行了。这邻居杜建成也认识,在粮店干仓库保管,挺爽快的一个人,杜建成没多想,就交给她了。可过了半个月,这户人家回来,收到信,知道外地亲戚把儿子结婚的巧克力寄来了,他没收到,就到邮局查,一查就查到了杜建成头上,杜建成就想起了他的邻居——粮店保管员,忙飞奔去问,粮店保管员不在家,上班去了。

杜建成就找到粮店。

没承想粮店保管员矢口否认替邻居收过包裹,还把杜建成数落了一顿,说看着人模人样的一男人,怎么信口雌黄? 自己贪了人家包裹往她头上安,这不成心往她脸上抹灰不让她做人了吗?

杜建成口拙,说不过她,闷着一肚子气回了邮政所。所领导说这事人家已经告到局里了,影响很坏。再说,杜建成把包裹让邻居代收,连字都没签,本身就是违规,不仅要扣奖金,还得负责赔人家的巧克力。

杜建成一听就毛了,去找这户人家,说巧克力千真万确是他邻居代收了。这户人家就让杜建成拿证据说话。杜建成没证据,收巧克力的人家就不干了,好容易托外地亲戚买了给儿子婚礼壮门面的,这下好,鸡飞蛋打,非让杜建成给赔不可。

半天工夫,杜建成就急出了一嘴泡。所领导也知道杜建成是被人黑着了,可知道又能如何? 没证据,这冤大头杜建成是非当不可了。所以,巧克力钱还是得杜建成赔。

五斤巧克力,得一个月的工资啊,家里出事出的,已经是眼瞅着就顶不住了,这要再赔上一个月工资,一家六口吃什么? 窝了一肚子火的杜建成觉得,人心都是肉长的,他去找粮店仓库保管说说情况,就算她再贪也会于心不忍吧? 会把巧克力退给他吧?

事实却是,他把人想得过于简单善良了。

他没讨回巧克力。

为了证明自己的清白无辜,肥胖的粮店女保管张口就骂,菜刀剁豆腐一样,把他骂得只有干干地张着嘴生气的份,半句骂都回不过去,只觉得怒气像一根坚硬的棍子顺着喉咙就顶了上来,一张嘴,一口黑血就喷了出去。顿时,围观的人一下子就安静了下来,连胖保管的骂也猝不及防地刹了车,大大地张着嘴,看着口吐鲜血不止的杜建成,不知如何是好。

大家七嘴八舌地说:"赶紧地,送医院。"

胖保管吓得一下子就哭了,说:"杜师傅,不就两句骂嘛,你说你一大男人怎么就这么不扛骂。"

杜建成被众人七手八脚地抬到粮店的板车上,他灰灰地看着湛蓝湛蓝的天,两行泪滚滚地落了下来。

后来,粮店女保管把剩了一半的巧克力送到了家里,说她也没想窝下邻居的巧克力,听见邻居从外地回来,她打算给送过去,才发现包裹已被孩子偷偷挖了个洞,巧克力也被偷吃了一大半。她家孩子多,经济上捉襟见肘,想赔,赔不起,不得已才把心一横,让杜建成背了这个黑锅。

杜溪不依不饶,说他们的爸爸要是有个三长两短,和她不算完。被赵桂荣推搡到一边去了,说何必呢。对哭鼻子流眼泪的胖保管说都不容易,你要是个有的,也不至于让我们家老杜背锅。胖保管把头点得磕头虫似的。等她走了,杜溪嘬着嘴说看看孙家是怎么挤对咱们家的,嫌赵桂荣瞎大度。赵桂荣说正是知道被孙家挤对的滋味不好受,她才不想和胖保管计较。他们的父亲吐血是因为有老胃病,急火攻心,就会吐血,这已经不是第一次了;再说了,他是国家职工,治病的钱国家给报销,她又何必把别人往要死要活里逼呢?

杜建成在医院躺了半个月,胃切去了一半。这期间,米小粟到医院看过他几次,一想到家里已没钱给他们置办婚礼,杜建成就自觉无颜以对这准儿媳妇。米小粟也看出来了,说:"叔叔,我和天河商量了,'五一'团市委要组织一次集体婚礼,我们的婚礼,就不在家张罗了。"

那天,正好是杜沧海陪床,听米小粟这么说,感动得不行,却又笨嘴拙舌,不知该怎么表达,只是一个劲儿地看着米小粟傻笑。把米小粟看得都不好意思了,就笑着说:"看什么看?好像不认识我了似的。"

杜沧海就说:"小粟姐,你真漂亮。"

米小粟多冰雪聪明的女孩子,当然明白他个中心意,就笑了。杜沧海就觉得,她笑起来的那一瞬间,好像整个世界的亮度都提高了不少,也憨憨地笑了。

杜建成点点头,说:"小粟,委屈你了,你爸妈没意见?"

米小粟说:"我爸妈不管。"

杜建成当然明白这个所谓不管,就是米小粟父母已经彻底当没她这个女儿了。越发觉得欠了米小粟的,和杜天河说,等他出了院,要买上礼物,去米家拜访,好好表达他对米家的尊敬和对米小粟的喜欢。

4

郭俐美和她妈也来过医院,拿了四个罐头,脸上没半点笑模样,郭俐美她妈进门寒暄了几句,就满腔怨气地说,本来,孙高第他妈都答应跟老公说道说道,让郭俐军先去百货公司干着临时工,以后找机会转正,没承想杜沧海一竹竿下去,全给捅黄了!

郭俐美她妈说话的时候,使劲往下压着嘴角,嘴像一个朝下趴着的括号,好像整个世界都是她不共戴天的仇人。

杜建成满嘴检讨,好像他们家把整个银河系都给辜负了,随便个张三李四王二麻子往他们眼前一站,他们都得负荆请罪。可赵桂荣知道他心里的火,不知憋多大呢,要不然,他也不会被粮店保管气吐血。就在旁边急得啊,嘴一张一张的。杜建成生怕她的炮仗嘴一张,把杜长江板上钉钉的婚事给炸黄了,说话的时候一直攥着她的手腕子,一下一下地使着力气,不许她开口。

郭俐美她妈也看见了,故意耷拉了眼皮,说:"我们家俐美,嫁到谁家都是搂钱的耙子,想嫁什么样的还不随便挑?可她偏偏挑中了杜长江,看两个孩子真心真意的,就算我这当妈的不愿意,也不忍心拆他们的台,可昨天我听俐美回家絮叨婚礼不办了,要和长江他哥他们一起参加集体婚礼,这脸我们老郭家丢不起!"

郭俐美她妈声音不高,却透着坚决。从她进门就在给杜建成换药的护士听不下去了,拿眼梢扫了她一眼,说:"病人刚做完手术,你们就在这儿咄咄逼人,不合适吧?"

郭俐美她妈脸上挂不住,转身就要跟护士吵。赵桂荣忙挣开了杜建成的手,推着郭俐美母女往外走,嘴里说:"亲家,咱出去说。"

其实,郭俐美她妈说得也没错,山东这地方,深受孔老夫子儒家文化浸染,盛产大男子主义,可到了青岛,就变了天。倒不是因为青岛的文明程度比山东其他城市要发达,而是因为,青岛曾是德国和日本的租界,又是港口城市,货物运输方便,所以,青岛开埠以后,国内国外的企业家纷纷来青岛建厂,可青岛开埠时间短,人口稀疏,劳动力短缺,各大公司不得不以高工资抢占人力资源,尤其是纺织厂,只要女工,因为女人手灵巧,接线头利索,可解放前,女人在家相夫教子,想让她们上班,就必得工资高高的把女人诱惑得在家待不住,再就是纺织女工劳动强度大,工资高点也正常。据说,青岛纺织业鼎盛时期,有几万纺织女工,她们凭着自己的汗水,为提高青岛女性的社会地位,立下了汗马功劳,也印证了经济能力决定人在家庭结构中的地位,在任何一个时代,都是颠扑不破的真理。

当然,郭俐美她妈没反对郭俐美和杜长江的婚事,不仅仅是因为两个年轻人真心实意的爱情,而是杜长江在国货当售货员,在那个买啥都要凭票的年代,这同样是炙手可热的好工作。

郭俐美她妈让护士抢白出来,挺没面子,往外走的时候,嗓门放很大,说:"你护士你了不起了?不就给人端尿挖屎的,搁旧社会,你就是下人!"

郭俐美一看自己妈越说越离谱,忙和赵桂荣拽着她一起往外走。

到了院子里,赵桂荣忙替护士给郭俐美她妈赔不是,说不是不想给杜长江他们办婚礼,是家里出了事,光饥荒就拉了一屁股,实在是有心无力,让郭俐美她妈多担待担待。说这话的时候,赵桂荣声音低低的,都有点哀求的意味了。郭俐美她妈偏又是个女人中的猪八戒,见了横的躲着走,见了弱的偏要抢耙子,赵桂荣越是这样低声下气地求她,她就越是觉得赵桂荣是存了心要把亏喂给他们家郭俐美吃,把便宜给了旁人,就数落得越发歹毒,两片嘴唇飞快张合,刀切豆腐似的,刀刀不落空:"做父母的都宠老小没错,可你也不能把他宠得无法无天,捅下窟窿让全家帮着填!"

赵桂荣原本也算个嘴上利落的,可在郭俐美她妈面前,只能甘拜下风。再加上郭俐美她妈说的,确实也有些道理,就只剩了听郭俐美她妈数落的份。她越是不还腔,郭俐美她妈就数落得越是生气,末了,一把拽起郭俐美,掷地有声地撂下一句话就走了,那就是:只要她活着,就别想她同意郭俐美和杜长江参加集体婚礼!

看着郭俐美她妈拽着心有不甘的郭俐美,几乎是一步一跟头地跟跄着走了,赵桂荣没敢马上回病房,怕杜建成问长问短把眼泪问出来,失魂落魄地在院子里的石凳上坐了半天。

杜天河下班来看父亲,远远地见母亲坐在院子里,一脸的落寞寡欢,就问怎么了。赵桂荣没敢说郭俐美母女闯到病房把他们的父亲数落了一顿,就说护士嫌郭俐美她妈说话声太大,两人呛呛起来了,她出来送她们。

杜天河见母亲眼角有泪,知道事情没这么简单,就问是哪个护士。母亲也不知道护士的名字,就描述了一下,白净的瓜子脸,大眼睛,卷卷的齐刘海。

杜天河到护士站找到了她,特别爽快的一个姑娘,叫何春熙,一听杜天河是来打听下午的事,就把郭俐美娘俩给数落了一顿,说:"就没见过这样的,说是来看病人的,可说的话,句句要病人的命。"杜天河听得很黯然,谢了她,转身要走,护士撕了张纸,飞快写了一串数字递给他,有点羞涩地说这是她电话,如果有事,给她打电话就行。杜天河接过来,道了谢,又觉得人家一姑娘主动给自己电话了,自己要不留一个,显得挺不礼貌的,就把自己的电话号码也写了下来,递给她时,呵呵笑了两声,说他们车间挺大,统共就一部电话,如果不是要紧的事,车间主任一般不给喊。护士就笑着说:"知道了,我不给你打。"但还是小心翼翼地把号码叠起来揣进了口袋。

晚上,杜天河回家,把杜长江凶了一顿,让他去告诉郭俐美,这婚,她愿意结就结,不愿意结也别把邪火撒父母头上!

毕竟父亲刚做完手术,又是在胃上,最忌动气,所以,杜长江也恼了,当晚就跑到郭俐美家去算账。

郭俐美她妈哪儿是个肯吃亏的?几句抢白下来,抄起炉钩子就往杜长江身上抽,让他滚,爱找谁找谁去,就算郭俐美嫁不出去在家成老姑娘也没他的份!炉钩子是钢筋做的,春天穿得又少,抽在身上,疼得结实。把杜长江也给疼恼了,说:"不嫁拉倒,还就不信了,没了张屠夫我就得吃带毛猪?!"

豁上一副不娶郭俐美他也打不了光棍的样子。

郭俐美信，因为杜长江不仅工作好，人也帅，他们都谈了两三年了，五金柜上的小叶还惦记得不行，见着她去，都故意当她面长江长江地喊，好像杜长江是她男朋友。她也没客气，直接走到小叶跟前，问小叶有没有男朋友，小叶冲她翻了个白眼，说："要是没有你，我就有了。"郭俐美就笑，说："还真没办法，我就在这儿，拜托以后喊我们家长江的时候，喊全乎点，加上他的姓，别墙根没撬着呢，把自己终身耽误了。"

在炉钩子的肆虐下，杜长江拉着阔背走了。郭俐美不干了，一把夺过炉钩子，指着自己的肚子，让她妈有狠往这儿使，都三个月了，再不结婚就藏不住了！她妈就蒙了，气得眼泪一下子就滚了下来，噼里啪啦地打她，骂她不要脸，不知羞臊，还没结婚就让人弄大肚子了，是怕嫁不出去还是怎的？

郭俐美有心出去追杜长江，可想想他临走时撂下的狠话，就这么追出去，显得忒掉价，不追吧，又怕杜长江一气之下，真的接了小叶的橄榄枝，气得扑在床上呜呜哭，哭得全家人麻了爪，活像刚才打跑的不是杜长江，而是郭俐美的救命稻草。

二十一岁的郭俐军还没工作，在那个年代，一个人要是没工作就是没未来。所以，郭俐军没姑娘喜欢，闲得一膀子力气只能上街打架去公园捶大树。

杜长江居然没结婚就让姐姐怀了孩子，还要横撂挑子！他那一膀子力气，可算有地方使了。郭俐军找了一截自来水管子，要去把杜长江抽残了，被他们的父亲喝住了，说："把你姐当什么了？嫁不出去的剩货？"

郭俐军一想，也是啊，刚才还千摆谱万拿架呢，这就拿自来水管子去威胁他为姐姐的肚子负责任，是有点不对头，就怏怏地扔了自来水管子，说："你们自己看着办吧。"

虽然不缺女孩子稀罕，可杜长江也不算个混账，回家后，想想郭俐美怀孕三个月的肚子，再想想自己撂下的狠话，也觉得过了，就跑医院去和赵桂荣说。

赵桂荣兜头就给了他一巴掌。

第二天，赵桂荣就让杜沧海骑自行车带着她去了国棉五厂门口，截住了一肚子委屈无处诉的郭俐美，说："人这辈子啊，就是开了弓的箭，除了往前走，谁也回不了头,脚都迈出来了,哪怕前面一路铁蒺藜,咱也得往前走。"

很多年以后,杜沧海还记得母亲说这句话的口气,带着资深人生教母的意味,谆谆诱导骑虎难下的郭俐美。那是1979年春天末梢的青岛,海水化作了湿漉漉的风,骚情地撩在人脸上,整座城市看起来像是发了情,风情万种、躁动不安,真是个危险的季节。

正愁找不到台阶下的郭俐美就哭了,但嘴上还是驴死不倒架子地说:"大姨,我要不是怀了长江的孩子,我真跟他拉倒!"

赵桂荣就又把杜长江骂了一顿,说他昨晚到家就后悔了,要回去负荆请罪,她给拉住了,怕郭俐美父母正在气头上,闹得更是没法收拾。说着,赵桂荣伸手轻轻摸了摸郭俐美的肚子,眼里含着感激的泪说:"这阵子出了这么多糟心事,这孩子来得是时候,总算给家里添了点欢喜气。"

说完,赵桂荣招手,让站在杨树底下的杜沧海过来。杜沧海披着两肩杨树花过来了,瓮声瓮气地说:"嫂子,都是我不好,把你们办婚礼的钱糟践了。"说着,自己也有点难过,眼眶有点疼,嗓子也有点哽,就歪头假装看漫天飞舞的杨树花继续说道:"嫂子,我发誓,等我上班挣钱了,我把你们办婚礼的钱,加十倍还给你。"

郭俐美让他说得抹着眼泪笑了:"还十倍呢,你不谈恋爱不结婚了啊?"

杜沧海急于表明自己的心迹,忙说:"不把这钱还给你们我不结婚。"

见周围的人都看自己,郭俐美忙把泪抹干了。说昨天她妈恐怕是把杜建成气得不轻,要去医院看看,给他道个歉。同为女人,赵桂荣知道她的心思。女人嘛,一旦怀了孕,在男人跟前就气短了许多,尤其是还没结婚就怀了孕,就像让人捏了短处,心里凄惶不安着呢,去道歉是假,自己主动找台阶下来,别让杜长江借口犯浑才是真。

明白了郭俐美那点心思,赵桂荣突然有点心疼她,说不能给杜长江惯毛病,让她回家等着,等今晚杜长江上门负荆请罪,到时候该打该骂,都甭客气。

郭俐美踟蹰了一下,好像心里没底。赵桂荣就推了她一下,说:"俐美啊,有你这番话,大姨就放心了。"说完,催郭俐美坐公交车回家,郭俐美一步三回头地走了,就在那一瞬间,杜沧海突然觉得,做女人挺可怜的。

往家走的路上,跟赵桂荣说。赵桂荣叹了口气,说:"知道女人不容易就好,等以后成了家,对媳妇好点。"

杜沧海脸噌地就红了,想到了丁胜男,莫名其妙地,就难过。赵桂荣却突然不合时宜地说了句话:"莎莎那姑娘挺好,看着长大的,知根知底,我看她心里有你。"

杜沧海突然一万个不情愿,吴莎莎是挺好,可也就是邻家妹妹的好,好到甚至她结婚以后,如果遭了婆家人的欺负,他可以去替她出气,可以去揍她的混账老公,但从没想过和她过一辈子,但又不好意思明说,就吭吭哧哧地说:"妈,您瞎说什么呢?"

赵桂荣当他不好意思了,伸手想拍他后脑勺,突然地,就怔住了,小儿子长大了,长高了,想拍到后脑勺,要踮起脚来才行,莫名地,心里就涌上一股欣慰的暖流,把他肩上的杨树花掸下来,笑着说:"我家沧海害羞了。"

第四章

没人知道的未来

1

赵桂荣知道,不管郭俐美父母怎么耍横不同意,因为肚子里的孩子,她和杜长江的婚事,算是铁了,心情就好得很。

做好晚饭,杜长江还没回来,赵桂荣要去赶海,等不及了,跟杜沧海和杜天河说,只要杜长江一回来,就撵他去郭俐美家赔礼道歉,就说她都去见过郭俐美了,难为不着他。说着,又从口袋里摸出手绢,一层层地打开,拿出五毛钱放在灶台上,想了想,似乎觉得不妥,又拿出五毛放下,让杜长江去郭家的时候,别空手,买点水果。

但是,杜长江下班没回来。

白天上班的时候,小叶说她哥给了她两张电影票,问谁有时间去看,眼睛一直瞟着杜长江这边。因为被郭俐美她妈拿炉钩子赶了出来,杜长江心里懊恼着呢,没心思搭理小叶的勾引,就低着头胡乱扒拉算盘,算盘珠子上上下下跳荡着,响得清脆,一下一下地,就好像把胸口的郁闷敲开了个小洞。

小叶以为他是在专心练兵,商业系统每年都有珠算比赛。见也没顾客,就凑过来,笑着说:"这是铆足了劲要拿咱商业系统的第一名啊?"

杜长江没吭声,继续扒拉算盘。小叶看了一会儿,就知道,杜长江肯定是遇上烦心事了,算盘珠子完全没章法。

　　杜长江还是不理她。小叶就一把抢过算盘,放在自己身后,故作生气地说:"问你呢!"

　　杜长江说:"能不能不操心我的事?"

　　小叶说:"不能!"

　　杜长江说:"荒唐!"转身就往旁边去。同事们都知道小叶喜欢杜长江,就插科打诨地起哄。小叶让大伙儿弄得下不来台,就把算盘重重地拍在柜台上,抽抽搭搭地哭了,女孩子嘛,心里有想而不得的爱,特容易滋生委屈感,眼泪也特不值钱,这点,杜长江知道,是从一本小说里看来的。

　　见小叶啜泣得没完没了,杜长江也觉得自己有点过,人家喜欢自己,也没啥错,按说,自己应该有种虚荣心被满足的高兴才对。这是杜天河说的,不管男人还是女人,被异性喜欢,就是你的人生价值被最大限度地认可。心里一软,装作去拿算盘的样子,凑到小叶身边,小声说对不起。小叶用含着泪的眼,白了他一下,很幽怨,委屈得不行了的样子。杜长江的心,就更软了,说他心里烦,所以说话毛躁了点,让她别见怪。小叶眼里的泪,一下子就涌了出来:"烦就要拿我当撒气筒啊? 我该你的还是欠你的?"

　　杜长江让她噎得讪讪的,反复说:"我不好,是我不好……"

　　就有人嚷:"杜长江,说那些没用的不如陪小叶把电影看了。"

　　杜长江感觉出了同事们的起哄,也晓得大家是在逗他们,大有看出殡的不怕殡大的意味。这要往常,他肯定拿郭俐美说事,说可不能,郭俐美会扒了他的皮,但郭俐美一家惹了他,言语上的粉就不想往郭俐美脸上擦了,在心里,甚至有了给郭俐美点颜色瞧的念头,就看了小叶一眼,见小叶的婆婆泪眼,正满是期待地看着自己,笑笑,说:"这样好吗?"

　　小叶说:"有什么不好?"

　　各柜台里,又响起一阵七嘴八舌的笑。

　　下了班,小叶在国货门口等着,唯恐杜长江偷偷溜走似的。杜长江出来,望着她笑笑,一前一后往电影院去,路过馅饼粥时,小叶问他饿不饿。杜长江说还行。

小叶说时间还早,问也不问,抬脚就进了馅饼粥,直接去柜台点了两份羊肉泡馍。杜长江觉得让一女孩子请自己不好,忙抢着付钱,却被小叶义正词严地挡住了,杜长江家最近出了事,钱上紧张得很,让他别和自己抢。说着,就掏了张五元的票子递给了收纳。

杜长江呆呆地站在一边,突然很感动,要是郭俐美也能像小叶这么体恤人该多好啊,就黯然,也惭愧得很,从小叶手里接过小票,让她去坐了,他把羊肉泡馍端过来,面对面坐了,默默地吃。小叶一直拿勺搅着羊肉汤,把饼撕得碎碎的,眼睛却一直落在他脸上,他不敢抬头,怕对接了小叶的目光不自在。

小叶突然问:"和她闹矛盾了?"

杜长江犹豫了一下,觉得在这时候骗小叶,不厚道,就点了点头。小叶问:"为什么?"杜长江就把前因后果说了,但郭俐美怀孕的事没说。小叶听得愤慨,说:"他们家怎么这样?"

杜长江没再说什么,埋头吃羊肉泡馍。

和小叶一起愤慨郭俐美,显得自己很不男人;不附和小叶的愤慨吧,又显得不领人家的情。人家一女孩子,电影要请看,饭也请了。

他绞尽脑汁想怎么说,半天,才突然想起来问:"今天看什么电影?"

小叶知道他是想绕开自己的问话,也没饶了他,那眼睛咄咄地逼着他:"她家都对你这样了,这婚还能结得成吗?"

杜长江心里一咯噔,这婚他倒有心不结了,可肚子里怀了他孩子的郭俐美也不是吃素的,肯定饶不过他,万一发起狠来,到单位领导那儿告上一状,说不准他饭碗就得砸,这样的例子不是没有,就不敢造次,唯恐把话说得太开,让小叶看见希望,闹出些他理不顺的章程来,就嗡嗡说:"都谈这么多年了,想不结也不行了。"

小叶说:"凭什么? 恋爱自由!"

杜长江心想,如果郭俐美没怀孕,他可以恋爱自由,但郭俐美肚子里怀了他的孩子,就等于是有了人质,他这辈子,基本被绑定了。

就埋着头吃饭,又不想让小叶觉得自己是因为觉得郭俐美好,才无视了她的存在和心意,就故意叹了口气,说:"一言难尽啊!"

说完，为了不让小叶继续在这问题上纠缠，故意把羊肉泡馍吃得稀里哗啦，说自打家里出了事，他都快忘了肉是什么味了。

小叶就端起自己的碗，扒拉了一半给他，说："别嫌弃，我还没吃呢。"

口气像是亲他疼他的姐姐，或是柔情蜜意的妻。杜长江怔怔地看着她，刹那间涌上心头的感动，让他在心里把小叶和郭俐美快速地做了个比较，如果小叶早点到国货上班，他要娶的，可能就不是郭俐美了。

他和郭俐美谈了一年多了，小叶才到国货就业。

不由得，就嗟叹命运的阴错阳差，幽幽地，就说了出来，觉得这样很高明，既能拒绝了小叶的进攻，又能说明自己不能抛弃郭俐美不是因为郭俐美比小叶好，一切皆是，阴错阳差，命运使然。

果然，小叶就幽幽地，微微抽一下鼻子，低头吃羊肉泡馍，也不知哭了没。

后来，进了电影院，找到座位，黑洞洞里坐好。周遭有情侣的低声调笑、湿漉漉的接吻、春意盎然的喘息……在黑暗中相互拧成一片暧昧的嘈杂。电影演了些什么，杜长江记不得了。只记得电影一开演，小叶的手就伸了过来，摸到他的手，紧紧攥着，他微微一惊，轻轻挣了一下，小叶攥得很紧，他去看小叶的脸，小叶正目不转睛地看着银幕，银幕上反射回来的光，打在她脸上，她看上去平静而从容，仿佛在黑暗中攥住他的，并不是她的手。杜长江心跳得好像胸膛里奔跑着五百头鹿，热汗涔涔地从手心里往外渗，把小叶的手都弄湿了，小叶拿着他的手，往衣服上蹭，擦汗，蹭过了她高而柔软的胸，杜长江心慌意乱，看都不敢看小叶，紧张得几乎连气都不敢喘了。突然，他的手碰到了一个软软的、富有弹性的东西，是的，软而温，像母亲刚刚蒸出来的馒头，馒头上面还顶着一颗红枣，只是，这颗枣是软的是润的。杜长江心下大骇，怕烫一样抽回手，怕小叶再来拉他的手，就把手放到了离小叶远的一侧……

他特别想跳起来就跑，不是小叶不好，是怕再坐下去自己会失控，可又怕伤着小叶，就如坐针毡，好不容易熬到电影结束，不等放映厅的灯光大亮，他站起来就往外走。

小叶一溜儿小跑追在后面，大声说："杜长江，我知道你喜欢我！"

好多人停下来回头看他们，杜长江顿时无地自容。杜长江加快了脚步往外走,走到电影院售票厅,就听有人喊他,是米小粟。

见杜长江低着头从放映厅匆匆出来,米小粟很奇怪。

一听声音杜长江就知道是米小粟,米小粟的声音很特别,干净、清脆,带着一股甜甜的味道,像甘蔗。只是身边跟着小叶,杜长江就不想应,可他越装听不见,米小粟就越觉得奇怪,叫得反倒更响了。

和杜长江同事了两三年,小叶晓得他哥哥的女朋友是电影院的,就想趁这机会,把杜长江喜欢自己的事给坐实了,最好给张扬出去,爱情这东西,有时就像一口锅,不敲不破,小叶往前追了两步,和杜长江并了肩。

前有哥哥的女朋友,后有不想被人知道的一起看电影的女同事,杜长江就像不小心闯进了风箱的老鼠,进退不是。在国货站了几年柜台,小叶也是见识过人情世故的人,见杜长江尴尬着,对他心思就更是明了了,也知道,这时候自己要不豁出去,杜长江这辈子怕是要和自己无缘了,就特意往他身边贴了贴,几乎蹭着他胳膊了,笑眯眯地看着米小粟,说:"您是长江的未来嫂子吧?"

一看这架势,米小粟就知道小叶不是盏省油的灯,就掠过了她的笑脸和问候,径直问杜长江:"长江,看电影啊?小郭呢?"

杜长江讷讷了两声,叫了声小粟姐,然后说郭俐美在家。

米小粟说:"小郭知道吗?"

杜长江低着头,踩着脚底下的人造大理石地板说闹别扭了,声音很小,嗡嗡的,吐出来的字与字都粘在一起,谁也听不清他说了些什么。米小粟就知道,他能这样,说明还是个有良心的,心里有愧,话都说不成句,就说:"你们也是快结婚的人了,还闹什么闹?"

米小粟一直冲杜长江说话,那个几乎是黏在他胳膊上的小叶,仿佛不曾存在,小叶知道她这是故意的,就气得慌,说:"只要还没登记,就不是正式夫妻,他和别人就有相互喜欢的自由。"

米小粟明白,如果她接了小叶的腔,肯定就没完了,不如一直无视来得更干净利索,也算杀一杀小叶的嚣张气焰,就让杜长江回家,说今天他妈去郭俐美厂里找她了,听说郭俐美态度挺好,让杜长江今晚过去一趟,就当给她父母一个台阶下。

三番五次和米小粟递话,被米小粟无视,小叶自觉面子没地儿搁,也明白米小粟是故意的,就涨红着脸,说:"恋爱自由,你凭什么干涉杜长江跟谁恋爱?"

　　杜长江有点紧张,生怕米小粟接了茬儿,少不得有一架吵,就忙推着小叶往外走,说不早了,要送她回家。

　　望着两人背影,米小粟大声说:"杜长江,你放心,今天的事我不会告诉小郭。"

　　杜长江边推着小叶往外走边胡乱应了声谢谢。小叶就站住了,瞪着他,说:"你谢什么谢? 她说了才好!"

　　米小粟就又喊了一声:"长江,小郭都是有孕在身的人了,你赶紧过去赔个不是,别让她在家生闷气,对胎儿不好。"

　　一听郭俐美怀孕了,小叶一下子就愣住了,怔怔地看着杜长江,眼泪突然就掉了下来,哭着跑了。

　　杜长江不知该怎么着好了,愣愣地站在原地,看看小叶的背影,又回头看米小粟。米小粟走过来,和他一起看着消失在夜色里的小叶,对他看也不看,说:"你哥把水果都买好了,赶紧回去拿着去小郭家看看。"

　　一说起郭俐美,杜长江就想起了敲在背上的炉钩子,迟迟地,没挪脚。米小粟急了,说:"长江你想干什么?"

　　杜长江不说话。

　　米小粟问他是不是想做现世陈世美。杜长江还是什么也没说。米小粟说:"都这时候了,你要跟小郭说拉倒,让她以后怎么见人?"

　　杜长江吭哧了半天才说,其实也没想跟郭俐美拉倒,就是一想起他们家,就烦得慌。米小粟说:"小郭都怀孕三个月了,你要真和她分了手,她肯定得闹,后果你想过没?"

　　杜长江说:"知道。"

　　米小粟说:"你知道就好!"又问小叶是谁,杜长江就嗫嚅着把小叶的情况说了一下。米小粟叹了两口气,说:"我看出来了,她是真心喜欢你,可惜,晚了。"然后又说,她也知道自己刚才对小叶的态度有点过分,可没办法,她要不这样的话,小叶肯定顺杆儿爬,以为她在杜家已经有了同盟军,插足杜长江和郭俐美感情的时候,会更加有恃无恐。

杜长江说他有数,会处理好,说着,脚在地上轻轻踢了一下,其实,地上什么也没有,只是懊恼和羞愧让他无地自容,小声道:"其实就是一起看了场电影。"

就一起看了场电影?!米小粟是女人,当然明白女人的心思,就指着电影院门口说:"看你同事那表情,在她心目中,这可不是一场电影那么简单。"

杜长江说:"她是她,我是我。"

米小粟想说她是苍蝇你是有缝的蛋!但又觉得这话太重,杜长江面子上挂不住。人要面子没了,就容易破罐子破摔,把平时干不出来的蠢事干了,米小粟就忍了,催杜长江赶紧回家拿上水果去郭俐美家。

只有他和郭俐美合好了,小叶才能不战自退。

杜长江在嗓子眼里嘤嘤地说:"那我走了。"目送他出了电影院大门,米小粟又喊了一声:"明天见着你那同事,别提今晚的事;她要是提了,你也别替我道歉。"

杜长江嗯了一声。

米小粟说:"女孩子脸皮薄,你要不把这事当事了,她也不好意思当事。"

杜长江在心里嗯了一声,跟米小粟说了谢谢,抬脚就往家跑,两站路,十来分钟的事。

到家已经八点了,杜天河去医院陪床了,一兜香蕉在灶台上摆着,杜溪正围着转来转去,琢磨着怎么掰下一根来,还不露痕迹,见杜长江回来了,就嘟了一下嘴,说:"好长时间没吃过香蕉了。"

杜长江拽下一根,塞到她手里,拎起来就往外走。

杜溪愣愣地看着二哥塞过来的香蕉,满眼惊喜,几乎不敢相信这是真的,忙剥开了,掰了一截给杜沧海,望着杜长江的背影说:"二哥今天这是太阳打哪边出来了?"

杜沧海把半截香蕉丢进嘴里,呜噜呜噜地说:"真好吃,等我有钱了,买一卡车,管咱全家吃个够。"

杜溪就笑着说:"你要是有钱了,还是别买香蕉了,先把咱家欠的账还了就阿弥陀佛了。"

含着一嘴香蕉的杜沧海一下子就愣住了,刚才还满嘴巴滑滑甜甜的香蕉变得噎人了,卡在喉咙里半天都下不去,又想起今晚杜天河说他一朋友的爸爸曾是孙高第爷爷的战友,答应帮着去说和一下,赶紧把事了了,别这么钝刀子割肉地磨起来没完。

了事,得要钱吧?

有一天,他听赵桂荣和杜天河在那儿算账,单是孙高第在青岛和去北京、上海的治疗费就花了三千了,其中一千多是从亲戚朋友那儿借的,如果孙高第家再要钱,恐怕还得出去借。

杜沧海在心里默默算了一下,杜建成工资一个月不到六十块,还要照应一家老小的吃喝开支,大哥、二哥办婚礼的钱早就给花没了,这又马上要结婚,就算参加集体婚礼不要钱,新衣服总要买吧?他们结了婚就得出去单过,就他父母的脾气,总不至于分家没分给儿子们家产,还分给他们一人一笔债吧?

杜沧海越想越难过,喉咙里堵得好像滴水不漏,那口香蕉,都嚼成稀汤寡水了,还是咽不下去,最后不得不吐在了泔水桶里。杜溪问他干吗吐了。杜沧海没精打采地说:"咽不下去。"

说完,坐在青砖灶台上,望着门外地上青亮亮的月光说:"姐,你说,咱家什么时候才能还完债?"

杜溪看着他,也惶惑了,摇了摇头。

杜沧海说:"都是因为我!"

知道他难受,杜溪就安慰他说:"咱妈说了,你也不是有意的,要是有人告诉你,那一竹竿能捅出这么大祸,你宁可让人打个半死都不会碰竹竿一下。"

杜沧海点点头,杜溪说得对,可他不能因为这就原谅自己。姐弟俩看着窗外,发了一会儿呆,杜沧海说:"姐,我不想上学了。"

杜溪吓了一跳,说:"咱家出个大学生的希望都在你身上了。"

杜沧海说:"我想挣钱。"

杜溪说:"就你?上班也是个学徒工,能挣几个工资?要咱家的账指望你还,你得还半辈子。"

杜沧海说:"我不能自己捅了窟窿让全家人跟着填。"

杜溪说："不想上学的事你千万别当咱爸妈面说，要不然，还不知气成什么样。"

杜沧海低着头，半天没说话，可决心，已下了。

2

孙高第家终于松口了，不追究杜沧海的刑事责任，但民事赔偿不能免，一开始，要两千块的赔偿，杜天河朋友的父亲好说歹说降到了一千五。

去哪儿弄这么多钱？正当一家人愁肠百结的时候，米小粟送来一千，说是这几年攒的，让赵桂荣先拿着应急。当即，赵桂荣的眼泪就滚了下来，拉着米小粟的手，一个劲儿地呜咽着絮叨说："小米多亏你了，我们家天河这是积了几辈子的德才有福气遇到你……"

杜长江觉得都是儿媳妇，好，不能都让米小粟一人赚了，就找同事借了三百块钱，给了郭俐美，教她过来跟父母说是她自己攒的私房钱，拿过来应急。

郭俐美也是个要强的人，听说米小粟拿了一千，就不高兴，说："米小粟这不成心找我的难看吗？她家是部队高干，有的是钱，让我们这些平民老百姓的脸往哪儿搁？"

杜长江说："都是一家人，瞎比什么比？"

说这话的时候，杜长江又想起了小叶，想，这事如果放小叶身上，小叶肯定不会说半个不字，说不准还能借钱把那二百块的窟窿补了。这么想着，就觉得意兴阑珊，坐在礁石上，看自己的鞋尖，不说话。

郭俐美对他的态度很不满意，噘着嘴，瞪他，一副马上要哭出声来的样子。这要以前，她要这样，杜长江马上就自我检讨加自我批判了，可今天，他不想，他想起了小叶，想如果不是因为郭俐美肚子里的孩子，他大概就跟她提拉倒了，拉倒以后和小叶好。昨天，小叶还借着柜台上会计传小票和零钱的绳子给杜长江传了张字条。字条上写着：杜长江你知道我的心吧？

小叶写这张字条的时候，一眼又一眼地看着杜长江，可杜长江不敢看她，仿佛她是块烧红的烙铁，看一眼就能烫得眼球跳起来。

小叶写完字条,两眼定定地看着他,边往绳子上夹边说:"杜长江。"不得已,他抬头去看,就见小叶把夹着字条的夹子啪地一拍,字条就像雪橇一样嗖地滑到了他跟前。他本不想摘,可小叶瞪着他的眼,都快喷火了,只好摘下来,看了,扔也不是回也不是的,像拿了一个刚从火里掏出来的栗子,想扔,碍于小叶盯着,就叠好,揣进口袋,想下班路上拿出来扔掉。知道小叶希望他能回句话,但他不能回,一旦回了,就是授人以柄,就装作很忙的样子,理货架。小叶巴巴地看了他一会儿,见他没回她字条的意思,就快快地卖东西去了。杜长江心里挺不是滋味,觉得对不起小叶,也想起了她酥软的丰满的胸,比郭俐美的大。郭俐美的胸像两个煎鸡蛋,她总往胸罩里塞棉纱,大夏天的,也不嫌热,杜长江说:"我又不嫌你胸小,用不着这么折腾。"郭俐美就白了他一眼,说:"你懂什么,把胸塞起来,显腰细。"

想想郭俐美因为自家穷,就看米小粟不顺眼,还要逼他附和,杜长江心里的烦躁,就像大风过后的芦苇荡,浩浩荡荡地起伏不已。

其实,自从知道怀孕后,郭俐美很怕被甩,可又要做姿做态地给自己扎架子,杜长江就很不屑,说话的底气也足了很多,甚至不怎么给面子,好像郭俐美不是谈了几年的女朋友,而是非要往他这辈子上搭的赖皮。

郭俐美拿白眼球很多的眼神挖他的脸:"你这说的是人话吗?你要不比,这三百块你别往外掏啊,谁有钱让谁大方去!"

杜长江让她堵得说不上话来,更加觉得还是小叶好,做售货员,见多识广,说话做事的分寸都能拿捏在火候里,不像郭俐美,说话都跟倒垃圾似的,不分时候不分情景就往外倒。

杜长江恼了,说:"就没见过你这样的,给钱让你往自己脸上擦点粉都叽歪起来没完!"

杜长江把钱卷起来,塞口袋里,要起身走的样子。

见他真急了,郭俐美忙去拽他,说:"杜长江,你还是个男人吗,你?"

杜长江把钱往口袋深处塞了一下,起身就走,说:"我不是男人,你肚子怎么大的?"

郭俐美没想到杜长江能这么噎她,一下子就哭了,说:"杜长江,你混蛋,你不是人!"

本来,杜长江想从礁石上跳下来就走,可又怕郭俐美急了,去追她,海边礁石,崎岖突兀,又硬又锋利,万一绊倒了或是崴了脚摔一跤,都不是闹着玩的,就快快地站住了,坐回她身边,愁肠百结地看着大海。郭俐美哭了一会儿,见杜长江没走,知道他心里已经服软了,就收住了哭,伸手从杜长江的裤子口袋里往外掏钱,这一掏,就把小叶写的字条也给掏了出来。

一开始,杜长江没在意,见郭俐美拿着字条愣愣地看,才想起来,小叶那张字条忘了扔了。

想到这里,杜长江心里就轰隆轰隆地响,想,毁了,扑上去就抢,说:"有什么好看的?"

郭俐美却一闪,躲开了,虎视眈眈地看着他,说:"杜长江,谁写给你的?"

杜长江说:"什么谁写的,我自己胡乱划拉的。"说着又来抢。郭俐美却利落地连钱和字条一起塞进了口袋,手脚并用地爬下礁石,深一脚浅一脚地往岸上去。

杜长江追得跟跟跄跄。

到了沙滩,郭俐美威风凛凛地站住了,说:"杜长江,我看出来了,是有个骚货撩骚你,不该你的事,你跟我说,这骚货是谁? 我这就去把她的脸挠成烂抹布!"

杜长江说:"真没有。"

郭俐美转身又走,边走边说:"我明天就去国货,我倒要看看,这个骚货是谁?!"

杜长江知道郭俐美干得出来,一想到明天郭俐美就会扬着一张字条在国货骂大街,杜长江真尿了,追上去,说:"俐美,你听我说。"

郭俐美就站住了,拿刀子一样的眼神看着他。

杜长江艰难地咽了口唾沫,说:"我已经跟她说了,咱俩才是流水的世界铁打的两口子,七仙女给我都不换。"说着,杜长江揽着她的肩,赌咒发誓,就差给她跪下了。郭俐美冷冷地看了他一会儿,扒拉开他的手,头也不回地走了。

杜长江想去追来着,但见郭俐美的步履决绝,知道追上也没用,郭俐美没文化,但脾气又大又倔。

杜长江越想越怕,就去水清沟找了小叶。

都晚上八点多了,杜长江来找自己,让小叶很高兴,以为昨天的字条起作用了,就欢天喜地地出来了,跟着杜长江沿着大华路往南走,去拉他手时,杜长江站住了,说:"小叶。"小叶羞涩地嗯了一声,满眼期待地看着他。杜长江艰难地说:"你也知道,我们家最近出了很多事。"小叶点点头,说:"只要我们齐心协力,总会过去的。"杜长江又说:"你也知道郭俐美怀孕了,这时候我说分手不合适。"小叶就警惕了,说:"杜长江你来找我就为和我说这个?"杜长江说:"不是。"然后,又说:"你写给我那字条,她看见了。"小叶一阵高兴,紧张地问郭俐美什么反应。杜长江说:"她明天可能要大闹国货,到时候你忍着点,不管她说得多难听也不管她怎么骂大街,你都甭跳出来说是你写的。"

小叶说:"你来找我,就为说这个啊?"

杜长江点点头。小叶有点失望,说:"还没结婚呢,她就这么泼,这样的女人你也敢娶?"杜长江又重复说:"今年我们家出太多事了,我不想再节外生枝了。"小叶说:"这叫节外生枝? 你这是'明知山有虎偏向虎山行'! 不行! 杜长江,我不能眼睁睁看着你把自己一辈子毁了!"说这句话的小叶就像个慷慨激昂的女英雄,要救他于水深火热之中。

这是第一次,杜长江觉得,被爱情燃烧的女人真可怕,疯子一样,听不出别人话里的弦外之音。就说:"小叶,千万别,我宁肯自己苦点,不能再让父母跟着操心受累了。还有你,也别掺和了。"

小叶说:"不行!"

杜长江突然大声叫了声小叶! 然后,什么也没说,就那么生冷地瞪着她。小叶的眼泪就掉下来了,仿佛这才明白,因为自己的执迷,杜长江生气了。

是的,杜长江是喜欢她的,但是还没喜欢到可以由着郭俐美闹都不怕丢面子的份上,甚至也没喜欢到为了她惹父母生气的份上。

小叶觉得自己像一只蚂蚁。

但她决定做一只不认输的蚂蚁,就像深秋的路边,那只扛着一枚金灿灿的银杏树叶跨过沟壑的蚂蚁,但在杜长江这里,她得讲点策略,不能把他惹急了。就流着泪点点头,说:"杜长江,我明白了,你回去吧。"

可杜长江还是有点不放心,在她身后追了两步,说:"小叶,记住,不管她明天去说什么骂什么,你就当和你没关系。"

小叶就哭着大声说:"杜长江,你这个懦夫!你走吧,我这辈子都不想再看到你!"

其实,小叶想好了,如果郭俐美明天去国货闹,那么,她就像个英雄一样站出来,锅不敲不破,锣不敲不响嘛,到时候,她们当面锣对面鼓地对着干,鹿死谁手还不一定呢!

虽然小叶答应了,可杜长江心里还是不踏实,满脑子都是郭俐美跑到国货骂大街的画面,翻来覆去一夜没合上眼。第二天,乌青着两只眼去上班,就见小叶打扮得比往日都要鲜亮,心里咯噔一声,想,坏了!

可是,提心吊胆的一上午过去了,郭俐美并没来,他心里略微松了一口气,想他都跟郭俐美表态了,不管字条是谁写的,他的心都在她这儿,大概她也就不计较了吧?

正想着呢,就见郭俐美来了,穿了条月牙青的连衣裙,胸罩里大概塞了两大团棉纱,显得腰肢婀娜,既素净又漂亮,袅袅婷婷地到了他柜台边,巧笑嫣然地看着他,杜长江吓得腿都软了,几乎是颤着嗓子说:"俐美,你怎么来了?"

郭俐美就把挎包拿到柜台上,掏出一个四方的报纸包,让杜长江猜猜,这是什么。

杜长江心里兵荒马乱的,哪儿还有心思猜。就动手去拆。郭俐美一把捂住了,自己慢慢拆开报纸,一叠一叠地往外拿钱,拿出了整整五叠,然后笑着看着他说:"怎么样?"

一时间,杜长江转不过弯来,讷讷地说:"我只给了你三百啊。"

郭俐美故意大着嗓门说:"我妈听说你弟弟的事还差二百就了了,把存款提出来了,说给你家先应着急,就当我陪嫁了。"

杜长江原本紧张得像撞鹿的心脏,顿时就感动得稀里哗啦,恨不能当众就把郭俐美揽过来攥在怀里抱着,可同事们众目睽睽地看着,还是忍了,只是泪光闪闪地看着这堆钱,几乎是哽咽着说:"咱妈真好。"

郭俐美得意地说:"那是。"说着,夸张地伸手给杜长江擦泪,嗓门挺亮地说:"行了,真是的,还大男人呢,掉什么眼泪,我妈说了,什么也不图,就图你对我好。"

小叶原本准备了一肚子枪支弹药,要稳准狠地战斗上一场,没承想是这么个场面,顿时无趣,转身去了后面的厕所,关上门,咬牙切齿地哭了一场。

杜长江让郭俐美把钱收好,这就送到家里去,免得父母还在为差五百块钱劳神。

郭俐美说"成",把钱包好,装进包里,就走了。

郭俐美前脚走,后脚同事们就夸上了,说杜长江有福,郭俐美不仅能干,工资高,也通情达理,心地也善良,男人娶老婆,善良是第一位的。杜长江听着,心里也美滋滋的,觉得自己差点把郭俐美看低了,原本以为她会像个泼妇似的来闹一场呢,没想到她泼天泼地地送来了一场硕大的温暖。

郭俐美真的是来送温暖的吗?

还真不是,这不过是个策略。

首选,依着郭俐美的脾气,今天真是来大闹一场的。昨晚从海边走了,就去表姐家哭诉了一顿,也把要闹国货的事说了。表姐就说她傻,说:"男人嘛,哪个不喜新厌旧?你这么一闹,你以为就把那个惦记杜长江的小妖精的心闹死了?才不呢!只能让杜长江掉面子,破罐子破摔!恼你!这时候小妖精献一献殷勤,撒一撒娇,杜长江没准就投人家怀抱里疗伤去了。"郭俐美虽是粗人,可也不傻,觉得表姐说得有道理,就问怎么办好,表姐就给她出了个当众喂甜枣的主意。这样,不仅给了杜长江面子也给自己脸上贴了金,更让那个小妖精知道知道,就杜长江和她的感情,不是随便三铁锹两镐头就能撬得开口子的!

郭俐美领了表姐的主意回了家,本想跟父母开口,借出二百来凑齐了,可她一提杜家,父母就气不打一处来,如果她这时候开口借钱,他们肯定得问为什么。这钱,不是个小数,不说实话不行,说了,又得挨父母骂,骂她自轻自贱,还没进门呢,就开始想方设法巴结婆家了,等将来嫁过去,有她好果子吃?所以,在家就没开口,找要好的姐妹,东拼西凑了二百,大不了等结婚以后她和杜长江慢慢还就是了。

然后，郭俐美拿着五百块钱去了杜家，说自己虽然还没过门，可马上就是这家一分子了，家里出这么大事，她不能袖着手在一边看着。

不管咋说，人，到底还是势利的，前面有米小粟的一千块摆在那儿，郭俐美拿来五百块，赵桂荣虽然也很感动，但反应没见着米小粟那一千块强烈。所以，郭俐美就有点失落，快怏地和杜长江说："真是的，你妈这人，连说话都会见人下菜碟啊？"

杜长江问："怎么了？"

郭俐美就把赵桂荣接过钱的表情和话都学了一遍。酸溜溜地说："前面有一千块摆那儿，你妈也算个见过大钱的主儿了，能把咱这五百放在眼里了？"

从郭俐美学的话里，杜长江确实也感觉到了落差，但在郭俐美面前，又不愿承认，就说国货最近来的一批料子不错，他们是不是得把婚礼的衣服做了。

郭俐美嗯了一声，说："集体婚礼也是婚礼，衣服得做漂亮点，不能让人看了笑话。"又问杜长江："还有钱吗？"杜长江哪儿有？吭哧了一会儿，说："你别管了，我来弄。"

第二天，杜长江厚着脸皮跟组长说，像他和郭俐美似的，参加集体婚礼，大伙儿还给不给凑份子？

组长说："凑！怎么能不凑？你就是上月球举行婚礼，份子钱也少不了，以前其他同事红白喜事的份子钱你又不是没掏。"

杜长江就把家里的情况简单说了一下，又吭吭哧哧地问能不能由组长发个倡议，提前把份子钱给了，他也好做套新衣服参加婚礼。杜沧海用竹竿把百货公司人事科长儿子的蛋穿了糖葫芦、老杜家赔了个底儿掉，在整个商业系统，早就传遍了。组长说："人是社会动物嘛，啥叫社会动物，就是一人有难八方支援，但关键是你得说，你不说谁知道？"让杜长江放心好了，这几天他就把这事给他操办利落了。听组长说完，杜长江的眼泪差点落下来，有感激也有难为情，好好一个家，好好的日子，就因为杜沧海一竹竿过去，就乱了套。

这么想着，心里就有点恼杜沧海，晚上吃饭的时候，就没给他好脸。杜沧海感觉到了，也知道自己给家里闯了祸，低着头不吭声，心里难受得猫抓一样。

组长把同事凑的份子钱给了杜长江。杜长江让郭俐美过来挑料子，郭俐美问统共收了多少份子钱。杜长江说十块。郭俐美就高兴得要命。

杜长江扯布料拿的是内部职工价,便宜不少,十块钱做两套正儿八经的衣服还能剩不少。郭俐美扯着布料比画了比画,突然说:"光给咱们做啊?"

杜长江啊了一声,有点愣。

郭俐美就说:"大哥不也和咱们一起结婚吗?衣服做了没?"

杜长江就拍了一下脑门,懊恼竟把大哥和自己一起结婚的事给忘了,就说:"先把咱的扯了,晚上回家跟我哥说一声,让他们过来挑料子。"

郭俐美小声说:"咱出钱啊?"

杜长江又让她给问住了,犹豫了一会儿,说:"到时候再说。"郭俐美突然就懊恼了,懊恼自己瞎热心,瞎多嘴,平白无故就多出些事来,小声咕哝说:"不是我不想出这钱,就咱这钱,做两套绰绰有余,做四套不够。"

见杜长江不说话,知道他犯难,毕竟是弟兄两个一起参加集体婚礼,如果他们悄没声地就把新衣服做了,显得不厚道,可要吭了声,钱谁出,是个问题。杜长江知道,杜天河都是一开了工资就交父母,手里没钱。老半天,才说:"要不,咱就别要这么好的料子,做四套紧紧巴巴也够。"

郭俐美嘴又噘老高,像个塞子,一下子塞在了杜长江心上,但也不怪郭俐美,要不是她提醒,这事还真就办夹生了。

夜里,杜长江小声问杜天河参加集体婚礼的衣服准备了没有,杜天河说米小粟打算穿军便装去参加集体婚礼,他正想问杜长江呢,要不要,要的话,他让米小粟给多弄两套。

那几年,人人以穿一套军便装为时髦,杜长江连想都没想,说要!第二天就和郭俐美说了,说大哥给弄了军便装,就不用做新衣服了。郭俐美不干,说军便装是军便装,结婚衣服是结婚衣服,女人结婚,没几件像样的衣服压箱底,日后想起来都惨得慌,所以,军便装她要,新衣服也得做。

杜长江拧不过,由着她做了。

郭俐美看出了他的不高兴,说:"你不做就把钱省下来给你爸妈一人做一套吧,儿子结婚,他们也得有身像样的衣服。"然后,不待杜长江同意,就挑不便宜也不贵的料子扯了两套。

看她扯着料子絮絮叨叨，杜长江心里暖洋洋的，觉得郭俐美固然有她的不好，可心眼不坏，在市井街巷里，她的行事做人，也算是识大体了。这么想着，就瞥了一眼小叶。就见小叶拿胳膊肘歪在柜台上，正往这边瞅。两人目光一对上，杜长江就慌了，就忙低下头，装作帮郭俐美收拾布料的样子。

郭俐美感觉到了他的异样，问："怎么了？"杜长江越发心慌，说："没什么。"话音刚落，小叶就扭着腰走过来了，往杜长江身边一靠，上下打量着郭俐美，说："杜师傅，这你对象啊？"

杜长江嘴里啊啊了两声，说不早了，让郭俐美先带着布料回家。

在男女这方面，女人直觉向来犀利，郭俐美也不例外，她目光从小叶脸上掠了过去，仿佛压根儿就没看见她这么一人，或者看见了，也没放在眼里，径直拃了杜长江的胳膊，拎了一下沉甸甸的布料，又放下了，看着杜长江。杜长江忙拎起来，说挺沉的，急忙忙就往外走。小叶被撂在半空里，挺下不来台的，就拽了一下杜长江的胳膊，说："杜师傅，问你话呢？"

郭俐美就哎了长长的一嗓子，扒拉开小叶的手："哎——你这人，小姑娘家家的，怎么跟男人动手动脚的？"

小叶拿鼻子哼哼了两声，说："我跟人动手动脚也没让人把肚子动大了。"

郭俐美知道，这就是了！未婚先孕这样的事，如果不是关系密切的人，不会说，尤其是男女之间。郭俐美气得心脏疼，她瞪着小叶看了一会儿，一副随时都要喷她一脸玻璃碴子似的，杜长江真吓坏了，郭俐美这要在国货和小叶打起来，往后他怎么还有脸待？就忙拽着郭俐美走。

郭俐美脚下就跟生了钉子一样，瞪着小叶，小叶也不示弱，虎视眈眈地回瞪着，突然，郭俐美就笑了，笑得阳光灿烂，说："没错，我是怀了杜长江的孩子，可有些人，脸都不要了，写字条勾引他，他看都不带看一眼的，真是把女人的脸给丢尽了，我要是这个人啊，早就没脸见人了！"

郭俐美说的声音不大，但字字掷地有声，钉子一样往小叶脸上射，说完了，又往小叶脸上凑近了一点，小声说："你要真想来难看的，我就把你写给杜长江的字条亮出来，我倒要看看，咱俩的脸，是哪个往地上掉！"

小叶的眼泪，一下子就跳了出来。

65

郭俐美把杜长江的胳膊挽得更紧了一点，说："以后我要知道你还打杜长江的主意，别怪我不给留脸，今天是最后一次！"

说完，拖也似的，拉着心如撞鹿的杜长江走了。

到了街上，才站定了，看着杜长江一字一顿地说："杜长江，我操你祖宗！"

声音挺大，身边来回走的人都回头看，杜长江忙推着她往公交车站走，郭俐美就哭了，一边哭一边打杜长江，杜长江边躲闪边说好话，说："你放心好了，就小叶那样的，十个绑成一团我都不换一个你。"

说着，几乎是拦腰抱着，把郭俐美送上了公交车，往国货走的时候，想起了小叶，觉得挺对不起她，见新华书店旁边的即墨路上有人贼眉鼠眼地转来转去，知道是卖东西的，以前他们在街边卖东西怕被联防抓了说投机倒把，都机警得很，就算现在联防不抓了也还是习惯性地透着贼相，杜长江对这些人没好印象，不是坐过牢找不到工作的，就是在街面上混受不了单位束缚的，想弄口饭吃，就老鼠似的满街溜达着做小买卖。一开始是拿粮票换鸡蛋，再后来是卖从南方倒回来的小东西。杜长江凑过去打听了一下，想买点合适的送小叶，算是赔礼道歉。就过去看了看，有卖珍珠项链的，有卖丝袜的，还有卖人造革钱包的，样式都很时髦，可一问价格，吓得赶紧闭嘴走了，心想，抢钱呢！

回了国货，杜长江有心替郭俐美向小叶道个歉，可小叶一直忙来忙去的，似乎没看见他满脸的期待，好不容易等她不忙了，凑过去叫了声小叶，小叶没听见一样，从抽屉里掏出一件织了五分之一个身子的毛衣，对着一本编织画报比画，好像身边根本就没他这么个人，把杜长江弄得讪讪的，站了一会儿，也就作罢了，快快地回自己柜台，再过一会儿，看小叶，小叶还是那样。

从那以后，小叶看见杜长江，就像看见了一团和周围没任何二致的空气，不笑不恼，就是不和他搭腔。把杜长江弄得尴尬得要命，但又不好发作，就想，女人真是一种不成亲则成仇的怪物。

3

把赔偿的钱给孙高第家送去，又签了谅解协议，从大面上看，孙杜两家的恩怨,算是放下了。

从孙家出来,杜建成和赵桂荣说:"事了了。"

赵桂荣眼里泛着泪花,点了点头。

杜建成自言自语似的说:"咱家有日子没吃饺子了。"

赵桂荣说:"今晚就吃。"

杜建成站下了,摸遍身上所有的口袋,一共摸出三毛二分钱,给了赵桂荣,赵桂荣也摸遍了自己身上的口袋,摸出来一毛七分钱,然后,攥着四毛九分钱去了菜店。买两方豆腐、菠菜、粉丝,统共花了两毛钱。回家,烧水把粉丝泡了,菠菜烫了,用冷水激两遍攥干,又把豆腐放锅里,边炒边铲,一直炒成淡淡的金黄色,绿豆粒大小,香喷喷的,盛到装着剁碎的菠菜和粉丝的盆里,加香油、花生油、盐,搅拌均匀,就是赵桂荣冬天时最喜欢包的素馅饺子,不仅好吃,在那个没有冰箱的年代,还耐放,包好了不煮,可以放两三天,随吃随煮,再烫点自己磨的青芥末蘸着吃,馅香得生猛,皮 Q 得弹牙,是赵桂荣拿手一绝。

煮好饺子,赵桂荣没像往常一样先给一家之主杜建成,而是给了杜沧海,轻声细语地说:"都妥了,把心放肚子里,好好念你的书。"

看着一盘子像热腾腾的小肥猪一样的饺子,杜沧海哽咽着,没出息地哭了,那是他这辈子吃过的最难忘的一顿饭,那不是一盘饺子,是亲人齐心协力的包容和安慰,暖着他惊慌失措了几个月的少年心。

和孙家事情了了,接下来就是操持杜天河和杜长江的婚礼了。

虽然集体婚礼不用家里操持,对结婚这事,米小粟和郭俐美家没什么要求,可杜建成觉得,该走的礼道还是要走的,否则,太亏待了两个儿媳妇。这第一,要遵照青岛风俗,带上六样礼:六斤糖、六斤点心、六斤粉条、六条鱼、六斤肉、六瓶酒,去两个亲家家拜访,六样东西都要准备双份,也得花钱,家里没有,借钱也得办!这是杜建成的意思,亲家辛辛苦苦把女儿养到二十多岁,被他们杜家娶来做媳妇,这份尊重,他杜建成必须给,要不然,这亏空要留下了,以后想弥补都没机会了,只能愧一辈子。

就在杜家人忙活着置办六样礼的时候,杜沧海跟学校请假,说是要陪杜建成去外地看病。其实呢,是去热河路底下等着拉沿,怕熟人看见回去告诉父母,就特意找了顶破帽子戴着,帽檐拉老低,几乎要把眼都盖上了,老远看上去,像犯了事躲警察的人,不怎么正经,上前要帮人拉沿,人也觉得他这打扮不地道,给婉拒了。

杜沧海在热河路坡底下站了一天,一分钱也没挣着,天擦黑了,要往家走时,见有人拉了一车布匹上沿,吃力得不行,就想反正自己也要回家,顺路,就没吭声搭上绳子帮他拉了上去。

拉布的是个四十来岁的中年男人,见他绳子搭自己车上,就瞥了他一眼:"我一家六口就吃我自己这身力气,我没钱给你。"

杜沧海说:"不要钱,我要回家,顺路。"

男人就不再说什么了,坡上了一大半,男人歪头看看他,说:"我看你在坡底下站了一天了,也没档子买卖,知道为什么不?"

杜沧海摇摇头。

男人指指他头上的帽子:"跟个盲流逃犯似的,谁敢用你?"

杜沧海这才恍然大悟,就说了自己的苦衷。男人说:"这样啊,靠拉沿你能挣几个钱? 要不你和我一样,给人拉车送货吧。"

杜沧海不相信天底下有这么好的事,因为杜建成以前拉过车,在那个一切都凭票供应的年代,在交通局拉车、在港务局当搬运工虽然很苦,是重体力活,但工资和每月供给的粮油比普通职工多,所以,家庭条件差、身体条件还可以的人,都抢着进这两个单位。这么好的事,怎么会平白落他身上? 就看着男人,没说话,心想这里面是不是有什么弯弯绕。

男人大约看出了他的心思,一边奋力拉车一边看着他吭哧吭哧地笑,笑得好像狗吃东西被噎着了。杜沧海以为他在笑自己当了真,恹恹地说:"就知道你要我。"

男人不吭声,奋力把车拉上了沿,拐上胶州路,小心地把车后尾杵在地上,擦了把汗说:"我闲没事干了,要你干什么?"

男人见杜沧海还是满脸不相信,就说:"真的,现在不是改革开放了嘛,有些东西已经不用批计划了,这些计划外的东西交通局不给派车,可不派车也得运,不能老在码头和火车站货场堆着,货主就找私人送货,我就是其中一个。"杜沧海还是不信,问他说:"你没工作啊?"

男人犹豫了一下,说:"以前有,后来没了。"

杜沧海琢磨这话是什么意思。男人从口袋里摸出旱烟,卷了一支,往杜沧海眼前递了递。杜沧海忙摆手,说不会。男人把烟荷包揣回口袋,点了烟,狠狠地抽了两口,冲着西边火烧连云的天空喷出了一串打着旋子的白色小喇叭,才用眼角看着杜沧海说,他以前是锁厂会计,因为挪用公款,坐了两年牢,出来了工作就没了,多亏亲戚介绍,找了拉车这活,然后又问杜沧海干不干。

杜沧海开始有点信了,问:"一天能挣多少钱?"

灯火阑珊的街上,男人伸出三根手指晃了晃。

杜沧海以为是三毛,很不以为然,勤快点,他拉一天沿都不只挣三毛。男人大概看破了他的心思,把烟蒂扔地下踩了一脚,慢条斯理地说:"三块。"

什么?杜沧海差点跳起来,要知道,他之所以没想成三块,是因为父亲,杜建成是邮局正式职工,一个月乱七八糟补贴加起来也才六十二块五毛钱,如果单纯算工资,连六十都不到!

男人按下车把,拉着布匹继续往前走。杜沧海有点激动,想,如果他说的是真的,用不上三年,靠他自己就可以还上家里的欠债了!怎么能不激动呢?就三步并作两步追上去,从男人手里抢过车把,毕恭毕敬地叫了声师傅,问拉到哪里去。

男人很受用。知道杜沧海喊他师傅和在街上找陌生人问路都要喊声师傅的社会性称呼不是一回事,是透着恭敬的,就又从口袋里摸出烟荷包,卷了支烟抽上,才用下巴往西指了指,说"谦祥益"。

"谦祥益"是家老字号,解放后充了公,在北京路上,沿着胶州路走到西头,拐上中山路走不多远就是。杜沧海帮他把车拉过去,布料卸了,眼巴巴看着男人从经理手里接过一块五毛钱时,他的眼珠子都快跳出来了。男人看着他笑了笑,说这是今天的第三趟活,前两趟距离近也轻快,一共才挣了一块六毛钱。说完,男人拉起空车就走,杜沧海依然是上前夺过车把,说要送送他。男人看出了杜沧海肚子里的小九九,就拍他肩一下,上下打量他,说:"就你这身子板,我看行,明天,你去火车站货场找我。"

杜沧海站住了,定定地看着男人,说:"师傅,您答应收下我这徒弟了?"

男人哈哈大笑,说:"什么答不答应,是我主动拉你入伙的,我看你小子仗义,也是个能干的。"

就这样,第二天,杜沧海就成了火车站货场拉货的个体户之一,板车是从货场租的,一天五毛,一开始,杜沧海还有点担心,这要万一没活,连租车钱都挣不出来,岂不是作大了?

一周下来,事实证明,他的担心,是多余的,货场要拉出去的东西太多了。最少的一天,他都挣了两块五,去掉租车费,还有两块;多的时候,他一天能挣四块多。每天摸着这些汗津津的纸币,他的心是幸福的熨帖的。

如果说那段时间,杜沧海也曾经有难过,那就是他没法跟任何人分享这份幸福,因为他和往常一样,每天早晨背着书包去学校,出了门,走过拐角,把书包藏在吴莎莎家墙外的小煤屋里,就往火车站货场跑……直到有一天,吴莎莎发现奶奶撕来引火的本子上竟然写着杜沧海的名字,他的拉车生涯,才算是曝了光,这是后话。

4

现在,让我们说说杜天河和杜长江的爱情。

杜建成说,凡事都有个长幼顺序,所以,去亲家家过礼,得先去米小粟家。让杜天河跟米小粟说,回家跟父母商量商量,挑个日子他们过去过礼。米小粟知道父母比不待见杜天河还要不待见他的父母,就跟杜天河说不用了。杜天河说:"我爸妈的脾气,你也知道,虽然穷苦了大半辈子,可讲究礼道,这东西都备好了,怕是肯定要去的。"

米小粟说:"东西买好了去郭俐美家不就行了,正好不用买第二份了,还省钱。"

杜天河说:"要不你去说服他们。"米小粟也真去了,好话说了一箩筐,杜建成两口子就是要去。米小粟没辙,只好实话实说,说她和杜天河的婚事,父母虽然答应了,可那是让她逼的,见着杜天河也还是爱搭不理的,她不让去,是怕他们被父母慢待了面子上过不去。

这些虽然杜天河从来没说过,但杜建成两口子大体也能猜到,就对米小粟说,他们也是因为这,才非去不可,得让她父母放心,虽然他们是平头老百姓,但也知书达理,不会亏待着米小粟。

话说到这份上,米小粟就再也没法推辞了,只好回家和母亲商量。她的父亲老米随舰队出海巡航了,哥哥和姐姐都已结婚单过,家里就她、母亲戴玉兰和保姆。

没等她说完,戴玉兰就火了,说:"来什么来?不知道你爸不在家啊?"

米小粟说:"知道,可再有二十多天就'五一'了,他们一定要在婚礼前来,也是为了表达对你们的尊重,要等我爸回来,那都七月了。"

戴玉兰就没好气,吧嗒吧嗒地换电视频道,换来换去统共那么几个台,就是不接米小粟的茬儿。米小粟说:"杜天河家出了那么件事,欠了那么多债,为了咱们的面子,还是主动借钱买了六样礼,够可以了。"

戴玉兰就一脸的不屑,说:"小粟,你说什么呢?就咱家!你爸堂堂师级干部,用得着杜天河他爸一个邮差给面子?亏他也好意思说出口!你回去告诉他!让他把这面子自己留着当被盖吧!"

米小粟气得哭了一晚上。保姆看不下去,偷偷地给米小粟的姐姐米小樱打了个电话。

米小樱是大学音乐老师,因为杜天河爱读书,气质儒雅,言谈中有见地,就对他很认可,也聊得来,甚至,有些事,不需要说,只要一个眼神,彼此就懂了,会心地笑了,所以,从不敢带杜天河回父母家的米小粟会带他去米小樱家。虽然米小樱的丈夫张晋艇对此颇有不同看法,但终是拗不过米小樱,就随他们便了。每次米小粟带杜天河来,他也会象征性地陪他们坐坐,喝瓶啤酒,自己抽支烟,就去看报纸了,因为他们天文地理的神侃他插不上嘴。

第二天,米小樱特意带着孩子回来吃饭,总算是把戴玉兰劝通了。让米小粟告诉杜天河,星期天过来,她爸不在家,就出她哥米小飞代表了。

第五章
你永远不知道理想的生活会在什么时候破碎

1

星期天,杜建成一家三口拿捏着时间,十一点十分准时敲开了米家大门。

杜建成知道,米家不接受杜天河的原因,在他和赵桂荣身上,一个是挪庄出生挪庄长大的平头老百姓,一个几乎是目不识丁的家庭妇女,如果说杜天河算是棵玉树,但他们不是,生长在这个大粪场旁边的挪庄,不管他读多少书,穿多体面,长多帅,这贫贱的身世,经不住细端详不说,拿到人前,也嫌掉价。

这些,杜建成两口子心里明镜似的,所以,就商量说,去米家,是礼道,米家人和他们没多少话说,也是肯定的,与其去早了坐着尴尬,不如稍微晚点,说完寒暄话就吃饭,吃完了,早早回来,也算把儿女亲家这道程序走过一遍了。

米小粟家在太平角住独门独院的一小别墅。睡不着的夜里,赵桂荣也曾想象过,独门独院的一小别墅,那得多好啊,就问杜天河他们家院子多大。杜天河送米小粟回家的时候,老远打量过,说得二三百平方米吧。赵桂荣就满脸向往地说,这小院要给了她,她得种上菜养上鸡,一年到头就有青菜和鸡蛋吃了。杜天河就笑,说亏您没想养头猪。赵桂荣就一拍大腿,说就是,在院子角上砌个猪圈,春天捉头小猪回来,养到过年杀了,煎炸烹炒,痛痛快快吃一顿,把杜沧海的哈喇子都听出来了。

说真的,去米小粟家之前,杜天河真怕母亲会问米小粟父母为什么不在院子里种菜养猪这样的话,让米小粟父母笑话,在路上,就特意叮嘱了一下,不管看人家院子有多么大,养猪种菜的话,都不要说。

　　站在院门口等开门的时候,赵桂荣从铁栅栏门往里张望了一下,笑了,说:"我还当大官家多牛气呢,这不,也养着鸡种着菜。"

　　杜天河往院子西南角上瞅了瞅,果然,用铁丝网圈了几只鸡,铁丝网外也种了几垄青菜,不由得,就放松了好多,觉得当官的和平头老百姓的日子也差不多嘛,都晓得开源节流。

　　他们进门的时候,戴玉兰正坐在沙发上看报纸,听见门铃响,并没起身去开门,而是看了看厨房的方向,又翻了一页报纸。米小飞一家三口早就回来了,老婆徐慧正辅导儿子学拼音,保姆正在厨房里热火朝天地忙活,听见门铃响,擎着两只手跑出来,开了门。

　　保姆虽然也没见过杜天河,可见三个人大包小包的,就猜出来了,端着一脸笑问:"是不是小杜呀?"

　　杜天河点点头笑着应道:"是的,阿姨他们在吗?"

　　杜天河虽然没来过米家,但看过米家人的照片,对戴玉兰还是知道些轮廓的,猜她是米家的保姆李阿姨,忙叫了声李阿姨好。保姆对素未谋面的杜天河居然知道自己姓李而显得很高兴,受宠若惊地笑着,忙把一家三口让进来。

　　他们一家三口来了,戴玉兰才不情愿地合上报纸,从沙发上站起来,满脸都是被打扰了的不情愿。杜建成和赵桂荣满嘴寒暄,远远地把手伸过去,戴玉兰却紧握着报纸,没伸手的意思。赵桂荣看出她无意于握手了,就从背后悄悄拽了杜建成一下。

　　杜建成有点尴尬,收回手,忙又从杜天河手里拎过六样礼。

　　按礼节,这六样礼,须得男方父母恭敬地送到女方父母手里。可杜建成见戴玉兰也没接礼的意思,就直接递给了保姆,才对戴玉兰说,按青岛风俗他备了六样礼,望她笑纳。

　　戴玉兰说:"不必客气,家里什么都有,这么多,吃不完会坏的。"说完,对保姆说:"老李啊,等晚上回家的时候,你捎点回去。"

保姆说："那哪儿成,这是您亲家敬您的,我给您码冰箱里。"

戴玉兰不冷不热地说:"让你拿你就拿,哪儿那么多事儿?"

杜建成就觉得脸上火辣辣的,像被人抽了一巴掌。一听戴玉兰让保姆拿回去,赵桂荣也心疼,备着六样礼的钱,还是她回娘家借的呢,为了借这五十块钱,娘家嫂子没少说难听的,可戴玉兰竟一转手就送保姆了。这可是因为米小粟即将做他们老杜家的儿媳妇,他们给老米家的敬意啊,当着他们的面,戴玉兰就这么随手分遣了,这不成心给他们难看吗?但也知道今天不是发脾气的日子,就按下了心里的愤愤,使劲擎着笑脸说道:"亲家,这黄花鱼可是我们家老杜一大早去小港码头买的,刚离水,新鲜着呢。"

戴玉兰应酬性地笑了一下,说:"我们家不缺这东西。"

杜天河一进门就东张西望,却没见着米小粟,就奇怪,按说今天这日子对他俩来说很重要,她怎么能不露面?胡思乱想着,就有点心不在焉,父母和戴玉兰的话,听得有上句没下句的,根本就没入心。

徐慧已经泡了茶。米小飞忙招呼他们坐下喝茶。寒暄间,见杜天河左右张望,知道他是在找米小粟,拍了拍儿子的脑袋,让他上楼去找姑姑。

米小樱一家三口就是这时回来的,张晋艇穿着海军军装,个头挺高,一脸的不苟言笑。米小飞给大家介绍了一下。米小樱夫妻商量好了要站队似的,米小樱很热情,是站在米小粟这边的,张晋艇一看就是出于文明礼貌的敷衍应酬。

米家的房子,是一百多年前德国人留下的老别墅,层高墙厚,建筑质量没的说,但开间不大,客厅只有四十几平方米,站了十来个人,再加上两个孩子打打闹闹,客厅显得有点挤,也乱,相互之间说话都照应不过来。

米小粟从楼上下来,竟一反常态地化了妆,还用了眼影,杜天河就笑了,悄悄拽了她的手一下,说:"又不是办婚礼,化什么妆?"米小粟笑了一下,但不是很自然,问:"是不是不好看?"杜天河去端详她,米小粟让他看得不自在,偏过头不让他看,杜天河就说:"你怎么都好看。"

人仰马翻中,饭菜上桌了,上桌的菜都很普通,不外是蒜薹炒肉、芹菜炒肉以及鸡蛋炒大葱等等的。米小樱有些意外,看了看戴玉兰,眼神里含了询问。戴玉兰没看见一样,夹起一根凉拌茼蒿,吃得津津有味,但还是自顾自地说了句圆场话:"我们家一贯饮食清淡,不知你们吃不吃得惯?"

赵桂荣说:"吃得惯,我们家蒸锅馒头炖碗虾酱就是一顿饭。"

戴玉兰拖长了嗓音哟了一声,说道:"虾酱啊,多臭。"

米小粟说:"对喜欢吃的人来说,香着呢,我喜欢。"

正说着,保姆端了一大盘炒鸡块从厨房出来,顿时,整个房间充斥着香喷喷的炒鸡味,保姆端过来,看也不看地直接放在了杜建成一家三口面前,用浓重的即墨口音说:"鸡来了。"

杜建成打量了一下,整张桌上,就炒鸡块是道最高级的菜,忙又端起来,往戴玉兰眼前放,被戴玉兰伸手挡住了,说:"这鸡是特意做给客人吃的。"说着,目光巡视了一圈,表情反常地柔和了好多,"听见没?别和客人抢,想吃,我们明天再杀一只。"

没人吭声,但大家很遵守纪律,没人去碰那道炒鸡。戴玉兰又寒暄着,让杜建成一家三口吃鸡,说院子里养的。

杜建成和赵桂荣有点受宠若惊,想,刚进门时,戴玉兰的冷漠,大概是性格习惯,师长太太嘛,整天被人捧着奉承着,哪儿有给别人端笑脸的习惯?人家越是敬着,杜建成两口子反倒越是不好意思,这鸡哪儿吃得下?就端起来,要放在桌子中央,却被张晋艇强行又端了回来,还是放在杜建成一家三口跟前,让他们不要客气。

说真的,当戴玉兰说这盘鸡是专为他们做的时,杜天河还挺感动的,甚至想,就冲她这么给自己父母面子,以前她有多少不是,就不放在心上了,结了婚,一定好好孝敬她。就对杜建成说:"爸、妈,阿姨一片盛情,你们就别客气了。"

说着,就往杜建成和赵桂荣的骨碟里各夹了一块鸡,自己也吃了一块。

米小飞的儿子眼巴巴地看着,很想吃的样子。杜建成看见了,忙给他夹了几块过去,米小飞的儿子看看爸妈,又看看眼前的鸡,突然就哭了。哭得杜天河莫名其妙,赵桂荣以为是因为姥姥说不让他们吃鸡,他想吃又不敢吃才哭的,忙端起炒鸡盘子,放在他跟前,说:"小朋友,别哭了,都给你。"

米小飞的儿子却把筷子一扔,哭着说:"奶奶说吃瘟鸡会生病的,可是,瘟鸡为什么这么香啊?"

杜天河就觉得脑门嗡的一声。杜建成两口子也愣了，瞬间明白了戴玉兰为什么会说这道鸡是专门为他们做的，不让全家人吃，原来，这鸡不是特意为他们杀的，而是一只瘟鸡。

赵桂荣端在手里的盘子，不知不觉地就歪了，汤汁洒到了桌子上，顺着桌子往下流。杜建成到底是男人，没吭声，站起来，接过赵桂荣手里的盘子，依旧放在眼前，夹了一筷子，把鸡肋骨嚼得咔吧咔吧的，说："香，真香。"说着，又夹了一筷子给赵桂荣："你也吃。"

米小樱看不下去了，瞪着戴玉兰说道："妈，这鸡是瘟的？"

保姆可能听见了，忙从厨房跑出来，说："没事的，没事的，今天早晨才死的。"

杜建成却大大方方地摆了摆手说道："瘟鸡也是鸡，六〇年挨饿那会儿，咱啥没吃？死老鼠都不知吃了多少，我还不是健健康康地活着？"说完，歪头看杜天河，杜天河的眼都红了，眼睛瞪着米小粟，好像在逼米小粟给他个解释。杜建成拍了他的肩一下，说："臭小子，好好的饭菜不吃，你瞪什么瞪？"

杜建成又往杜天河和赵桂荣的骨碟里夹了几块鸡，自己也一副大快朵颐的样子，可杜天河再也忍不下去了，他一把夺过杜建成的筷子，大吼道："爸，别吃了！"

杜建成一副不明所以的样子，看着他的儿子杜天河，他不难过吗？心不痛吗？难过！痛！可是，再痛他也得一脸欢快地把这盘鸡吃了，因为他想让儿子顺顺当当地把婚结了。

显然，对上桌的是一盘瘟鸡这事，米小樱并不知情，所以非常震惊，就又歪头问戴玉兰："妈，这鸡真是瘟的？"

戴玉兰看都没看她，说："愿意吃你就吃，不愿意吃你就吃别的，哪儿这么多废话？"

她这么说，等于是承认了，米小樱就惊了，说："妈，你怎么能这样！"

杜天河再也不能遏制内心的悲愤，他噌地站起来，端着盘子，擎到米小粟跟前，说："小粟，你早就知道这是一盘瘟鸡，是不是？"

米小粟眼泪一下子就滚了下来，但没说话。是的，杜天河他们来的时候，她之所以不在楼下,就是因为她和戴玉兰吵架了。早晨,保姆发现鸡窝里死了一只鸡,刚瘟死没一会儿,身子还是温软的。一到春天,鸡就容易瘟,隔三岔五死只鸡是正常的。但以往,鸡死了,都是在树下挖个坑埋了。今天,戴玉兰没让埋,说趁着身子还温软,把血放了,中午做了招待客人。米小粟不肯,两人就吵起来了,戴玉兰也不是个惯于服软的人,就指着死鸡跟米小粟说:"米小粟,你要敢拦着不让做这鸡,今天我就敢不让杜家父子进门,你信不信我能做到?"

米小粟知道她能做到,气得跑上楼哭了一上午,也犹豫着要不要告诉杜天河,可又知道杜天河的脾气,虽然儒雅,但也不是个没脾气的,要是告诉了他,搞不好他扭头就走,从此不再踏进他们家门半步,这,他真能做到。譬如说,他们谈了这么多年,因为父母不同意,每次约会完了送她,杜天河都会自觉地在离他们家二十米远的地方站住,有时候米小粟也生气,说:"你就不会闯进去和我爸妈理论理论啊?"杜天河就笑,说:"硬往里闯,那是耍无赖。"米小粟说:"这怎么能叫耍无赖?这叫动之以情晓之以理好不好?"杜天河说:"如果你们家跟我们家不相上下,或者我们家跟你们家不相上下,我可以这么干,可现实情况是我们两家差距太大,我硬上就是穷小子硬要傍相府千金的大腿!把你从福堆里拖出来受苦,我这不叫耍无赖叫什么?"

杜天河见米小粟无语,就晓得,她一定是知道,他无法接受自己掏心掏肺地爱了多年的米小粟居然能眼睁睁地看着他们一家三口吃瘟鸡,不由得悲从中来,一甩手,把一盘子鸡就摔到了地上,拉起父母就往外走:"爸,妈!我们走!"

米小飞他们虽然脸上也挂不住,可自知理亏,就隐忍着没有发作,倒是张晋艇腾地站了起来,指着杜天河的鼻子呵斥道:"杜天河!你还没在这个家摔盘子的资格吧?"

杜天河也没示弱:"今天我就摔了,你想怎么着?"

张晋艇说:"你这是打脸,你给我妈道歉,给我们全家人道歉。"

杜天河说:"那你们先给我父母道歉!他们为了我,为了他们儿子的幸福,明知你们招待的是瘟鸡,还大口吃。你知道吗?我爸妈吃的不是瘟鸡,是我们的心脏和尊严!"

杜天河说着的时候,赵桂荣已经泪流满面,她打了杜天河的胳膊一下,说:

"你这熊孩子,就不能少说两句?"

杜天河回头吼道:"不能! 我今天要不把这盘鸡摔了,我都不配是你们的儿子,不配是人!"

说着,杜天河扒拉开拦在前面的张晋艇就想往外走,却被张晋艇当胸给了一拳,打了个趔趄。

一见儿子挨了打,赵桂荣急了,一把护着杜天河说道:"咱有话说话有理讲理,别动手。"

张晋艇一把把赵桂荣推到一边,冲杜天河又是一拳,嘴里说道:"打的就是他,我妈这几年时不时就一阵阵头晕,都是被你小子气的。"

米小樱急了,从背后拦腰抱住张晋艇:"张晋艇,你疯了啊,你?!"

米小粟过来推着杜天河,让他们赶紧走,杜天河回头,用几乎要流血的眼睛看着米小粟,说:"我们完了。"

说完,泪水从他眼眶里跳了出来,赵桂荣见米小粟的脸都白了,忙打了杜天河一下:"你这浑小子,都要结婚了,瞎说个啥?"

杜天河声音低低的,但咬牙切齿:"真的,米小粟,我们之间,完了。"

说完,杜天河就头也不回地走了。

张晋艇正了一下军装,指着杜天河的背影说道:"杜天河,你要真是个男人,就说话算话!"

杜天河依然没有回头,在米小粟的泪流满面里,铿锵而去。

米小粟像惨白的雕塑一样站在那儿,呆呆地望着杜天河远去的方向流泪。赵桂荣忙晃着她胳膊说:"小粟啊,天河在气头上,你别当真,等回家看我不收拾他。"

然而,没有了以后。

几年后,张晋艇在街上遇到了已大学毕业且分到文化单位的杜天河。

长风呼啸的街上,两人都愣了一下。到底,军人出身的张晋艇比杜天河要大度爽气,主动伸手。杜天河犹豫了片刻,也把手递了过去。寒暄几句,张晋艇拉他进了劈柴院,那时的劈柴院已是青岛最负盛名的饮食一条街,像风骚少妇一样吸引着来自全市的食客们。

在涮羊肉馆,张晋艇道出了他的苦衷。他来自近郊县城的普通工人家庭,从提干那天起,在整个家族中就等于是扛起了出人头地的大旗,这又谈何容易?可他能对父母兄弟说你们别指望了,我不是那块料?不能!他不能掐灭整个家族唯一的星星之火,要为他们照亮幽暗的未来。可他只高中毕业,想提干谈何容易,只能寄希望于岳父。为了让岳父母觉得这女婿果然也能为米家顶起一片天,他要处处积极表现……所以,请杜天河原谅他那天的粗莽。

杜天河想起了为了让他顺利结婚而大口吃炒瘟鸡的父母,胸口涌上一阵隐隐的疼,原谅了张晋艇。

2

赵桂荣还是高估了自己的力量,不管她怎么收拾,杜天河就是不肯去米家赔礼道歉。他坚持自己没做错什么,他无法忍受和眼睁睁看着他和父母吃瘟鸡的米小粟过一辈子。这么说的时候,他的心,痛得细细碎碎。多少年的青春,他一心一意地爱着的女人,却不得不转身而去。但是,作为儿子,他必须为父母的尊严而战,除非戴玉兰能登门向他的父母赔礼道歉。当米小樱替米小粟去纺织机械厂门口找他的时候,他是这么说的。

米小樱说:"对不起。"

杜天河说:"又不关你的事。"

米小樱说:"我丈夫……他不该对你动手,我代他道歉。"

杜天河说:"你又不是他。"说完,仰头去看天,说:"我从没把你和他看成是一体的。"

两人都去看天,碧空万里,春风和煦。

米小樱说:"小粟很痛苦。"

杜天河说:"我也是,可我没办法说服自己。"

又过了几天,杜天河借遍了全车间,凑齐了一千块钱,下班后,用报纸包着,夹在腋下去了红星电影院。正在卖票的米小粟远远看见他来了,一阵欣喜,不由自主地站了起来。杜天河笑了笑,走过去,把报纸包从窗口塞进去。米小粟掀开报纸一角扫了一眼,眼泪就滚滚地落下来了。

她知道,她和杜天河,真的完了。

杜天河站在那儿,对她微微地笑,又轻轻摆了摆手,礼貌得像个经久不见的远房亲戚。摆完手,收回来看了看自己的手指,插进裤兜里,走了。

本来,杜建成打算就把吊铺让给杜长江和郭俐美当婚床。把他们弟兄三个的大通铺再用木板间出一个隔断,他和赵桂荣睡。可没想到杜天河死活不肯结婚了,不管是杜建成打还是赵桂荣哭赵桂荣骂,他就是不肯去米家道歉,更不肯原谅知情不告、眼睁睁看他们一家三口吃瘟鸡的米小粟。他把新房钥匙递给杜长江,让他和郭俐美安心住,他一时半会儿用不上了。杜长江看他这样于心不忍,也劝他不必太较真,招待他们吃瘟鸡是很气人,可又没吃出毛病,看在谈了十多年、米小粟对他一往情深的分上,闭闭眼过去得了。杜天河说不了。杜长江问他以后怎么办,杜天河答非所问,说不想在纺织机械厂混一辈子,想考大学。杜长江说行吗?杜天河说试试吧。

很多年后,米小樱告诉杜天河,原定举行集体婚礼那天,米小粟一早就穿好了军便装坐在床沿上等杜天河去接她,坐了整整一天,不吃不喝,泪流满面。

杜长江和郭俐美把婚结在了杜天河分的职工宿舍里。

新婚夜,郭俐美躺在床上,抚摸着已隆起的肚子,目光扫荡着房间的每一个角落,笑着说:"真是傻人有傻福,没想到结婚就有自己的房子住。"

也是从那时候起,杜天河下班就去市图书馆待着,赶末班车回来,简单洗漱一下,倒下就睡。早晨,杜沧海醒了,也见不着杜天河的人影,说是栈桥附近有个英语角,学英语去了。

后来,杜天河的车间主任接了几个电话,说是找杜天河。杜天河问是谁。车间主任说不知道,是个女的。杜天河猜是米小粟,没去接。又过了一段时间,电话还来,杜天河思前想后,就算接了电话,又能如何?找回曾经的爱情?折腾了十几年,他已筋疲力尽,回头张望只有无穷无尽的痛和凄凉,心下就更是索然。

他执着地不接电话,电话执着地来,他和米小粟的故事,整个车间都知道,车间主任说他一男人,别拖泥带水的,实在不想回头,就和人姑娘说清楚。

杜天河觉得也是,十几年的感情,是应该有个正式了结了,就把这些年米小粟送给他的礼物打了一个包,下班后拎着去了电影院,远远看着米小粟,比以往又瘦了不少,心下难免一阵酸楚,终还是狠下心,走过去,敲了敲售票窗口的玻璃。

见是他,米小粟半天竟说不出一个字,只有眼泪唰唰地往下滚。杜天河垂着头,不去看她的脸,说:"小粟,我们之间已经结束了。"

说完,杜天河把包放在售票台上。

米小粟怔怔地望着他,好像不明白他为什么要特意找过来说这句话。

杜天河说:"你还有什么想跟我说的吗?"

米小粟解开包上的袋子,看着自己曾写给杜天河的信和送给他的笔记本,抬头,安静地看着他,内里,却一下子痛彻心扉:"你为什么要这么问?"

杜天河很意外,说:"你不是往我们车间打了好几个电话吗?"

米小粟这才明白,杜天河过来找她,是因为有个女人给他打了好几次电话,而且他以为是自己打去的,所以没接,今天特意来找她说清楚,就心平气和地说:"你弄错了吧? 我没那么多情。"

米小粟的平静让杜天河多少也有些意外和受伤,喃喃地说:"不是你啊?"

米小粟从售票台上拎起杜天河送来的包,放在脚下,说:"你不买票的话,就让开吧,后面的队排老长了。"

杜天河往后看了看,果然,就讪讪地让到一边,站着看了一会儿米小粟。

米小粟一脸风轻云淡,有条不紊地卖着票,可心里的痛,翻江倒海,她强忍着,赌气不肯再在杜天河面前落泪。十几年的爱情,一盘瘟鸡就能葬送,而且,因为这,杜天河就要连以为是她来的电话都不接,这让米小粟心寒。

杜天河在边上站了足足十分钟,米小粟没再看他一眼,就讪讪地走了。改天,电话又来,杜天河去接了,才知道是父亲胃病住院期间和郭俐美她妈叮当了几句的护士何春熙,说是想打电话回访一下,问杜建成身体恢复得怎么样了。

杜天河说很好,谢了她。何春熙虽然没说话,但他听得见她的笑,轻轻的,在电话的另一端喘息起伏。杜天河当然知道,何春熙打电话来,并非是为了回访父亲的病情,而是想和他保持联络,但是,和米小粟的爱情刚轰隆隆逝去,让他提不起精神,那些何春熙希望从他嘴里说出的话,一个字也没说,又重复了一遍谢谢,就挂断了电话。

之后,他在下班路上又遇见了何春熙,在 33 路公交站上,她张望着车来的方向,好像在等车,但他知道不是,因为车间主任说了,今天那个女的又来电话了,没找他,只问他什么时候下班。杜天河远远地看着她,有些踟蹰,不是觉得何春熙不好,而是现在的他,对任何女人都提不起精神。夜里,他经常梦见米小粟,梦见她平静地看着他,让他闪到一边,因为后面的队伍排老长了。她那么平静那么从容,好像从没爱过他,这让他非常难过。在梦里,他特别想冲上去,摇着米小粟的肩膀大声质问她:“我不生气你妈给我们吃瘟鸡,但是我生气你不告诉我,你为什么不告诉我? 我们分手了,你为什么不痛苦?”

刚刚和米小粟分手不久,就和其他女孩子谈恋爱,杜天河会瞧不起这样的自己。

他觉得自己像一个悲情的守贞者,坚守着一份永远不再有回应的爱情,很痛很苦,但却能让他心中获得慰藉。他想米小粟想得心脏痛的时候,就去读书,书就像另一片土壤,他把自己栽进去,努力朝着另一个方向生长,不去想米小粟以及那些曾有过米小粟的岁月。

但他也知道,回避何春熙会伤她自尊,这么想着,就在心里叹了口气,自自然然走过去了,冲她笑笑,说:“等车啊?”

何春熙点点头,礼貌性地说:“下班了啊?”

杜天河点点头,然后去看车来的方向,何春熙也看,像两个熟稔了多年的老邻居。

后来,车来了,杜天河说:“我等的车来了。”何春熙笑着说:“我也是。”说完,跟在杜天河身后,想上车,杜天河往后让了让,让何春熙先上了,他有心等下一辆,又怕何春熙多想,就上了。

下班高峰期,车上很挤,何春熙身材娇小,被挤得东倒西歪,一次次地被挤到他的怀里,杜天河就扶着她的肩,把她塞到两个车厢的连接处,自己伸开两个胳膊,把着两边的栏杆,算是给何春熙撑出了一片谁也侵犯不着的空间。

一路上,何春熙用春水盈盈的目光看着他,他看着车窗外。

杜天河要去图书馆看书,中间要转车,下车的时候,心里放松了好多,觉得何春熙不会跟下来,车到台东,就跟何春熙说他到站了,要换车。何春熙说她也换。

这让杜天河觉得意外,又不好意思问她换车去哪儿,只是笑笑,指了指马路对面的1路车站,意思是自己要去乘1路车了。何春熙也抿着嘴笑,没说话,却跟了过去。

杜天河心里轰隆隆的,如同千军万马跑过,却又不好问,就又是礼貌地笑笑,车到大学路,杜天河下车,何春熙也跟着下了车。

总不能不告而别。杜天河就指指图书馆说,他要去看书。

何春熙就好像发现了新大陆,阳光明媚地笑了,说:"你也是去图书馆啊?"

听这话的意思,她也是去图书馆了,杜天河又不好说不去了,就笑笑,说:"是啊,回家也没事,过来看看书。"

何春熙就欢快地说:"太巧了!"

杜天河嘴里说着是啊是啊,但笑得有点尴尬,两人一前一后进了图书馆。

杜天河去了他常去的角落,从挎包里拿出书,一边看一边写写画画。何春熙凑过来,脸上露出了吃惊的喜悦,说:"你要考大学是不是?"杜天河说:"有这想法,但不一定考得上,总得试试吧。"何春熙就笃定地说:"肯定考得上!"好像她已经往前跑了好几年,替杜天河看过结果一样。

杜天河笑了笑。

何春熙又说:"你一定考得上。"杜天河问:"为什么?"何春熙说:"因为你和别人不一样。"过了一会儿,又问杜天河有没有观察过,他和身边的人不一样。

杜天河摇头,说:"没有,就觉得身边的每个人都过着热烘烘的生活,而自己死气沉沉。"何春熙说:"你这不是死气沉沉,你这是心高气傲,不愿意阿猫阿狗地和他们混成一堆。"虽然何春熙把同事们比成阿猫阿狗很不礼貌,但杜天河还是很受用。是的,他之所以一定要考大学,被米家的盛气凌人刺激了是主要原因,另一个原因是看着身边的同事亲友,觉得这种在社会底层沉沦着的日子,特别没意思,像非常具有阿Q精神的行尸走肉。所谓快乐,不过是每攒两个月的啤酒票,拎把烧水壶去供销社打三斤散装啤酒回来,炒上一盘辣蛤蜊,就着满嘴的啤酒蛤蜊嚼张三李四,没意思透了,混吃等死似的。

何春熙定定地看着他，脸突然红了，鼓起好大勇气似的说："杜天河，我知道你刚和女朋友分手。"

杜天河看着她，不知说什么才合适，就嗯了一声。

何春熙语速飞快地说："我们做朋友吧，你别怕，不是男女朋友，就是普通朋友。"说完，殷切地望着他，杜天河觉得，何春熙话都说到这个份儿上了，自己要说不，显得很不男人，就说好啊。

何春熙说："那你以后不要不接我的电话。"

杜天河说："好。"

何春熙又说："你有什么事要告诉我。"

杜天河说："行。"

何春熙像刚刚得到了母鹿温暖抚慰的小鹿一样，坐在他对面，两手托着下巴，笑得像个天真烂漫的小女孩："杜天河，从今往后我们是朋友了！"

杜天河被她的天真烂漫感染了，笑着说："是啊，我们是好朋友了。"

后来，他们一起离开图书馆，在皎洁的月亮底下告了别，各自回家，杜天河心情特别好。

那段时间，杜沧海拉板车送货，已经挣了五十多块钱，每攒够了五块，他就去银行把零票子兑成整的，藏在床底板下面。其实，他很想交给赵桂荣，却又不敢，怕赵桂荣知道自己逃学。

直到有一天，吴莎莎放学回家，发现奶奶正生炉子做饭，撕了一本书做引火，知道奶奶不识字，怕她撕了还有用的书，忙抢过来看，果然，是代数课本，就急了，说："奶奶你怎么撕我课本？"奶奶说："咋是你的？我从煤屋里捡的。"吴莎莎不信，翻开一看，果然不是自己的笔迹，翻到封面，发现写着杜沧海的名字，心里就咯噔一声，想有段时间没在学校看见杜沧海了。就什么也没说，跑出去翻煤屋子。果然，不光书，连杜沧海的书包都在。就作业也顾不上写了，跑到杜沧海家，杜建成正在听收音机里的评书连播，赵桂荣在做饭，见吴莎莎来了，赵桂荣习惯性地问了一句："放学沧海没和你一块儿走啊？"

吴莎莎就知道了，杜沧海肯定有什么事瞒着家里，就嗯了一声，跑到胡同口等杜沧海。

杜沧海下午拉了一趟远活,今天挣了整整四块钱,高兴得不行,所以,一路哼着小曲回了家,老远见吴莎莎站那儿,就笑着问她站得跟望夫石似的等谁呢。

吴莎莎没给他喘气的空儿,直冲冲问道:"杜沧海,最近你干什么了?"

杜沧海就诡秘地笑,说:"才想起来问我啊?"

吴莎莎说:"我还真以为你陪伯父去外地看病了呢,去了你家才知道你请假是撒的谎。"

杜沧海忙嘘了一下,问:"丁胜男最近是不是还和孙高第好呢?"

吴莎莎就委屈地看着他,不说话。杜沧海就嬉皮笑脸地说:"只要他俩好,孙高第就不缠磨你了啊。"

吴莎莎抽了一下鼻子,小声问:"真心的?"

杜沧海嗯了一声。吴莎莎就凑到他耳边说丁胜男告诉她,孙高第非要和她那个。杜沧海有点蒙,说:"哪个?"吴莎莎想说又不好意思,只好撒娇似的恨恨地说:"就是那个嘛!孙高第说想试试他是不是让你捅残废了。"杜沧海脑子里就轰的一声,呆呆地看着吴莎莎,半天才说:"丁胜男……丁胜男让他试了吗?"吴莎莎紧张地点点头,说丁胜男不让她告诉别人。

失落就排山倒海般地在杜沧海的心里轰鸣着,他呆呆地看着吴莎莎,突然踢了旁边的墙一下,说:"臭流氓!"

泪在眼眶里潜伏着,突然转头,瞪着吴莎莎,说:"你告诉我这个干吗?"

好像吴莎莎不怀好意似的。

吴莎莎被他吓着了,也泪汪汪的,小声说:"你不是问我吗,人家就说了,你还凶。"

杜沧海呆呆地看着她,难受得不行,又怕吴莎莎看出来,笑他自作多情,就解释说:"我就是气丁胜男傻,孙高第又不是真心喜欢她,她不知道啊?"

吴莎莎擦了擦眼泪,说:"她觉得这样了,孙高第就喜欢她了。"

杜沧海从牙缝里蹦出一个字:"蠢!"

恨恨地,恨不能把这个世界踢烂了,甚至懊恼那一竹竿怎么没把孙高第给穿阎了。面上却又不能表现出来,只能恨恨地看天看地,一肚子气没处撒。吴莎莎过来怯怯地拉起他的手,走到自家小煤屋旁,掏出他的书包,晃了两下:"都快考试了,你为什么要逃学?"

杜沧海心里一紧,知道瞒不过去了,就拉起吴莎莎的手,说:"走,我请你吃冰糕。"

本来,吴莎莎是满腔怒火的,她一直在拼命学习,就是为了和杜沧海考同一所大学,可他居然逃学!还是在高二下学期,大家都在紧张复习的时候,他逃了学!可杜沧海拉着她的手,就像带着微微的电流,一瞬间吸住了她柔嫩的手掌,带着微醺的热和麻,让她无力挣脱,嘴里却还要逞强地说:"杜沧海,你别想收买我!我要告诉大姨和伯父!"

后来,杜沧海把她拉到商店,买了一支雪糕递给她,说:"吃吧。"

是的,杜沧海给她买的不是三分钱一支的冰棍,而是五分钱一支的奶油雪糕!吴莎莎见他竟如此奢侈地请自己吃雪糕,不仅诧异,还给气哭了,因为明知家里因他欠了一屁股债,他不仅逃学,还学会了乱花钱,那他一定是学坏了。于是,为杜沧海学坏了而痛心疾首的吴莎莎无论如何也不肯吃这支雪糕,逼杜沧海把雪糕退了,跟她回学校上学。

杜沧海只好说钱是正道来的,就把自己想帮家里还债,逃学去拉板车的事说了,说加上今天的这四块钱,他都攒五十九了!他再也按捺不住满心的兴奋,终于有人可以分享他的喜悦:"莎莎,才十二天,我就挣了五十九块钱!比我爸上班挣的都多!"

吴莎莎的嘴张得可以塞下一只煮鸡蛋。杜沧海就把雪糕剥了,塞到她嘴里,说:"吃吧,只要你替我保密,我每天请你吃一支雪糕。"

吴莎莎边吃雪糕边问:"那你不想考大学了?"

杜沧海摇了摇头:"就算我今年考上了,还得先上四年学才能毕业,上学四年没工资。我打听了,大学生毕了业,一个月的工资才五十二块五毛钱,我们家两千多块钱的饥荒什么时候能还完?我爸妈还不得把身体累垮了?"

吴莎莎默默地在心里算了一会儿账,觉得也是,就点头,答应替杜沧海保密,不用他请吃雪糕也会替他保密。

3

杜沧海攒一百块了,想交给家里还债,又怕父母问钱是从哪里来的,就坐在马路牙子上和吴莎莎商量,怎么让父母心安理得地接受这一百块钱。

吴莎莎像个作家似的,编了无数个故事,最后,杜沧海决定选用在放学路上捡了一百块钱这个故事。为了应付父母的盘问,连几点钟,在什么地方捡的都编好了。

可杜沧海还是想得太简单了。当他把一百块钱交给杜建成,说是放学路上捡的时,杜建成非但没像他想象的一样欣喜若狂,反倒是二话没说就把他揍了一顿,说他不是个东西,小小年纪就这么贪心!

在当时,一百块钱,随便放谁家,都是笔巨款。他捡着钱拿回了家,想没想丢钱那个人的日子咋往下过?!

杜建成连打带踹的时候,杜沧海没吭声,想只要父母能把钱收下,随便他打随便他踹。没承想杜建成打完了,连晚饭都顾不上吃就拖着他往外走,说是要去他捡钱的地方等失主,杜沧海一肚子不情愿,但还是去了,心想,等就等,反正这钱不是别人丢的,等不到失主杜建成死了心,这钱也就收下了。

爷俩在广州路上蹲到快晚上十点了,等来了无数来来往往的路人,就是没等来找钱的,杜沧海说:"别等了,没人回来找,说明人家根本就没把这一百块钱看在眼里。"

杜建成说:"放屁!说不准是丢钱的人想不起来在哪儿丢的了,正满世界趔摸呢。"说完就要去派出所交给警察。杜沧海这下真急了,知道不说实话不行了,就说:"爸,别去了,这钱不是我捡的。"

杜建成就蒙了,定定地看着他,好像在琢磨,难不成是偷的? 这么想着,朝着他屁股就踹,说:"杜沧海你这个祸害!你给我老实交代,这钱到底是从哪儿来的?!"

杜沧海敏捷地躲过了,说:"挣的。"

原以为自己说这钱是挣的,父亲就不气了,会停下打,问是怎么挣的。可事与愿违，父亲非但没不揍他，反倒打得更凶了，嘴里还骂骂咧咧的，骂杜沧海是真学坏了，质问是帮人偷挣的还是帮人望风挣的。杜沧海被打急了，也扯着嗓子跟他吼上了，说："拉板车挣的！"

杜建成说："你拉啥板车？"

杜沧海就把自己逃学拉板车挣钱的事说了。杜建成还是将信将疑，说："真的？"

杜沧海说："不信你去问我师傅。"杜建成说："你他妈的真长本事了，还混上师傅了！"让杜沧海这就领他去见。

杜沧海知道父亲是真怕他跟杂七杂八的人学坏，只好领他去了。

他师父姓薛，叫薛春峰，就是领杜沧海走上拉板车之路的锁厂会计。虽然他犯过事，虽然他只是个拉板车的，但杜沧海很尊敬他，觉得他并不坏，甚至很仗义。就像当年挪用锁厂的公款，也不是为自个儿享受，是老家弟弟不盖新房子娶不上媳妇，可盖房子得用钱，老家的日子就是土里刨食，要见一分钱比登天都难，哪儿有？他爹娘就坐火车从老家来了，要三百块，他没有，爹娘就不走，媳妇一肚子意见，三天两头找他呛呛，把他给呛呛急了，就挪用了厂里的钱，年底对不起账来，就露馅了，抓进去坐了牢。从拉上板车那天起，杜沧海就一直跟薛春峰干，因为薛春峰不像其他拉车的，有活干不过来，转给别人时还得扒层皮，薛春峰看不上，说都是熟人，哪儿好意思。

杜沧海领杜建成来敲门时，薛春峰正烫脚呢，门是他老婆开的，一个面黄寡皮的女人，脸上还能看出几分年轻时的俏丽。见是杜沧海，就笑了，说："薛歌有道数学题不会，正愁着呢。"

薛歌是薛春峰的小女儿，才十岁，读小学四年级，挺聪明伶俐的一小姑娘，上面三个哥哥，薛春峰掌上明珠一样地宠着。有时候，半下午时没活了，杜沧海不敢回家，也没地方去，薛春峰就领他回家。薛春峰老婆对杜沧海也挺好，只要他进门，就又是泡茶又是水果地招待着。杜沧海是个矜持的人，在别人家里又吃又喝的不好意思，就帮薛歌辅导作业。城里年轻男人，少有杜沧海这么知进退的，薛春峰两口子就更喜欢他了。有时候，快中午了，只要拉车拉到薛春峰家附近，薛春峰就会拉他回家吃饭。

薛春峰老婆虽然看上去病恹恹的,可是做得一手好菜。她有个娘家弟弟,在港务局扛大包,青岛俗称老搬,业余时间喜欢划橡皮筏下海钓鱼。春天三四月和秋天的十月,是钓逛鱼季节。逛鱼是近海鱼,脑袋大,像蛇,但比蛇粗大、短,黄褐色,没有鳞。虽同是逛鱼,但春天和秋天的逛鱼还是不一样的。春天的鲜嫩,秋天的香肥。薛春峰小舅子上三班,时间充裕,差不多天天出去钓逛鱼。逛鱼傻,好钓,两个小时就能钓十来斤,自己吃不完,又没冰箱,就给薛春峰家送,逛鱼耐活,送来了,薛春峰老婆就养在盆里,等薛春峰回家杀了,她做辣炒逛鱼、清炖逛鱼、逛鱼炖豆腐、炸逛鱼,总之,桌上有几个盘子就有逛鱼的几种做法。杜沧海觉得辣炒和清炖最让人难忘。把活的逛鱼切了段,用辣椒姜丝爆锅,滴儿滴儿青岛本地的灯塔酱油,爆出酱香就把逛鱼放下去,添少许水,刚好没过鱼,焖五分钟,只剩一点浅酱色的浓汤裹在逛鱼段上,外面味足足的,里面的逛鱼肉幼滑细嫩……还有清炖逛鱼,炖的汤是乳白的,鲜嫩的逛鱼卧在汤底下,来一碗米饭,淋上逛鱼汤,稀里哗啦地吃下去,那过瘾,真叫一个淋漓尽致。所以,薛春峰说,他1979年的理想就是攒够钱买台冰箱,把吃不完的逛鱼码进去冰着,随便什么季节都能吃。

打眼一看进来的是杜沧海爷俩,薛春峰不用问也知道是怎么回事了,因为杜沧海告诉过他,他是瞒着家里逃学出来拉车的。

薛春峰招呼他们坐了,泡了一大茶缸茶,跟杜建成说:"老兄,孩子这么懂事,你啊,就偷着乐吧。"

杜建成默默地喝了两口茶,和薛春峰聊了一会儿个体拉板车的各种甘苦,感慨了几句世道变化真快,就起身告辞了。

爷俩走在街上,一前一后,不声不响。

杜沧海年轻,性子急,步子迈得也快,不一会儿就把杜建成甩身后去了。走一段,听不见身后动静,就站下等杜建成一会儿,等杜建成走得和他差三两步了,再自己闷着头往前走。

走到火车站的时候,他又站住,见杜建成定定地站在广州路和中山路交界的路口,望着东面的那片红红绿绿的洋房发呆,就叫了声爸。杜建成像是在梦游,突然被人喊醒了,愣愣地回头看着他,杜沧海这才发现,父亲脸上,有两道清亮亮的泪水。

杜沧海心里突然就疼了一下。想,或许,父亲在想,为什么他们要住在人见人嫌的挪庄而不是火车站东面的这片洋房别墅呢?如果是,他们的日子,会松快些吧?

杜建成见儿子看着自己发愣,忙下意识地擦了一下脸,也没言语,没事人一样往前走了几步,和他并了肩,才仰着头问:"定了?"

也是在这一晚上,杜沧海突然发现父亲老了,变矮了,看他这个儿子的脸,已要微微仰着头了。他知道父亲问的是他下定决心不考大学拉板车了。就嗯了一声。

杜建成问:"为什么?"

杜沧海说:"祸是我闯的。"

杜建成说:"你还有爹娘,有哥哥姐姐!"

杜沧海说:"我一个人闯的祸不能连累全家。"

杜建成扬起手,要打的样子,最后还是拍在了路边的电线杆子上,泪下号啕地说:"你就不能给我和你妈一点指望?"

杜沧海知道,父母对他最大的愿望就是考上大学,成为一个有文化、受人尊敬的人。

赵桂荣经常和他说,这做人啊,做个让人羡慕的人容易,做个让人尊敬的人难啊。

有钱有权有好日子过,这样的人生让人羡慕,但赵桂荣和杜建成不馋,唯独馋那些不管有没有钱,走到哪里都让人尊敬的人。比如栈桥英语角的修老师,他不仅没钱没权,前几年"文化大革命"的时候连工作都没了,可他永远不急不躁,经常和外地来旅游的大学生聊得热火朝天,和要饭的也能聊得有滋有味,也绝没人因为他吃不上饭或是他认要饭的人做朋友而瞧不起他,谁见着,都毕恭毕敬,因为他以前是个翻译书的,现在新华书店里的不少外国小说都是他翻译的。因为这,"文化大革命"期间,被"革命小将"打成了"里通外国",学校也停了他的职,等"文化大革命"结束,他已到了退休年龄,就在栈桥成立了个英语角,想学英语的,只要去找他,一年四季都在,不管刮风还是下雨。

赵桂荣特别尊敬他，觉得他身上有股说不上来的贵气。杜天河经常去找他学英语，如果家里包了包子饺子，不管够不够全家吃的，赵桂荣都会包一些让杜天河捎去。只要杜天河回来说修老师夸她包得好吃，她别提多高兴了。

修老师全名叫修品之，世家子弟，在英国留过学，吃了那么多年的奶酪火腿，却独独喜欢吃赵桂荣包的野菜包子，尤其是扫帚菜和骚蛤蜊加肥肉丁馅儿的。

骚蛤蜊是青岛沙岭庄一带特有的一种白皮蛤蜊，其他地方没有，半个鸡蛋大小，肉鲜美，也好挖，在滩涂上徒手过滤，一会儿就能挖一堆。赵桂荣挖回来，养得它们吐净泥沙，剥出肉，再去湛山那边采扫帚菜，用开水烫了，切碎，把骚蛤蜊肉和指头顶那么大的肥肉丁拌在一起，包发面包子，面皮暄腾腾的，野菜拌着海鲜和肥肉的馅儿，又鲜又香。用修老师的话说，这一口他吃一次惦记一辈子。杜沧海一口气能吃五六个。知道修老师也喜欢吃，每次包了，不管杜天河想不想去学英语，赵桂荣都会装在饭盒里，用干净毛巾包了，让杜天河赶紧趁热给修老师送去。

现在，杜建成四个孩子，三个上班了，就剩一个杜沧海，他和赵桂荣满心指望他考上大学，当个有文化、受人尊敬的人。杜沧海却断了他们的念想。

春末的风，带着海的味道，在青岛的大街小巷里流窜，可是，已经逼近老年的杜建成，却蹲在马路牙子上，呜呜地，哭得像一条被主人欺负了的狗。

杜沧海像犯了弥天大错却不想改正的坏孩子，远远地站在马路对面，张望着那条通往大海的陈旧老路。快一百年了吧，它没变过，一直那么窄，一直那么陡峭，好像坐下来松弛神经，就能滑到海里。

4

拉板车的第二个月，杜沧海挣了一百，可杜建成不让他干了。

自以为身体康复了的杜建成回邮政所上班，所领导却让他提前办病退手续。

杜建成说他觉得自己身体还行，不想提前病退，因为提前病退比正常退休退休金要少，上班时的各种补贴也没了，家里还欠着一屁股饥荒呢，他哪儿能扔了这些补贴不在乎？

可所领导说,不愿意提前病退单位也不能让他上班了,他身体不行了,万一在工作岗位上出点事,单位负不起责任。也就是说,不管他愿不愿意,单位都不需要他回去上班了,如果不办提前病退手续,就得休长病假,工资更低。杜建成没辙了,说:"让我退休不要紧,我得让我小儿子顶我的班。"

所领导见过杜沧海,觉得是把干活的好手,就答应了。

当晚,杜建成就跟杜沧海说明天去货场把板车退了租,跟他去邮政所报到。杜沧海说:"凭什么? 我在货场干比你在邮政所挣得多。"杜建成说:"你懂什么? 你挣再多也是个临时工,不知哪天就来政策不让你干了;再说了,就算还让你干,你挣得多,你有劳保吗? 你看病报销吗?"

杜沧海说他就想趁年轻多挣点钱赶紧把家里的债还上,既不馋劳保也不图看病报销,坚决不去邮政所。

赵桂荣说他傻,说:"邮政所多好的单位,上班公家就给发辆自行车,虽说不属个人,可个人随便用,补贴多,多少人想当邮递员还当不上呢,难不成放着好机会不用,让你爸白白退休?"

杜沧海说:"要是没我这个儿子,难不成我爸还能在邮政所待一辈子不退休了啊?"

赵桂荣说:"你知不知道老话说了,'宁挣一辈子少的,不挣一时多的'。人活一辈子,不能只看眼前,你得往长远里打算。就拿你爸打个比方,年轻那会儿也是个活蹦乱跳的人,可这还没老呢,病就上身了。你不就业,看病就没地方报销,不往远处说,就说你爸这次住院做手术,要不是有单位给报销,这开膛破肚的,得花多少钱? 咱家掏得起吗? 你看,就因为你爸有正式工作,他做完手术不上班,在家歇了两个月还有工资拿,你那货场算个屁,别说病了不会管你了,你今天不拉车今天就没饭吃!"

说着,赵桂荣就去拧他,拧他胳膊里的肉,那儿肉嫩,不用使多大力气就能拧疼,针扎似的,这是赵桂荣的撒手锏,悄没声地就把孩子收服了,不像胡同里的其他妇女,管孩子就是日天操祖宗地骂和噼里啪啦地打,弄得自己不体面孩子也没脸。

杜沧海疼得牙缝里咝咝冒冷气,他咬牙忍着,就是不告饶。

见他眼珠子都红了,杜溪知道他疼,就也帮腔说:"沧海,爸妈也是为了你好,你那活,挣再多也是个扛零活的,这万一哪天政策一变,活没了不说,搞不好还给你扣个投机倒把大帽子游街示众呢,以前你又不是没见过。"

　　听杜溪帮自己腔,赵桂荣更觉自己一片苦心被杜沧海踩在了脚底下踩着,眼泪都快掉出来了,手上又加了些力气,带着哭腔说:"浑小子,你见谁家当爹妈的会坑自己孩子?"

　　杜建成也把旱烟掐了,不声不响地出了门,过了一会儿,拿着拖把进来了,拿拖把杆冲杜沧海比画了两下:"混账东西,你当我老了,打不动你了是不是?"

　　成了众矢之的的杜沧海悲愤地站了起来,吼了一嗓子道:"我去,行了吧?!"

　　就这样,杜沧海接了父亲的班,成了邮政所的邮递员,骑着自行车走街串巷。

第六章

人生开始的样子

1

杜沧海上班的当天,去邮政所的调度室领工作服,所领导拍着他硬邦邦全是腱子肉的肩说:"好好表现,等过两年送你去进修。"

杜沧海突然觉得,父亲的这班,接得值了。

以前,杜沧海曾听父亲在饭桌上不无羡慕地说过,谁谁谁干得好,年龄也合适,被推荐去邮电大学进修了,虽然只是进修,可进修完,就有文凭了,早晚得给提拔起来当干部。

杜建成两口子,除了敬慕有文化的人,就是羡慕当领导干部的,不为别的,就为谁见着,脸上都要带三分笑。

劝杜沧海接班时,杜建成也说:"你年轻,脑子活,进了邮政所,好好表现表现,领导看着喜欢,说不准就会送你去进修。"

今天所领导也这么说,杜沧海就高兴得要命。回家,和父母也说了。杜建成说:"我就说嘛,你们年轻,脑子能装进东西去,就赶紧多装点。"

然后,又告诉杜沧海,去送邮件,不仅要勤快,准时准点地把邮件送到它的主人手里,还要态度好,遇上年龄大的、不识字的收件人让帮着读信的,就帮着读读,人活在世上,都不容易,多干点活累不死,能帮人一把的时候,就别袖着手。

赵桂荣也说："就是,老天睁着眼呢,人干的好事坏事,都在老天爷眼里,天不藏奸。"

杜沧海就嗯嗯是是地应着,也知道,所领导虽然说了,可真想要争取到进修名额,也不容易,全市邮政系统几十个所,几百号人盯着呢。

一想只要好好干,就能去邮电大学进修,杜沧海干得挺起劲。

杜建成和赵桂荣都松了口气。

一大早,孩子们像离了巢的鸟一样走了,只剩老两口,相对无言,有些感慨,还有些感恩。想当年,孩子们一个个来到这世界,他们是既欢喜,又担心,欢喜的是这些肉嘟嘟的小孩子,都是希望;担心的是就杜建成一个人的工资,怎么养活一家六口?

那些艰难的时光,像在沼泽中跋涉,蹒跚的日子,终于成为过去。在这个时代,还有好多家的孩子下了乡没回来,还有不少年轻人待业在家,满街晃悠着让父母提心吊胆,他们的四个孩子,都上班了,还是旱涝保收的国营单位,能不知足吗?

所以,赵桂荣眼含感慨的泪水,看着杜建成说："总算是熬出来了。"

杜建成吭吭咳了两声,算是应了她。然后说这些年辛苦你了。赵桂荣也擦擦泪,说："你更不容易。"

2

虽然是邮政子弟,但刚上岗,也要跟师傅。

杜沧海的师傅是老油条,虽然老油条和杜建成关系好成一个头,可是既是师徒,杜沧海把该给师傅的敬,还是做得很周全。

杜沧海每天早晨六点半到邮政所收发室,把师傅昨天喝剩的茶根倒了,泡上新茶,领回辖区的件,等师傅来了,递上不凉不热的茶缸,看师傅不紧不慢地喝完半缸子茶,师徒两人就骑上自行车出发了。每到一户有邮件的人家门口,老油条都倚着自行车站着,威严地看着杜沧海跟邮件的主人打交道,如果做错了,劈头盖脸就要骂一顿,毫不客气,毫不讲卫生。

杜沧海接受得了他的毫不客气,但接受不了他骂起来毫不讲卫生,简直了,满嘴都是生殖器官,骂得人头脸燥热,没地藏没地躲的。

每天上午,邮件送到十点左右,就开始沿着马路开邮筒,取市民要往外邮寄的信件,回所里差不多就十一点半了。所里的邮递员陆续回来,一上午蹬自行车、走家串户,不亚于跑了一上午马拉松,累得浑身要散架似的。一回所,交上信件,就牛饮似的灌水,灌饱了,往院子里跑,夏天找背阴的地方,冬天找背风向阳的地方,三五成群地聚成一堆,为的是抽烟。

怕引起火灾,邮政所的收发部门,严禁抽烟。

抽烟的空当儿,荤的素的,一股脑儿地往外倒。听得杜沧海脸红脖子粗,恨不能找个地缝钻进去。老油条看出了他的窘迫,就故意逗他,指着院门口的食品店门头上水粉画里的海虹干和鲍鱼问他像什么。杜沧海不知道。老油条就说,海虹干是大闺女的那个,鲍鱼是已婚妇女的那个,女人那个东西很奇怪,没让男人碰过的时候,颜色像海虹,黄黄粉粉的,男人用过了,就像鲍鱼了,发黑。

杜沧海就明白他说的是什么了,急了,差点和他翻脸。众人就起哄,说杜沧海是没碰过女人的青瓜蛋子,让老油条别招惹他。老油条很尊敬杜建成,觉得自己这么干,确实有点欺负人,第二天特意捅了烟卷,说昨天对不住了,忘了他还是个青瓜蛋子,让杜沧海抽支烟,以后他们再说荤话的时候,离远点。

杜沧海不抽,说不会。老油条就笑,说:"谁一生下来就会?学呗。"说着,点了烟,硬塞到杜沧海嘴上,说:"干咱这行,烟得会抽,酒得会喝,荤话得能听也能说。为啥?邮递员这活累,抽烟解乏,光解嘴的乏不行,脑子里的乏也得解解,就是说荤话。抽烟和说荤话,就像喝酒必得有盘下酒菜。"

下班回家,看着闷不作声抿口白酒吃腌黄瓜的杜建成,杜沧海就怔怔的,平时少言寡语的父亲,在邮政所难道也和老油条他们一样?坐在马路牙子上抽着旱烟说男女那点事?

很多次,他想问,却又问不出口。

十来天,杜沧海就习惯了邮政所的生活,也习惯了同事们一边抽旱烟一边讲色情故事,也是那段时间,杜沧海完成了作为男人的性的启蒙。他不再像以前似的,别人一讲男女的事就脸红脖子粗,甚至希望同事们讲,因为这一切对他来说,太新奇了,常常听得他心猿意马,仿佛身体里的血液都是热的是沸腾的,它们在身体里奔流,企图寻找一个出口,冲撞而出。

尽管他习惯了听荤话,可抽烟喝酒,始终学不会。有一次老油条给了他一根很上档次的烟卷,说是至少得是科级以上的干部才能抽到。盛情难却之下,杜沧海抽完了,却抽得头晕目眩,呕吐不止。老油条一边看他扶着树狂吐一边说可惜了可惜了,好好的烟抽可惜了。

从那以后,杜沧海再看见烟就打怵。喝酒也不成,有一天晚上,杜建成拿了两个酒杯上桌,给他倒了一杯,说:"跑了一天,喝杯解解乏。"杜沧海抿了一口,就推给了父亲,又冲又辣,太难喝了。

终其一生,杜沧海都搞不明白人为什么会变成烟鬼酒鬼。

这年夏天,杜家接连发生了两件喜事。第一件是郭俐美给杜建成生了一个大胖孙子,取名叫杜甫。杜长江说:"不好吧,杜甫是古代著名的大诗人,给咱儿取这名,也忒不尊重他老人家了吧?"郭俐美不答应,说:"杜甫之所以能成为流芳千古的大诗人,就是因为他这名起得好,咱这叫借先人的光辉。"一气之下,杜长江说:"你怎么不叫他杜月笙呢?"郭俐美颠着胖嘟嘟的儿子说:"要不是搞计划生育了,我真再生一个叫他杜月笙,咱俩儿,一文一武,看谁敢欺负咱!"杜长江倒吸了一口冷气,想幸亏搞计划生育了。第二件喜事是杜天河考上大学了,而且是上海的复旦大学!不仅是杜家,在整个挪庄,也是数得上的大好事啊。杜天河收到录取通知书的那天,整条胡同都轰动了。当杜天河把录取通知书拿给父亲看时,杜建成戴上老花镜一个字一个字地看完,往杜天河手里一塞,什么也没说就出门了,把杜天河给弄愣了,以为自己考上了大学,父亲不高兴。可没一会儿,杜建成就回来了,腋下夹了一条香烟。街坊邻居们纷纷来祝贺,杜建成表达开心的方式,就是谁来祝贺都要分根烟卷给人家,女的,不抽烟的也给,人家不要,就硬塞,让拿回家给男人抽。

说真的,在替大哥高兴的同时,杜沧海也是落寞的,如果不是为还债逃学拉车,说不准他也能考上,当然,未必是复旦,考所普通大学问题应该是不大的。但,落寞归落寞,不能表现出来,大哥考上大学了,是好事,他也就更不能想三想四了,因为大哥去学校读书了,家里就少了一个人挣工资,债就像一张血盆大口,还等着钱喂呢,所以,他必须好好工作,想办法多挣点钱。

拿到录取通知书的杜天河,五味杂陈,想起了米小粟,想录取通知书如果是一年前拿到的,想必米家对他对他父母,会是另一种态度吧。

揣着录取通知书,杜天河在中山路上溜达了好几个来回,希望能遇上米小粟,却没有,他甚至去电影院门口看了,当班售票员也不是米小粟。就在心里叹了口气,想他和米小粟的缘分,大概也是尽了吧,就快快地回了家。

杜天河回家才知道何春熙来了,满面春风地,正和母亲聊天。

自从和何春熙做了朋友,她隔三岔五往家跑,赵桂荣是过来人,明白她心意,就因为在医院那会儿,何春熙帮她怼过郭俐美她妈,她也觉得这姑娘不错,心直口快,心眼好,还挺仗义,也有意成全她和杜天河,只要她来了,杜天河也回了,她就找个借口拉着杜建成出去了。

杜天河也知道何春熙的心思,可他心里牵挂着的还是米小粟,对何春熙,就只有朋友的客气,在一起,也不外是聊聊某个电影和各自单位的事,并没往前进一步的意思。

今天,何春熙见杜天河回来了,挺高兴,说她家隔壁邻居家的孩子收到大学录取通知书了,她就猜杜天河也该收到了,过来祝贺一下。说得那么笃定,就像她之前笃定地认为杜天河一定能考上大学一样,觉得对杜天河来说,大学录取通知书只有早收到和晚收到的问题,没有收不到的可能。

这让杜天河有点感激,就像我们本已对自己荒芜的人生不抱期望,却偏偏有那么一个人,笃定预测这片荒芜下面潜藏着海量的黄金矿藏,这种知遇之恩,不一定是爱,但会被我们铭记一辈子。

何春熙从包里摸出一本精美的塑料皮本子,递给杜天河,说祝贺他,送他的礼物。

杜天河虽然没收女孩子礼物的习惯,可这次,非同往日,不收不合适,就接了,跟何春熙道了谢。赵桂荣偷眼看着他俩,鼻子里眼睛里都是笑,张罗着留何春熙在家吃饭,一副要把她和杜天河的事坐实了的样子。

杜天河也明白母亲的意思,怕是这一步迈出来了,不好往回收,说今晚单位的同事约好了,要给他庆祝,大家一人带一个菜,到车间聚餐。

失望像瀑布一样从何春熙眼里跌下来。赵桂荣也挺失望，但很快，就稳下了神，说你聚你们的餐，我们吃我们的饭。说着，拉了何春熙的手一下，说今晚给她包蛤蜊鸡蛋饺子，鲜着呢。何春熙就笑着说好啊。

男方不反感，男方父母也认准了自己是准儿媳妇，这婚事基本就跑不了了，这是同事们说的。杜天河和米小粟的事，何春熙知道，杜建成住院期间，米小粟去，她也见过，也明白在气质和家庭上，自己赶不上米小粟。米小粟的出彩之处，不是漂亮，而是干净，脸上有天然的波澜不惊的安宁之气，很高贵，却不凌人。而她，就像北方的喜饽饽，热腾腾地柔软着，别有一番喜气。她曾试着模仿米小粟，结果被同事们数落像个神经病，就算了，还是做自己，自自然然的，别人看着也舒坦。

何春熙和母亲在厨房里忙来忙去，杜天河打了声招呼，就走了，其实厂里没聚餐。他知道杜沧海晚上找薛春峰干活挣钱还债，就找过去，跟着他装车拉车卸车忙活了一晚上，累了个贼死。

晚上九点多忙完，杜天河怕何春熙还没走，不敢回家，就拉着杜沧海去栈桥旁边的六浴洗海澡。

其实，累了一个晚上，浑身上下一点劲儿也没有，根本就游不动，弟兄两个就躺在海滩上，脚冲着大海，任凭一波一波的海水像个没轻没重的傻娘，扑上来，亲吻着他们的腿和脚。

杜天河不愿回家，杜沧海感觉出来了，就问为什么。杜天河就说何春熙在他们家呢。杜沧海就明白了，说她挺喜欢你的，咱妈也挺喜欢她。杜天河看着天空不说话。杜沧海就用胳膊肘捅捅他，说他也觉得何春熙不错。杜天河还是没吭声。杜沧海就问是不是还放不下米小粟。杜天河闭上眼，听海潮哗啦哗啦地涌上来又退回去。杜沧海说我也想小粟姐，说着，嗓子就哽咽了。杜天河就觉得脸上凉凉的，也不知是海水还是泪，反正，都是咸的。

杜沧海再也没劝他回家，哥俩心照不宣地在沙滩上躺到十点半，杜沧海说从挪庄回何春熙家的公交末班车是九点五十，估计该走了。

杜天河从湿漉漉的沙滩上坐起来，拉起累散了架的杜沧海，回了家，果然，何春熙已经走了，赵桂荣还在灯下做针线活，见弟兄两个湿漉漉地进来，吓了一跳，问怎么了。杜沧海说干完活去洗了个海澡。

赵桂荣的心,这才踏实了,招呼弟兄两个去冲个淡水澡,把衣服换下来。杜天河先冲,等杜沧海冲完了回来,就见母亲两眼怨怒地看着坐在床沿上的杜天河,而杜天河垂着头,像个不打算认错的倔小孩。

赵桂荣说:"人家闺女等了你一晚上。"

杜天河不说话。

赵桂荣又说:"街坊邻居没一个不喜欢何春熙的,嘴甜,不笑不开口,街坊邻居谁有个头疼脑热的,她都上心地帮着张罗,你还想找个什么样的? 我可不想让人说老杜家老大一考上大学眼眶子就挪脑门上去了。"

杜天河说:"妈,我们不要这么上纲上线好不好?"

赵桂荣瞪他,眼直直的,意思是让他给句准话。

杜天河说:"我现在不想找。"

赵桂荣就说:"你多大了?! 你弟弟都有儿子了!"

杜天河说:"妈,长江有儿子了那是长江的事,和我的终身大事扯不上关系吧?"

杜沧海见两人要吵起来了,就劝赵桂荣,说:"妈,我哥要上大学了,将来分配哪儿去还不知道呢,我们就别跟着瞎操心了。"

杜天河拍了拍枕头躺下,一副不打算就这话题继续的样子。赵桂荣一肚子怨气没地方撒,就剜了杜沧海一眼:"将来你别跟你哥似的。"

杜沧海就嬉皮笑脸,说:"我倒想跟我哥似的,我也得有那水平。"

赵桂荣说:"我是说别像你哥似的气我!"

杜沧海笑,说:"妈,您放心,我都听您的。"

整个夏天,杜家一片喜气洋洋。街坊邻居们都说,运气的事啊,难说,谁都有不走运的时候,可再不走运也有霉气走到头的时候,就像老杜家,从去年冬天到今年春天,家里这灾那祸的,眼瞅着天就要塌了,这不,否极泰来了。

何春熙又来过几次,杜天河要么装有事躲着,要么就是不咸不淡地说几句。有一次,何春熙拿了几张电影票来,说是别人给的,要和杜家兄妹去看电影,杜天河接过电影票一看,脸就掉下来了,说:"你们去看吧,我没空。"弄得何春熙眼泪汪汪的。

杜沧海觉得杜天河有点过了,不去看就不去看,何必跟人家甩脸色呢?等他拿过电影票一看,就明白了,是米小粟工作的那家电影院,就想何春熙又不是不知底细,还要和他们去这家电影院看电影,往好听里说,显得用心良苦了点,往阴暗里说,就是处心积虑,不就是想让米小粟看看嘛,杜天河已经有了新欢,而且是得到全家认可的。

自从和杜天河分手,米小粟那边,就像一滴水消失在茫茫大海中,半点风浪再起的迹象也没有,何春熙还要这样针对她,确实不厚道,或许她以为杜天河对她热情不起来,是因为和米小粟还藕断丝连吧?这才想出了这么个又蠢又笨的办法。唉,爱情这事,真的会让人智商直线下跌。杜沧海知道,何春熙越是这样,杜天河就越会在内心里和她拉开距离,就不想和杜天河一样装傻,也算替杜天河解释吧,就说:"我哥以前的女朋友就在这家电影院上班,他俩感情挺好,父母不同意才散了的,我们要这么浩浩荡荡地去了,算什么?让人家看着,我们也忒小人点了吧?"

何春熙装傻,嘟哝说她不知道。

杜沧海不想让她太难堪,就说怪不得呢,把票还给她,让她约其他人去看。

从那以后,何春熙好长时间没过来,只在杜天河去上海之前,托人送过来一件她手织的毛衣,是当时流行的织法,美国大平扣。杜天河看了看,就手送给了杜沧海,说你穿吧。

杜沧海明白他的心思,就收下了,又想何春熙说不准哪天就会到家里来,万一看见他穿着这件毛衣,心里肯定得有被嫌弃了的不舒服,就一转手又送给了杜长江。

没承想这件毛衣又给杜长江惹来了官司。郭俐美不相信这件毛衣的来历,非要说是小叶对杜长江贼心不死,还在使手段勾引他,也不听杜长江解释,三下五除二就把毛衣给剪了,杜长江让她回家问杜沧海,郭俐美却说杜长江肯定和杜沧海他们做好扣了,全家联合起来欺骗她。第二天上午,她抱着刚出满月的孩子,拎着一包毛衣碎片就去了国货,扔了小叶一头一脸,说她不要脸,杜长江都当爸了,她还不死心。

小叶让她闹得丈二和尚摸不着头脑,郭俐美骂起人来,句句带血,真把小叶骂崩溃了,跑到五金柜上,抄起一把剪刀就要和她拼命,被同事们七手八脚拉住了。眼见要闹出人命了,杜长江也真让郭俐美气疯了,也顾不上她刚出月子,上去就是一巴掌,把郭俐美打蒙了。

郭俐美捂着脸,怔怔地看了杜长江一会儿,抱起哭得快要抽搐了的杜甫,转身走了。

在单位里,杜长江又是公开给小叶赔礼道歉又是写检讨,折腾了个半死,下班往家走的路上,想想自己当众给了郭俐美一巴掌,回家还不知跟他闹成什么样,就又恼又怕,做好了进门就被郭俐美叫来的娘家一干人等揍一顿的准备。

一推门,却愣了,桌上摆了四个小菜,还有一茶缸散装啤酒,郭俐美抱着杜甫坐在简易沙发上喂奶,一副贤良小母亲的嘴脸。杜长江就摸不着头脑了,在桌前站了一会儿,说:"干什么呢?"

郭俐美冲他笑了一下,脸上,隐约还有他打过的五指痕。

杜长江又说:"这是要杀之前先给点甜头?"

郭俐美说:"吃不吃? 不吃一会儿我吃!"

杜长江心里还是不踏实,指着桌上的饭菜问:"这到底是怎么一回事?"郭俐美哼哼了两声说她去找何春熙了,毛衣是她给杜天河织的。

杜长江这才明白了,这顿饭是她的赔礼道歉,可这歉道的,怪他妈的牙碜的,不管她关起门来怎么道歉,他和小叶在单位的名声坏了,何春熙也知道她的一番心意被杜天河嫌弃了,也就是说,无形当中堵住了何春熙和杜天河成为两口子的可能,就骂了郭俐美两句。郭俐美小声分辩道,小叶自找的,谁让她以前勾引过杜长江呢? 再说了,杜天河不中意又不明说,让人家何春熙蒙在鼓里,多耽误人家青春? 她把这层窗户纸捅破了,何春熙难过是暂时的,但从长远来说,是救了她,至少救了她一部分可能枉费在杜天河身上的青春,多功德无量! 一席话,把杜长江说得扑哧笑了,说:"你泼妇还泼出公德来了!"

吴莎莎高考落榜,她小姨不知托了什么人,把她塞进了盐业公司,算是就业了;孙高第的心思本来就不在学习上,出事以后,东奔西跑着治疗,把心给跑野了,回学校也坐不住,高考考得一塌糊涂,好在他爷爷厉害,虽然人已走,但余威还在,他爸妈提着礼物拜了一圈,终于把他送进了外贸学校,据说是外贸系统自己的学校,拿大专文凭,在那个中专生都可以在单位里横着走的年代,大专生的牛,就不用形容了。丁胜男也落榜了,她在挪庄土生土长的父母没本事把她送进某所学校也送不进某家单位,就在街上瞎晃悠。

<h1 style="text-align:center">3</h1>

杜沧海经常在路上遇见丁胜男,她不知从哪里弄的粉,把脸擦得雪白雪白的,涂着通红通红的嘴唇,老远一看,还以为是戏曲演员唱完了戏,光卸了行头没卸面妆就上街了呢。

杜沧海看不过别人对她指指戳戳,就劝她说:"你擦这么厚的粉干什么?"

丁胜男说:"我愿意。"

杜沧海说:"不好看,遇上不着调的,拿你不当好东西。"

丁胜男一脸别人怎么着干我鸟事的样子坐在他自行车后座上,大长腿支在地上,说:"我想吃雪糕。"

杜沧海就去街上商店里买支雪糕递给她。

丁胜男总是慢慢吃完一支雪糕,才叹口气说:"杜沧海,你说我怎么这么倒霉?"

杜沧海说:"你怎么倒霉了?"

丁胜男说:"你看咱同学,上学的上学,就业的就业,就我还是一个不招人待见的满大街晃悠。"

杜沧海说:"咱学校统共才几个考上大学的? 再说了,在家待业的有的是,不光你自己。"

丁胜男就懒洋洋地说:"好吧。"把雪糕棍往杜沧海自行车的挎兜里一插,一摆三摇地走了。老油条就眯眼看着丁胜男扭来扭去的屁股问:"你小子吃没吃她的海虹?"

杜沧海一下子就恼了,是的,尽管他已经习惯了老油条他们的荤话,也习惯了他们腥臊烂臭的插科打诨,可那都是针对陌生的甚至是莫须有的女人的。放丁胜男身上不行,因为丁胜男是他一个人的、神圣不可侵犯的女神!

所以,杜沧海冷着脸说:"说正经的!"

老油条觉得,男人女人嘛,我给你好处你也给我好处,才是最正经的,就又嬉皮笑脸地说:"她都吃你多少支雪糕了,你用用她海虹才到哪儿。"

杜沧海不想和他说话,冷着脸,跨上自行车就走,老油条的烟还没抽完,就嚷了一嗓子:"你小子,急什么急?!看在我和你爸的交情上,叔得告诉你,你和女人打交道,就不能惯着她们,得了你的便宜,海虹你该用就用,豆腐你该吃就吃,要不然你白往她身上搭了钱,她还笑你傻!"

杜沧海就觉得心脏一下子就燃爆了,猛地捏了把车闸,支下车子,大步走到老油条跟前,盯着他眼睛一字一顿地说:"叔,就因为我爸,今天我不和你计较,可你给我记住了,我不许你这么说我同学!"

老油条没想到杜沧海反应会这么激烈,就大着嗓门嗬——嗬——了两声,说:"小子,行啊,我这么说你同学怎么了?"

杜沧海一字一顿地说:"你这么说,我觉得肮脏!"

老油条看着杜沧海,慢慢地就笑了,说:"你小子,喜欢上人家了是不是?"

杜沧海没说话,骑上车就走,老油条也跨上自行车,和他骑了个并肩,那会儿的街道和现在不一样,车少,孩子在大马路上疯癫着玩也不会有事,三分钟五分钟没一辆车过街,很正常。杜沧海不说话,骑着车,噌噌地往前跑,好像要把一肚子的怒气都跑掉。老油条追得呼呼直喘,说:"小沧海,我跟你说,别看我离婚这么多年了,可女人还碰过几个,就你这个女同学,依我看,不是你的菜!"

杜沧海看了他一眼,带着怨气,脚下用了些力气,把老油条甩在了后面。

老油条就扯着嗓子喊:"别看她现在近乎你,那是让钱逼的,等她有钱了你再试试,走大街上,两个脑门子撞得咔嘭咔嘭的她都不带和你打招呼的。"

杜沧海心里一阵烦,车子骑得飞一样。

4

吴莎莎奶奶死了,大中午的,莫名其妙就死了。

一群家庭妇女坐在胡同头上的大树下聊着家常做着针线,吴莎莎的奶奶在钩花边。

解放后,政府明令禁止了明娼暗娼,吴莎莎的奶奶就靠给花边厂钩花边过日子。后来,大吴到上班年纪了,可他一没文化二没手艺,除了好勇斗狠就是贪酒,没正经单位要他。看吴莎莎奶奶那么大年纪了,还要靠给花边厂钩花边换钱凑合过日子,街道上看不下去,就给大吴在街道工厂安排了个差事,可大吴死性不改,上班吊儿郎当,天天中午喝酒,喝了酒就在厂里打爹骂娘地吵吵,还不服管。厂长知道这种泼皮无赖得罪不起,倒不是怕他横,是怕被他赖着烦不起,就好声好气地送他顶高帽戴着,送瘟神一样给送回了街道,这样三番五次下来,街道上也头疼,索性就不管了。大吴继续满世界浪荡着喝酒混日子,一家三口要吃饭,吴莎莎奶奶钩花边的手就不敢停下,终于熬到吴莎莎大了,可以上班挣工资了,吴莎莎奶奶才敢承认自己老了,钩了一辈子花边真钩不动了。

后来,大家说,吴莎莎奶奶对自己的死,好像是有预知的。那天中午,她钩完一打花边,理整齐了,突然没头没尾地说了句"任务完成喽"。

旁边就有人问:"今天的花边钩完了?"

吴莎莎奶奶说:"只要愿意干,花边还有钩完的时候? 我是说,莎莎能上班挣钱养活自己了,我的任务就完成喽。"

又有人说:"早着呢,莎莎没结婚,你这任务就没算完成。"

吴莎莎奶奶说:"那是她爸的任务,我的任务就是给我儿子娶上媳妇,给他生个一男半女,等老了,他也好有个依靠。"

说完,吴莎莎奶奶就扶着旁边的树起身,起身,起了两下,没起来,索性又坐下了,好像累了一样,歪靠在树上,头往下点了两点,就睡着了。赵桂荣看了,还笑,说:"您昨晚这是干什么去了,累成这样?"说着,就要扶她起来回家睡,有人就说:"别吵她,这么大年纪了,还得操儿子孙女的心,怪不容易的,让她歇会儿吧。"

赵桂荣想想也是,也觉得吴莎莎奶奶命苦,年轻那会儿,为了有口饭吃,豁上身子让男人糟蹋,怀了孕,生下儿子,本指望老了好有个依靠,却没承想儿子不成器,里里外外还得自个儿张罗,就叹口气,坐了回去,继续给杜甫钩毛线袜子。郭俐美抱孩子出去玩,见不少小孩脚上都套着毛线袜子,洋娃娃似的,漂亮极了,可她不会,就回公婆家说,赵桂荣就知道这是说给自己听呢,就赶紧拿出看家本事扮二十四孝奶奶,买了毛线给杜甫钩两双,换洗着穿。

太阳一点点地往西落了下去,吴莎莎奶奶还没睡醒,靠在树上的头,却垂得越来越低了。大家该各自回家准备晚饭了,赵桂荣去晃吴莎莎奶奶的肩,这才发现吴莎莎奶奶的肩已经邦邦硬了,轻轻一晃,人就仰面朝天地倒了下去。赵桂荣吓得一下子就跳了起来,话都说不出来了。

吴莎莎的奶奶死了,死于急性脑出血,也就是脑溢血。

吴莎莎哭得昏天黑地,从此以后,在这世上最疼她的那个人去了。大吴一盅一盅地喝酒,仿佛对他妈没给他做好晚饭就胆敢死去很恼火,最后,把酒杯往烧着纸钱的火盆里一扔,说:"别号了,再号也活不过来了!"

吴莎莎还是哭,不管不顾地哭。

赵桂荣怕她哭坏了身子,让杜沧海去劝劝。杜沧海本不想去,因为他最怕女人哭,对女人哭,他完全没招。赵桂荣说:"你去告诉莎莎,奶奶走了,以后有啥事到隔壁院里找赵大姨,让她别哭了。"

接了任务,杜沧海只好走到吴莎莎身边,蹲下来,一米八五的杜沧海笨拙地蹲在吴莎莎身边,蜷得慌。但他觉得,今天,他必须得蹲下来,平视吴莎莎的悲伤,然后把母亲的话转达给了她。

吴莎莎哭得两眼像铃铛,回头愣愣地看着杜沧海,突然,一头扑进他怀里,搂着他,哭得更是汹涌了,好像被娘亲不小心弄丢的幼儿,重新回到了母亲的怀抱,一定要大哭特哭一场,发泄自己的委屈。杜沧海尴尬地看着扑在他怀里、死死搂着他的吴莎莎,抱也不是推开也不是,只好回头张望,向赵桂荣求救。赵桂荣却像没看见一样,在和几个老年妇女穿纸钱。

吴莎莎就这么抱着杜沧海,什么也不管,一味号啕地哭着。短暂慌乱之后,杜沧海就想我就当自己是棵树,让她抱着哭一会儿吧。

然后,吴莎莎奶奶一落葬,胡同里就起了"风",说杜沧海和吴莎莎好了。杜溪听说以后,就问杜沧海,是不是这么回事?

杜沧海挺恼的,说:"开什么玩笑?"

杜溪就说:"谣传啊?"

杜沧海嗯了一声,一脸严肃。

杜溪就歪头坏笑着看了他半天,见杜沧海没一点绷不住的样子,就晓得果然是谣传了,就小声问:"你不喜欢她啊?"

杜沧海觉得对女人说自己并不喜欢某个女孩子,是对女孩子的羞辱,就纠正了一下,说:"我一直拿她当邻居,没想别的。"

杜溪说:"现在想也来得及。"

杜沧海就恨恨地叫了声"姐!"说:"干吗呢? 非把我和她撮合一块儿啊?"

杜溪说:"你要真没这意思,就躲着点,女孩子,她喜欢你了,你不喜欢她,如果不躲着点,她就会当你也有意,就会没原则地对你好,等到了那时候你再说不行,就连朋友都做不成了。"

杜沧海这才想起来,最近这段时间,吴莎莎不仅往家里跑得勤了点,上下班路上,他还会特别巧地在胡同口遇见她,尤其是下班的时候,远远见他骑着自行车来了,吴莎莎就甜甜地笑着,说:"杜沧海,你带我吧。"

不等杜沧海回答,就跳上自行车后座,抓着他的上衣两侧,一路叽叽喳喳的,杜沧海就很不自在,不知为什么,每当吴莎莎跳上他自行车时,他都有一种偷别人女朋友的不自在感……

看来,这都不是偶然啊,杜沧海就喃喃地说:"姐,我真的没那意思。"

杜溪说:"我就是知道你没那意思才提醒你的。"

从那以后,杜沧海就留了意,比如说,早晨出门上班,要是恰巧遇到了从院子里出来的吴莎莎,就会突然想起来什么似的,一拍后脑勺说:"哦,忘了忘了。"掉转车把往家骑,好像真有什么东西忘了带。为了不让吴莎莎往他自行车上跳,下了班也不骑自行车了,坐公交车回家。可没几天,他又发现,吴莎莎在公交车站等他,逼得他只要是远远见吴莎莎在车站等着,就不下车了,坐过一站,换条路,绕回家……

就这样,偶尔再见吴莎莎,就觉得她眼里的幽怨之气,冤魂追凶一样地缠着他,杜沧海就苦恼得不行。

杜沧海虽然从没想过娶吴莎莎,但并不想伤害她,索性下了班也不回家吃饭了,直接在外面凑合点就去货场,找到薛春峰,先找活,但大多时候不用找,知道他下了班就过来,薛春峰会提前帮他把活找好,也有老主顾,知道杜沧海是把干活的好手,会特意把活留给他,等他到了,租辆板车装上货拉着就跑,虽然累,但有钱挣。杜沧海也是开心的,最重要的是每天在外面忙活到十来点回去,就不用看吴莎莎满眼的幽怨之气。很多年后,杜沧海想,所谓累并快乐着,大概就是这样吧,虽然身体累得像死狗,可一想债务那座大山,被他这么一毛一块地挖得越来越小了,就开心得不行。

有一天晚上,他帮蔬菜公司拉了大白菜,挣了一块五毛钱,心情好得像一条喝醉了的狗,趴在地上,尽情地享受天旋地转,嘴里还哼着歌。拐进胡同,远远地,就见一人影杵在那儿,一动不动。虽然远,虽然模糊,但他知道是吴莎莎。

吴莎莎选的地方很好,无论他从哪个方向过来,都要经过她站的地方才回得了家。

虽然不想面对吴莎莎,可家总还是要回的。所以,杜沧海只是在心里稍微地踌躇了一下,就继续往前走了。走到吴莎莎跟前,故作轻松地说:"吴莎莎,都这么晚了,你站这儿干吗?"

吴莎莎仰头看着他,一动不动地看,冬天的月亮那么皎洁,皎洁得杜沧海都能看见她眼里蓄存着明晃晃的泪。

杜沧海在心里说了声"我操,又要哭",很想拔腿就跑,但又知道不能,只能仰起头,看着月亮,说:"今晚的月亮真好。"

吴莎莎说:"杜沧海,你是不是躲着我?"

她的声音很轻,轻得简直气若游丝。

杜沧海:"说什么呢? 我这不忙着挣钱还债嘛。"

吴莎莎用亮晶晶的眼睛看着他,不说话。杜沧海继续故作轻松,说:"你也知道,因为我,我们家今年春天干出去四千多块钱,有两千多是借的,我得赶紧挣钱还上,要不然,我爸妈睡不踏实。"

吴莎莎说:"还多少了?"

杜沧海说:"不知道,我挣了钱就给我妈,债是我爸妈借的,也是他们还。"

吴莎莎说:"要不我也帮你还债吧。"

杜沧海吓了一跳,下意识地往后退了一步,说:"那怎么行?"

吴莎莎就用受伤很深的眼神看着他,一直一直地看,把杜沧海都给看得语无伦次了,说:"我……吴莎莎你也知道,我性格随我爸妈,不愿欠人钱更不愿欠人情,欠下了就睡不着。"

吴莎莎突然娇羞地笑了一下,低下了头,脚尖在地上画着圈说:"你跟我还这么见外啊?"

杜沧海突然就有了种理屈词穷的感觉,见前面胡同里远远地走来一个人,就没事找事地扯着嗓子喊了一声:"谁?"

对面人粗声大嗓地应了句:"我!"

是大吴。

杜沧海忙手忙脚乱地推了一下吴莎莎:"你爸回来了,赶紧回家,我听动静又喝了不少。"

吴莎莎执拗地说:"他回来有什么好怕的?"

杜沧海说:"我怕。"说完,撒腿就往自家院里跑,进了院,才大口大口地喘着气,望着天空笑了,好像莫名其妙就被有惊无险地搭救了一样。

第七章
爱情有一张哭坏了的脸

1

年底，杜建成从吊铺上拿下一本破破烂烂的作业本，让杜天河帮忙算算，还有多少账没还。杜天河一笔一笔地加起来，又一笔一笔地减掉，开心地说还了一千了。

正趴在缝纫机上给杜甫做肚兜的赵桂荣眼睛一下子就潮湿了，说这还上的一千块钱，差不多都是杜沧海挣的，除了上班挣工资，他晚上十点以前就没回来过，礼拜天更不歇，像骆驼祥子似的，白天骑着自行车满大街送信，晚上拉着板车满街跑，这都一年了，白天家里就没见着他人的时候。说着，赵桂荣擦了把泪，说再熬一年就差不多了。又想起了米小粟的一千块，就小心翼翼地问杜天河："天河，你和小粟，没再联系？"

杜天河低着头，没吭声，是的，一提起米小粟，他的心脏就会痛。在上海时，他想过给米小粟写信，也真写了，但都没勇气往外寄，其间何春熙给他来过几封信，说郭俐美去找过她，毛衣的事，她知道了，也明白杜天河的心了，但不怪他，本来嘛，就是她自作多情，希望杜天河不要怪她，也希望他以后还能把她当朋友。

看完这封信，杜天河有点愧疚，就给她回了一封信，很自谦地说觉得自己不够好，在何春熙面前没自信，所以，请她原谅自己的退缩；再说，现在大学还没毕

110

业,前途未明,他不敢贸然考虑终身大事,也怕耽误了她,请她谅解。

何春熙又给他回了一封信,说理解他,她会等到他大学毕业,让他不要有心理负担,如果遇上比他更好的,她不会耽误自己,会结婚,但他们一直要做好朋友。

这封信,杜天河没回,因为不知回什么好。从那以后,何春熙就没再来信,直到他快放寒假,才来了一封,问他几月几号到家,方便的话,可以见面叙叙旧。

杜天河不想见她,不是因为讨厌,是不想无故地生出些纠葛来,故意在临回家的前一天才给她写回信,说毕竟上学的时候单位还给发着工资,放假他要回厂看看有没有什么可以帮忙的,恐怕是见面的时间不多。

寒假,他从上海回来,没直接回家,而是拎着大包小包,特意从中山路绕了个圈子,兜到红星电影院门口,张望了一会儿,依然没看见米小粟。后来又去了几次,也没见到人,就怀疑,米小粟是不是调走了?想问当值的售票员,他和他们不仅认识,还很熟,他和米小粟恋爱她家反对的事他们也都知道。可又怕自己问了,别人不知会怎么想,怎么传,就很犹豫,去了几次,都开不了口,直到遇上和米小粟关系特别好的顾姐当值,才鼓起勇气上前去问。顾姐冷冷地看着他,像看仇人,看得他心里虚虚的,像踩在地雷上,走也不是留也不是。讪讪了半天,叫了声顾姐。顾姐看看他,不无讥讽地说:"干什么呢?考上名牌大学了,故意来气我们小粟?"

杜天河忙辩解说:"不是。"

顾姐说:"什么是不是的,告诉你,杜天河,我最瞧不上你这种男人,该你勇敢的时候你畏畏缩缩;该你有气度的时候,你小肚鸡肠。现在后悔了吧?晚了!"

杜天河心里,春雷轰隆,遍地狼烟,想顾姐说现在晚了,是米小粟另有男朋友了的意思吧?他默默地看着顾姐,又低头看着自己的脚尖,半天才说:"顾姐,我没别的意思,就是想看看她最近怎么样。"

顾姐没好气地说:"她啊,傻!谈了场惊天动地的恋爱,差点把命搭上,现在刚缓过来,你要真心为她好,就别招惹她了!"

杜天河说好,谢了顾姐,转身走了,走到栈桥,望着东面米小粟家方向,情不自禁地沿着海边往那个方向走,走了一个多小时,竟然走到了米小粟家附近。

他站在树下,远远地张望着,看见米小飞的儿子和米小樱的女儿在院门口跑进跑出地疯玩,眼睛就潮了,想原本,他可以成为这两个小小的孩子的亲人之一的,正怅然着,就见一个穿着海军大衣的男人骑着自行车自东向西过来,两个小孩子欢快地喊他莫叔叔,年轻军人从自行车上跳下来,把两个孩子抱上自行车前梁,亲亲热热地说笑着进了院子。杜天河看得呆呆的,想起了顾姐的话,想或许这就是米小粟的新男朋友吧,看上去挺阳光的,也很开朗。

　　杜天河在心里长长地叹了口气,摁死了心里最后一朵火苗,转身走了。

　　今天赵桂荣问,把他心里的痛又搅起来了,沉默了片刻,说:"都散了,还提这个干什么?"

　　赵桂荣就唏嘘着掉眼泪,说:"小粟多好的姑娘,人家还借咱家一千块钱呢。"

　　杜天河说:"我还她了。"

　　赵桂荣吃了一惊,说:"你拿什么还的?"杜天河就把借遍了车间同事的事说了一遍。事已至此,赵桂荣知道没有挽回的余地了,就抽抽搭搭地哭,说她原本指望着先把这些要紧的账还上,等转过年来攒了钱就让他还米小粟的,也当是个见面说话的理由,看看还有没有可能,毕竟他身份和过去不同,大学生了,还名牌大学,米家多少也该高看一眼吧?

　　杜天河不愿母亲难受,就说:"妈,您别难过了,已经过去了。"

　　赵桂荣泪眼婆娑的,不一会儿,就把眼搓红了,又问何春熙和他联系了没。杜天河就知道,在母亲心里,米小粟还是她儿媳妇的第一人选,米小粟没可能了,才是何春熙,就说联系了,他跟何春熙把话说明白了,他们只是普通朋友。

　　赵桂荣知道,她的儿子们虽然都有孝心,很少忤逆她和杜建成,可在婚姻上,个个都有自己的主见,怕是不会听她的摆布,也就不去自讨没趣了,叹了口气,说:"何春熙这姑娘不错,可就是心眼多点。"

　　杜天河就吃了一惊,愣愣地看着赵桂荣,是的,何春熙人挺好的,可和她相处,杜天河总觉得不放松,好像不知哪个地方藏着玄机,可这种感觉,他不知母亲是怎么来的。赵桂荣就说他对何春熙不来电,她早就看出来了,何春熙未必不知道,可她傻呵呵的,一次次往家跑,就是使心眼,跑的趟数多了,街坊邻居看在眼里,就是众口铄金也把她说成是杜家的大儿媳妇了。

不由得,杜天河就佩服母亲对世事的洞悉,但还是替何春熙说了句话,说:"何春熙未必有这心思,咱别自作多情想多了。"

赵桂荣叹气说:"想不想多你都不打算要她,我还想什么想?自己的事,你自己看着办吧。"

后来,杜天河觉得何春熙毕竟是女孩子,人家主动说寒假里要见一面,他要不提,显得不大气,就主动约了她一次,去图书馆看书。

杜天河觉得和何春熙约在图书馆最好,一人抱一本书,不用说话,因为说话有失公德,这样,既约她见了面,又不用顾及着话要怎么说才不会一不小心滑到敏感地带。

何春熙对看书不感兴趣,这无形当中,让杜天河对她的失望又加了一层。在图书馆坐了半个下午,何春熙就看了两本编织杂志,抄了几种毛衣的新潮织法。不像米小粟,她会看看小说,看看诗歌,还会把触动了她内心的词句抄下来,和他分享。单从这一点,何春熙和米小粟的差别还是挺大的,米小粟注重灵魂生活,而何春熙注重柴米油盐,虽然过日子少不了柴米油盐,但杜天河喜欢有灵魂的柴米油盐。

夜里,杜沧海回来,哥俩说话,又说起米小粟,杜沧海说他在街上看见过一次米小粟,坐在一个穿海军军装的男人的自行车后座上,看样子应该是谈恋爱吧。

杜天河不想继续这个话题,难受,就没搭他这个话茬儿,问杜沧海以后有什么打算。

杜沧海说:"反正我不想当一辈子邮递员,也不想晚上拉一辈子车,可眼下还得干两年,图的是邮递员下班早,可以去货场拉车,一个人能挣两份钱,先把债还完了再说。"

杜天河也说,他也是这意思,靠力气生存,是最原始的生存手段,人都是高级动物了,活这辈子,得有点追求才不算枉来这世上走一趟,然后问杜沧海将来打算往哪个方向发展。

杜沧海想了想,说看看所里能不能推荐他去进修吧。

杜天河说也成,进修完肯定能给个文凭,有了文凭,他就不是普通工人了,肯定会提拔,他有前途,父母脸上也有光。

杜沧海嘿嘿笑了一下,觉得未来有很多东西值得期待,挺美好的,像躺在春季的沙滩上,感受着全身上下的每一个关节都在发芽,长出生机勃勃的新生命。

突然,从吊铺上传来了窸窸窣窣的翻身和沉闷的咳嗽声,杜沧海忙冲哥哥轻轻嘘了一声,示意该睡了,别说了。

2

虽然经常出去干私活,可工作上,杜沧海从来都不含糊,除了送自己辖区的邮件,还经常替同事的班,因为服务态度好,经常帮不识字的人念信写信,所里收到好几封群众来信,都是表扬他的,所以杜沧海信心满满,觉得这一切,所领导一定都看在眼里,到了年底,说不准会评他个先进,或是把送他去进修的事再承诺一遍,这样的话,他心里踏实,也有个奔头。

可事与愿违。

本应顺理成章到来的表扬没来,批评反倒横空出世。年终总结会上,所领导表扬了所里的工作积极分子,他并不在其中。然后,所领导又不点名地批评了有些刚刚参加工作的年轻人,仗着年富力强,不安心本职工作,两眼盯在钱上,一下了班就跑出去干私活,一点思想觉悟也没有,给邮政所造成了极坏的影响,他这次就不点名了,算是给个回头的机会,如果还执迷不悟,就不要怪他不给留面子了。

所领导说这番话的时候,眼神往杜沧海这里瞟了好一会儿,然后,又点名表扬了几个工作态度端正也积极的,说将来会在他们当中选一个推荐去进修。

杜沧海心里拔凉拔凉的,话说到这个份上了,推荐他去邮电大学进修的可能是没有了。

3

转过年来的冬天,杜沧海发现了一个比拉车更挣钱的差事,那就是在中山路北头的李村路和即墨路一带帮人卖拉毛围巾。

那几年,拉毛围巾一直是青岛地区的时髦货。可这么抢手的东西,国货和利群这些大百货商场愣是不卖,因为太贵了,压货成本高,索性不进货。

那些爱时髦的人,就不得不像猫找老鼠一样满街满巷地找卖围巾的。

那会儿虽说已经改革开放了,可政策到了下面,大家还吃不透,除了正规的商场商店,根本就没有农贸市场,更没有个体户这一说,做买卖挣钱就跟现在的游摊浮贩一模一样,要随时做好撤退逃跑的准备,因为"文化大革命"时期沿袭下来的"投机倒把罪"还在。联防队员们要哪天勤快了,就会上街清清场子,撵得满大街逃窜是轻的;厉害一点,给没收东西;再厉害一点,连人提到派出所去蹲两天。这是零售都要三块钱一条的拉毛围巾啊,谁让他们没收得起?

卖拉毛围巾的贩子也聪明得很,出来之前,先找地方把围巾藏好,就拿一条出来吆喝,一旦看见联防来了,撒腿就跑。可每次只带一条围巾耽误生意,有时一下子围上来好几个人,还有的时候人家要别的颜色,一趟趟跑藏围巾的地方去拿,既耽误时间也耽误买卖。尤其是午饭时间和傍晚下班的高峰期,忙不过来,也很苦恼。那几天傍晚,杜沧海往冠县路的土产店送货,每天都路过那里,就看到了这一幕,想出了一辙,趑摸了一个看上去还比较好说话的贩子,跟他商量说:"我看下班这阵儿,你一个人跑来跑去地忙不过来,你看这样行不行,我帮你卖围巾,卖一条,你给我提成。"

贩子当他是想忽悠一条围巾的小骗子,不答应。杜沧海就说:"要不这样,我把一条围巾的钱押你这儿。"

贩子觉得这还差不多,说:"行,你卖一条我给你提三毛。"

杜沧海高兴得差点跳起来,但回家没敢说。因为父母老早就说过,他们不反对他下班去拉货挣钱,可这活哪儿都得去,什么人也得接触,坏人扎堆的地方少去。

即墨路和李村路一带,在父母眼里,就是坏人扎堆的地方。那些溜溜达达、贼头贼脑地在那儿卖包、卖围巾、卖帽子的,差不多都去李村监狱报过到。用杜建成的话说,这些人进去之前要么偷要么抢……不务正业的行当里,多少总要会一样,可等他们从李村监狱出来,基本就会了全套儿。

说到这里,我认为有必要介绍一下这个贩子。他是杜沧海经商路上的第一任老师,姓夏,叫夏敬国,进去之前是剧团的保管,个子不高,模样周正,浓眉大眼,有些女里女气。但他是个货真价实的老流氓。混熟了以后,他经常跟杜沧海吹嘘自己睡了多少多少女人,但他最喜欢睡的,是剧团女一号,人漂亮,身材窈窕。每次说到她走路的样子,夏敬国就要情不自禁地学一下。对,她走路的样子就像舞台上的轻移莲步,你感觉不到她是在走,而是地和她的脚之间,有一团柔软的云,托着她,婀婀娜娜地往前飘,似是千回百转,又是一径向前。

学女一号走路,是夏敬国的拿手好戏,虽然他矮而胖,可一旦学起她来,就轻捷得像一只氢气球,让杜沧海叹为观止。

杜沧海问他是不是很爱女一号,要不然怎么会把她学得这么惟妙惟肖?

夏敬国想了想,说:"差不多吧,应该说最喜欢睡她。"

夏敬国是保管,管着剧团里所有的东西。所以,总有人要因私想借点啥,男的,给好处就行,女的,给好处不要,他只要身子。杜沧海说:"万一对方又老又丑呢?"夏敬国就龇着牙笑,说:"别管模样和身材,每一个女人都是别有一番滋味在心头。"他说这话的时候,就像个许久没沾过酒的酒鬼在回想多年前的一壶好酒,当然,最让他回味无穷的,还是走路像贴地飘飞的女一号,也是因为她,他才进了监狱。女一号有名,社会应酬就多,不是找他借服装就是借行头,有时候连彩妆都借。只要开口,夏敬国都给,但得她自己去库房里拿。

库房的角落里,有一张行军床,是他特意放在那儿的。女一号进去,他就会把她推到那张小床上,她从不挣扎,一度让他怀疑,找他借这借那,不过是想和他睡的理由。

她总是仰面躺在窄窄的行军床上,像投降的士兵,两手举在耳畔,但那是他见过的最柔软的最美的投降。她总是在他进入了她身体的那一刻,身体拼命扭动,像蛇,好像身体里燥热极了,要找个凉快地方把自己埋起来。

但是,她从来不叫。

其他女人不行,她们会不知羞耻地趴在墙上或者成堆的道具或衣服上大喊大叫。

夏敬国说:"真丑。她们叫的时候真丑。"

所以他只从后面干她们,这样就不用看她们因为高潮而狰狞扭曲的脸,而且从来不在那张行军床上搞她们,那张床,是属于女一号的。有一次,女琴师来借服装,见有床,想上去,被他一把薅了起来,说不行。女琴师问为什么。他说那是我搞爱的地方。和她们,都是搞性欲。

　　可最后,他还是栽在了女一号手里,在库房里被她老公捉了奸。当库房门被踹开的瞬间,他先是一愣,然后打了女一号几个耳光,迅速说:"你就说我强奸你……"然后,他就成了强奸犯,被抓进去关了十四年。

　　等夏敬国出来,老婆是别人的了,儿子也不姓夏了。杜沧海问他:"后不后悔?"夏敬国用有点调侃和不可理喻的眼神看着他,好像很奇怪他会问出这么愚蠢的问题。杜沧海就说:"好好的家,好好的孩子,就因为你好色,全这么毁了。"夏敬国说:"谁要说不后悔谁是王八蛋。"杜沧海又问:"恨不恨女一号?"夏敬国说:"恨人家干什么,人家又不是捕鼠板上的那粒花生。是咱非要弄人家的,弄出事了,就得自己担着。"

　　听到这里,杜沧海很敬佩夏敬国,觉得他有情有义有担当。

　　出来后的夏敬国被剧团开除了,生活没了着落,可他还想活下去,只有活着,才能买了票坐在台下看看上了妆的女一号在台上咿咿呀呀。说到这里的时候,夏敬国有些伤感,说岁月不饶人,女一号的脚步已经没以前轻了,戏份已经少到了可有可无,从A角演到B角了,大多时候,在后台候着,只有A角生病或是有事上不了台的时候,她才有机会上台过一下戏瘾。

　　夏敬国说演戏好的人都有戏瘾。他能看出来,老了的女一号每次上台,都是拼了命在演,恋恋不舍,恨不能演死在台上。

　　女一号让夏敬国惆怅而又伤感,却又没办法,末了总会恨恨地说:"等老子有钱了,办个剧团,她还是女一号,绝对的女一号,坚决不备B角,女一号上不了台的时候,就不演出。"

　　杜沧海觉得,男人爱一个女人能爱到这份上,也算是可歌可泣了,脑子里就会闪出丁胜男烟视媚行的样子,从不把他放在眼里,就想,女一号对夏敬国是不是也这样啊?莫名其妙地,就觉得真心爱上一个人,是会让人犯贱的。

　　爱女一号,是潜伏在夏敬国心里、轻易不露头的秘密,平时的他,就是一个庸俗的、想把日子过体面了的中年男人,很努力很精明地做着买卖,赚钱攒钱给儿子结婚,虽然儿子已不再姓夏。

夏敬国做各种小买卖,卖过袜子、鞋垫,现在卖拉毛围巾,挺挣钱的,挣了钱他就给前妻送去,前妻不要,就去学校,在校门口等儿子,把钱塞他书包里。因为有个强奸犯的前夫,前妻再婚嫁得不好,后来的丈夫是火柴厂的,比她大十岁,是个老光棍,日子并不如意,她也认了,这就叫歪把子瓢配了个破水缸吧。夏敬国见她一次就难受一次,才四十出头的人,头发就白了一半。所以,夏敬国觉得,虽然他进去以后离婚是老婆主动提出来的,可不怨她,满世界都知道他夏敬国是个强奸犯,如果她不和他离婚,会被唾沫星子淹死的,因为大家会说她没点骨气,甚至会把夏敬国出去搞女人说成是她同意的,他的下作正好配她装模作样的无辜,所以才不离婚。于是,他前妻受不了舆论,遂了众人的道德期愿,和他提出了离婚,日子过那么苦,却没人管了,只能自己熬。

夏敬国挺心疼他前妻的,说虽然谈不上爱不爱的,可总归是结发夫妻,就算离了,也觉得是亲人,像他已故多年的大姐,盘坐在心头上,一辈子都下不来。虽然挣了钱他还会坐四十分钟的区间车去胶州十字坡找小姐,一周一次,雷打不动,但这并不妨碍他对女一号的惦记,对前妻和儿子的心疼。

杜沧海说:"何必呢,你又不是没钱,再谈个结婚不就行了?"

夏敬国把头摇得货郎鼓似的,说:"找那麻烦干什么?娶了新老婆,我钱包还不得让她盯得紧紧的?想给儿子给前妻点都不行了,还是这样好,我想给谁就给谁,看好哪个睡哪个,一礼拜换一个,周周不重样,周周当新郎。"

杜沧海也就不劝了。熟了,夏敬国也就把杜沧海当朋友了,给他涨了提成,卖一条涨到了五毛钱。一个傍晚吆喝下来,卖个三五条,轻轻松松的,杜沧海就觉得这钱挣得有点烫手,问夏敬国一条围巾到底能挣多少钱,夏敬国让他猜。杜沧海使了使劲,猜是一块。夏敬国得意地摇了摇头,又伸出了手指,做了个八的手势,说:"再加八毛。"

也就是说,一条拉毛围巾,夏敬国拿货才一块二,他净挣一块八毛钱!

杜沧海瞠目结舌,没想到一条围巾就能挣一块八,都相当于他一天的工资了,就起了辞职做生意的心,回家却不敢说,只把挣的钱,交给赵桂荣,让她攒够一个数,就去还一家的钱。随着杜沧海拿回家的钱越来越多,赵桂荣开始害怕,小心翼翼地问:"沧海啊,这钱真是你干私活挣的?"

杜沧海就故作累得好像要散架似的,把身子往床上一横,用鼻子嗯了一声,很快就响起了鼾声。

其实,和拉板车比起来,卖拉毛围巾并不累,可他得装出很累很累的样子,要不然父母要知道这钱他是和即墨路的恶人们混在一起挣的,得扒了他的皮。那段时间,即墨路已经很有名了,和国营大店国货、利群一样有名,一到星期天,赶时髦的小年轻,就会往即墨路涌。渐渐地,随着改革开放的政策深入人心,夏敬国他们也晓得,以后国家不仅不管控做小买卖,还鼓励大家勤劳致富,所以,他也不必像从前似的,揣着拉毛围巾贼眉鼠眼地四处兜售了;渐渐地,找个自己喜欢的地方固定下来,不用挂牌也不用写名字,就用绳子或是电线,在两棵树之间一拉,就算这地方有主,别人不能占了。

因为即墨路生意好,也带动了周边的餐饮业,过了胶州路的博山路上,所有临街的房子都开了烧烤店,家家门口摆了一条长长的炭烤炉子,伙计们用大蒲扇把炭火呼扇得旺旺的,炉子上的肉串海鲜,都烤得吱啦啦的,香气扑鼻,隔一里路就能把人的馋虫钓上来。卖完货,夏敬国就会拉着杜沧海去吃烧烤、喝啤酒。那会儿瓶装啤酒凭票供应,逢年过节每家只有四瓶,家里有酒量大的,还不够一人喝的,像杜沧海家,啤酒票平时不用,都是家里来客了,才买回来,怕不够,赵桂荣就会塞给杜沧海一个烧水壶,让他去粮店打散装啤酒,散装啤酒不用票。

是的,在很早很早以前,青岛就有散装啤酒卖,但那会儿没有塑料袋,去粮店打啤酒的工具,基本是烧水壶和暖瓶,很少有用盆的,因为端回家的过程中,啤酒会在盆里晃,浩浩荡荡的,碳酸气会跑掉,影响口感。

烧烤店的散装啤酒敞开供应,不论斤卖,论罐头瓶子,过去那种圆墩墩的罐头瓶子,洗干净了,用来卖啤酒,一毛钱一瓶。杜沧海虽是土生土长的青岛人,却不喝酒,每次去,都是吃几串烤肉串再加几串烤海鲜;夏敬国自己要一罐头瓶子啤酒,咕嘟咕嘟喝爽了吃饱了才回家。而杜沧海回家,为了防止母亲问东问西,就做累瘫的样子,一脑袋扎在床上。

过一会儿,他能感觉到脚上的鞋,被母亲轻手轻脚地脱了下来,然后是袜子,再然后是一条滚热的湿毛巾捂在他脚上细细地擦。他一动不动,任由母亲为他做这些。做吧,只有让她做这些,为辛劳的儿子送上了做母亲的疼爱,她那颗做母亲的心,才能释然安慰。

即墨路、李村路这一带的生意虽然火爆,但来的,大多是赶时髦的年轻人,像杜建成、赵桂荣这些自诩老实本分的人,不仅从来不去,连路过即墨路时,都要目不斜视加快脚步,因为对于他们来说,即墨路就是妖魔鬼怪的大本营,全青岛市作奸犯科的人都聚集在这一带,靠臭不要脸地宰人谋生活,仿佛他们不快着点走,邪气都会沾染到自己身上。杜沧海都不敢想,一旦父母知道了,他的这些钱,就是和那些作奸犯科的人混在一起挣的,得恼成什么样?

4

吃早饭的时候,赵桂荣看着杜沧海,好像有话要说,因为星期天和晚上他都在外面忙活,晚上到家,累得一头扎倒就睡,也只有吃早饭的时候,才能和家里人说两句话。

杜沧海边喝稀饭边说:"妈有事您就说,别憋着,对身体不好。"

赵桂荣就说有街坊说看见他在即墨路卖拉毛围巾。

杜沧海心里咯噔一声,脸上却面不改色,也没否认,就嗯嗯了两声,说:"前两天到天津路送货,看见他们卖围巾的,就去凑了一下热闹。"

赵桂荣小声嘟哝说:"即墨路上就没一个好东西,忙完了早点回家,瞎凑什么热闹?"杜沧海说"好",然后说:"我这不想做买卖嘛,先跟人学学,练练手。"然后就让赵桂荣猜,一条拉毛围巾能挣多少钱。

赵桂荣用带了些赌气的腔调说:"挣多少都不稀罕。"

杜沧海说:"妈,您这么说就不对了啊,不管原先是什么人,人家不偷不抢不坑蒙拐骗,靠自己本事挣的,哪儿不行了?"

赵桂荣说:"反正就是不稀罕。"说着,去看杜建成。杜建成明白,老婆这是想让他拿出点当父亲的权威来,做总结性发言。杜建成把筷子用力地在饭桌上杵了两下,说:"好好上班干工作,别想些歪的!"

杜沧海只好答应了一声,埋头吃饭,等出了门,走到胡同快转弯的时候,就听杜溪在后面喊他名字,站住了,回头。

杜溪气喘吁吁地跑过来,问杜沧海一条拉毛围巾到底能挣多少钱。杜沧海就说了。

杜溪眼睛瞪得鸡蛋一样大,问杜沧海和卖拉毛围巾的熟不熟。杜沧海不想瞒她,就说:"岂止是熟那么简单,都哥们了。"杜溪就挽上他的胳膊,笑嘻嘻地说:"那你能不能跟他说一声,成本价卖我一条围巾。"杜沧海说:"行啊,你要什么颜色的?"

杜溪喜欢白的,可她的工作是公交车售票员,在人堆里穿来穿去的,白色不耐脏,还是灰的吧。

晚上,杜沧海就把围巾拿了回来,一条灰的,一条白的,给杜溪放在床沿上,说让她灰的上班戴,白的轮休的时候戴。杜溪高兴得不知怎么好了,把两条围巾都圈在脖子上,原地转了好几圈。杜沧海也给赵桂荣买了一条紫色的。

看着围巾,赵桂荣感慨万千,想起了两年前的冬天,因为一条围巾,他们家陷入了万劫不复之地,就气,把围巾随手一扔,说:"不围这围巾也冻不死。"杜沧海捡起来,给她围上,说:"妈,以前戴围巾是保暖,现在您戴着围巾是为了报仇。"

赵桂荣说:"还报仇呢,我看你是跟钱有仇!"

杜沧海晓得母亲对拉毛围巾的憎恶,还有一个原因是晓得它贵,心疼他花钱,就说他认识那卖围巾的贩子,成本价拿的。赵桂荣就说成本价也得花钱。杜溪就抢着说:"妈,成本价可低了,这三条围巾加起来的钱,你去买只能买一条,沧海就能买三条。"

赵桂荣愣愣地看着手里的围巾,怎么也想不透一条围巾怎么能赚这么多钱,就觉得即墨路上的贩子,良心简直是坏透了黑透了,一块钱进一条围巾,咋就能好意思加两块钱往外卖?她把围巾往杜沧海床上一丢,让杜沧海爱送给谁送给谁,这些黑心肝没良心的奸商卖的东西她不稀罕!

杜沧海知道母亲是个犟人,说不要的东西,别人说破天也没用,就拿回去了,从夏敬国那儿换了条粉色的,送给了丁胜男。

丁胜男很高兴也很警惕,问杜沧海是不是对她有企图。杜沧海说:"没有。"

丁胜男不信,让他证明给自己看。杜沧海转身就走,边走边说:"这下可以证明了吧?"

丁胜男突然有点感动,跑过来,挽着他胳膊,说:"杜沧海我知道你心里想什么。"

杜沧海心里暖洋洋的,因为被丁胜男挽着右边胳膊,觉得整个右边身子都麻酥酥的,大脑却空白得像一片赤贫的盐碱地,连一个语言的绿芽也找不到。当然,他也知道,丁胜男挽着他胳膊,并不等于爱他,因为关系要好的男女朋友,相互挽胳膊是时髦,并不代表爱情。

果然,挽着他的丁胜男边走边说孙高第从外贸学校毕业了,进了外贸公司,工作可好了,还有机会出国。

只要一听到"孙高第"这三个字,杜沧海的心,就像一张站了人的铁板,人还在上面蹦跳了几下,忽闪忽闪的,挺不是滋味。想来,他走到今天,虽然不好也不坏,是有孙高第的原因,如果不是那场斗殴,或许,现在他正坐在某所大学的课堂里吧?

杜沧海就有口无心地敷衍了一句:"这小子,还挺能。"

丁胜男说:"不是他能,是他们家。"

杜沧海没接茬儿。丁胜男就又说:"人这辈子啊,投胎真是一门学问,你看孙高第,打小吃的穿的用的就比我们好,上学的时候比我们淘气,可还不照样上大学,照样分配到牛逼哄哄的外贸公司去了?"

杜沧海很珍惜和她在一起的时光,尤其是她挽着自己胳膊的时光,不想用来讨论孙高第,就不接她的茬儿。可他越不接茬儿,丁胜男说得就越来劲,说:"你看我们挪庄出生挪庄长大的这批孩子,除了你们家祖坟上冒青烟出了你哥这个大学生之外,一个个的,还不都灰头土脸的? 你姐在公交车上当售票员,别当这是什么好工作,听我妈说,干他们这行的,干上几年,没几个不胃下垂的。吴莎莎在盐业公司,一天到晚地拿根钢条封盐袋子。你呢,白天子承父业骑辆自行车满街跑着送信,晚上出去拉大车,除了血汗钱能挣多点,谁把你放眼里了?"

慢慢地,杜沧海就觉得胸口堵了一个拳头,看看丁胜男,说:"胜男,我们能不能别这么瞧不起自己?"

丁胜男有点悲愤地说:"瞧得起自己有用吗?要有用,我天天把自己当菩萨供着!"说着,丁胜男就松了杜沧海的胳膊,倚在路边的墙上哭道:"杜沧海,你不知道我有多难受,孙高第一直就没把我放在眼里过。"

杜沧海说:"这世上就孙高第一个男人啊?你离他远点不就行了?"

丁胜男说:"凭什么不是他瞧得起我而是我离他远点?和他在一起我就高兴,一进他们家门我就有踏进殿堂的感觉,他们家和我家和你家和整个挪庄的人家都不一样,他们家铺着红色的长条木地板,他们家有钢琴,他们家的窗台都用厚松木板包着,像外国电影一样洋气!"

杜沧海很生气,恨不能脑子里生出一双无形无影的手,把丁胜男脑海中孙高第的家挖出来,扔到海里去!

杜沧海怔怔地看了她一会儿,说:"既然你那么喜欢,就去找他吧。"

丁胜男擦了两把泪,突然说:"孙高第讹你们家了。"

杜沧海一愣,说:"怎么讹的?"

丁胜男有点不好意思,说:"孙高第爸妈骗了你们家。"

见杜沧海还是一副云里雾里的搞不明白的样子,丁胜男有点急,脸都急红了,说:"孙高第还有生育能力。"

杜沧海这才想起来,他们家之所以赔了孙高第家那么多钱,是因为孙高第的父母一口咬定,孙高第虽然还有作为男人的生理功能,但已经没有生育能力了,又是家里两代单传……他父母之所以在举债带着孙高第治遍了大江南北之后还同意赔偿一千五百块钱,也是因为这。虽然对孙高第到底是不是真丧失了生育能力,赵桂荣和杜建成也疑惑过,可毕竟没法验证,也只能打掉了牙往肚子里咽,由着他们说什么是什么。

所以,杜沧海倒没特别生气。觉得这也算是在预料之中,毕竟,他确实把人伤得不轻,孙高第的睾丸确实也碎了一颗,就说:"过去的事了,不想提了。"又说:"胜男,以后见着我,能不能别提孙高第?"

丁胜男说:"你还恨他啊?"

杜沧海说:"谈不上恨,就是听到他名字就别扭。"

两个人,一个站在人行道上,一个倚在墙上,相互看了一会儿,似乎又觉得无聊，又各自东张西望，看天。杜沧海突然就问了一句让他这辈子都后悔的话：
"孙高第告诉你的？"

"什么？"

"他们家拿他没有生育能力讹我们家。"

丁胜男的脸，突然红了："我说了，你不许出去说啊。"

"不说。"

丁胜男说："他让我怀过孕。"

杜沧海就觉得脑海里万雷齐鸣，突然想起了吴莎莎跟他说过，丁胜男和孙高第已经那个了，那个了当然会怀孕了，他怎么就没想到呢？觉得自己蠢透了！就定定地看着丁胜男，看得眼球都生疼了，就转身，一语不发地走了。

第八章

咆哮的波浪是海水的理想

1

　　那天傍晚,杜沧海破天荒地没去即墨路帮夏敬国卖拉毛围巾,早早回了家,连正在扒拉饭菜给他往锅里留的赵桂荣都很意外。愣愣回头看着他,突然就笑了,把放进锅里的菜又端了出来,说:"都多少时间没全家一起吃顿晚饭了。"

　　知道杜沧海爱吃脂渣,又摸出五毛钱递给杜溪,让她跑一趟菜店。

　　脂渣是青岛特产,以前菜店卖猪大油,都是自己做的。脂渣就是做猪大油的下脚料,把新鲜的五花肉切成大而薄的片,放在一口大锅里,小火慢慢地炸,把肉里的猪大油全都逼出来,肉片也就炸透了炸酥了,出锅后撒一把椒盐,鲜香味美,酥脆不腻,是老青岛人最喜欢的酒肴,杜沧海一口气能吃一斤。他最喜欢的吃法是站在菜店的大锅边,看着师傅炸完了,称一斤,用浅褐色的草纸包了,热乎乎香喷喷地一手托了,嘎吱嘎吱吃得口齿生香,幸福感像千军万马,直奔脑门而去。

　　看着桌上的脂渣,杜沧海就知道,家里的债还得差不多了。因为太了解父母,只要家里有超过一百块的债务,他们家饭桌上除了母亲赶海赶回来的小海鲜,是看不见其他需要花钱买的荤腥的。

　　但杜沧海还是问了母亲,家里还有多少债没还。

　　赵桂荣看看杜建成,眉开眼笑地说都还上了,连郭俐美给垫的那五百块私房

125

钱都还上了,今年能过个松快年了。

杜沧海点点头。

赵桂荣又感慨地说:"都是你的功劳。"

杜沧海低着头说:"这算什么功劳,祸是我闯的。"

嘴里说着这些,其实杜沧海心里想的却是,如果没有这档子事,或许他就会考上大学,只有考上大学,在丁胜男眼里,他才能变成飞上枝头的金凤凰(丁胜男就是这样评价大哥杜天河的)。这样,她就不会明知孙高第没拿她当回事,却还是让他睡怀孕了去打胎了吧?

这么想着,杜沧海的眼泪就掉了下来,无声无息,吧嗒吧嗒地滴在油漆斑驳的饭桌上。杜建成愣愣地看着他,赵桂荣也是。

杜建成两口子,以为杜沧海是为终于还上了债喜极而泣。足足两年多,杜沧海没在家吃过一顿晚饭,没休过一个周末,他奔跑在青岛的大街小巷,挥汗如雨,为自己闯下的祸赎罪……

赵桂荣擦着湿漉漉的眼睛说:"好了,已经还上了。海啊,以后你下了班就回家,礼拜天也别出去了,咱不活那么累。"

杜沧海也不辩解自己是为什么而哭,他只想找个理由,大哭一场,然后有双温暖的大手,亲昵地拍拍他的肩膀,告诉他,没事了没事了。眼泪流得越来越快,他索性咧着大嘴,哭了一顿,哭完了,擦干眼泪,把脂渣吃掉了一大半。

他一边吃脂渣一边对自己说,吃吧吃吧,吃下这些肉,那颗碎掉的心脏就补起来了。

吃完饭,杜沧海觉得胸口那个悲伤的窟窿被亲情填平了不少,和父母说,债虽然还上了,可他还得拼一阵,给家里挣台电视机。

杜建成直截了当地给拒绝了,说:"买电视机干什么?"

赵桂荣也说:"就是!费电!"

对电视机,他们并不陌生。

老华就买了一台,吃完晚饭,他就搬张桌子出来,当街横着,把电视机放在外面。挪庄的男女老少,吃完饭,就拿个马扎出来了,围在电视机前看,像看露天电影似的。有段时间,放日本动画片《铁臂阿童木》,挪庄的小孩都看疯了,作业都顾不上写饭也顾不上吃,到点就往老华家门口跑。但杜建成两口子从来不凑热闹,因为老华是小偷,都不知几进宫了,就是改不了。可是,整个挪庄的人却没人说他坏话,原因是老华偷归偷,可从不在挪庄偷也不偷挪庄人,也不许道上的小贼打挪庄的主意,要是哪个小贼不知死活,偷了挪庄,老华就是上天入地也得把他找出来,不揍得他满地找牙他就绝不是老华。所以,老华虽然是小偷,但在挪庄人口中,他盗亦有道,就是义盗,每每犯了事,警车来抓他,通常是警察还没到,老华就已得了消息,跑掉了。

尽管如此,杜建成两口子,还是觉得不对劲,尤其是那台17英寸的熊猫牌黑白电视机,总觉得它就是老华的贼赃之证。在杜建成朴素的理解里,去看老华的电视就跟接受老华用偷来的钱请的客没什么区别,不干净。所以,他不去看,也不许赵桂荣去。但杜溪有时候会偷偷去看,他们知道拦不住,就睁只眼闭只眼装不知道。

也是因为老华这台电视机,给杜建成留下了印象,总觉得,买得起那玩意的,十有八九不是好人,老华不就是吗?和寡妇老母过日子,他都几进几出了,也没有正经工作,哪儿来的钱买电视机?或者,他哪儿来的电视机?归根结底,还不就一个偷字?

可杜沧海非常想买。其一,是丁胜男说孙高第家早就有电视机了;其二,父母退休在家不读书不看报,不知道外面世界变化大,买台电视机给他们看着,也能开阔开阔眼界,往后他干点什么,他们就用不着一惊一乍好像天要塌了。

杜沧海说到做到,这年年底,背回来一台电视机,但是旧的。夏敬国帮他弄的。

有一天,夏敬国跟他说,他一朋友去广东弄回来一批日本的旧家电,虽然是旧的,可质量杠杠的,比商店里的新电视机一点都不差,还便宜,问杜沧海要不要。杜沧海说要。夏敬国领他去朋友的仓库里挑。在李村路上,一间二十几平方米的房子里,摆满了各种日本旧家电,录音机、电视机,甚至还有两台冰箱。夏敬国说只要有了它,到了夏天你可以天天喝冰镇啤酒吃冰块。杜天河就想到了薛春峰,想起他的理想就是买台冰箱把鲜逛鱼冰起来。

也是在那天,杜沧海越发觉得,有钱,真他妈的好,你可以躺在床上看电影

（在杜沧海的理解里，电视就是小版的电影），可以在夏天喝冰镇啤酒吃冰块，还可以用风扇，这玩意儿，分好几挡，还会摆头，要多大风有多大风，比自己打蒲扇强一万倍，还有能把人甜腻得心都酥掉的邓丽君的歌声。可是，以他的财力，只能买一台 14 英寸的旧日立牌电视机。

当晚，他就把电视机搬了回去，在杜建成的冷眼里插上电，鼓捣了半天才鼓捣出闪烁不定的画面。就这样，整条胡同里都沸腾了，跑来看电视的人，都快把他们家的房子挤爆了。

老华也来了，站在门口，跷脚往里看了看，面无表情地冲杜沧海跷了跷大拇指，指了指满是横杠的屏幕说："在房顶架根天线就好了。"

第二天，杜沧海又找夏敬国弄了个室外天线，架在房顶上，画面果然就清晰了，杜溪说还是外国的好，虽是旧的，比老华家的新的还清楚。杜建成问哪个外国，杜溪说日本。

杜建成不高兴，不管是谁，只要说日本半个好字，杜建成都会大发雷霆。因为杜建成的父亲在抗日战争胜利前曾被日本人抓去喂马，有一次，马不知吃什么东西吃坏了肚子，日本人就怀疑他蓄意毒害军马，把他拖出去给乱刀劈死了。那会儿杜建成还不到十岁，他清晰地记得父亲是爷爷和母亲用筐子抬回来的，因为乱刀之下，他的父亲早就变成了一堆没有人形的骨肉。他的母亲好像被吓傻了，葬了父亲以后不吃不喝，没多久，人就没了。他呢，跟着爷爷。爷爷靠拉脚为生，怕他小孩子一个人在家走丢，就拴在板车上。爷爷拉到哪儿他就跟着跑到哪儿，他跟着爷爷的板车，跑过了抗日战争，跑过了解放战争，跑进了新中国。最终，爷爷攒钱买辆胶皮轱辘大车的愿望还没实现，就拉着他的破板车被收编进了交通局运输队。

这台电视机居然是日本人淘汰了不要的！杜沧海还花大价钱买了回来！杜建成就恼火得很，要不是赵桂荣和杜溪拦着，他就把它砸了。

杜沧海让他逼得没辙，想退，又舍不得，就问杜长江要不要。杜长江说："我们家的钱不归我管，你得问你嫂子。"

杜沧海说："不要钱。"

郭俐美听说后，高兴坏了，没等到晚上下班，中午就让杜长江骑自行车带回去了,生怕拿晚了杜沧海会反悔。

杜沧海惦记着李村路上的那两台旧冰箱,就买上礼物,去了薛春峰家,自从认识了夏敬国,他一下班就去即墨路帮夏敬国卖东西,没时间去薛春峰家。说起来,青岛也算不上大,又是同行,运输队有认识薛春峰的,闲聊时听人说,薛春峰已经不拉着板车满街跑了,不知从哪里淘了一辆旧解放牌汽车,拉着货满世界跑,干大发了。

杜沧海去,薛春峰不在,他老婆说他出车去东北了,问杜沧海找他什么事,杜沧海说没什么,就是好长时间不见了,过来看看。

薛歌上初中了,个子蹿高了不少,见着杜沧海,还孩子似的,没大没小地和他闹着玩,末了,杜沧海才说他记得师傅说想买台冰箱,不知道买了没。薛春峰老婆就笑得什么似的,说买了买了。指给他看,果然,一台崭新的果绿色冰箱立在客厅东南角,上面还搭了一方不大的绣花桌布,桌布上面摆了一盆兰花。杜沧海就想,幸亏没开口,人家薛春峰买的是崭新的呢。

杜沧海就知道,薛春峰果然发大财了,辞职做生意的念头,就在心里又狠狠地拱了一下,像小树的苗儿要拱开压在上面的石板。

从薛春峰家出来,杜沧海对着湛蓝湛蓝的夜空使劲伸展了一下胳膊,做了一个大鹏展翅的动作。

他想飞,飞得又远又高。

2

自从家里还完债,除了工资,杜沧海业余挣的外快,赵桂荣就不要了,让他自己攒着成家立业,转年春天,杜沧海给家里买了一台电视机,国产的,新的。买完电视机,他还有七百块钱。

看着口袋里的七百块钱,杜沧海萌生了去意,不想在邮政所干了。他才二十一岁,人生很长,他不想像父亲似的送一辈子信。尽管所领导后来和他说了,虽然批评了他,但也知道他勤恳能干,只要好好表现,推荐他去邮电大学进修,也不是完全没可能。可是,在即墨路尝到甜头的杜沧海早已对进修失去了兴趣。

觉得这样的人生像蚂蚁,把一封封的信件和一堆堆的东西运输到城市的每一个角落,然后,拖着疲惫不堪的身体坐在马路牙子上抽烟吹牛,说说男人女人那点事,不是他想要的人生。

虽然他也不能具体描述自己想要什么样的人生,可这样一眼就望到头的一辈子,肯定不是他想要的。

午饭的时候,他跟老油条说想走。老油条瞥了他一眼,说:"我就知道你小子干不长。"

杜沧海问:"为什么?"

老油条说:"打你进所那天起,我就看你不是个踏踏实实干活的主。"

听他这么说,杜沧海一阵懊恼,就懒得和老油条说他将来的打算。

觉得和老油条说这些,是老虎在向山羊炫耀嘴里的兔子肉,山羊是草食动物,永远不会懂得老虎嘴里的那块肉的鲜美。老油条看出了他的不服气,就用一副过来人漫不经心的样子说:"别以为我不知道,你这两年多都跟什么人混,都在我眼里呢,没跟你爸说,我就是想看看你小子到底能作出个什么花来!"

杜沧海这才知道,在老油条那儿,自己已经是不良青年了!就忙辩解说:"我就帮他们卖卖东西,挣点提成。"

老油条啪地一摔筷子:"他们?!他们是些什么人?小沧海,是你不知道呢还是当我傻?即墨路上有个好东西?!俗话说得好,人这辈子,你跟着兔子学吃草,你跟着狗学看家,你跟只老鼠就只能学打洞偷东西!"

老油条的嗓门很大,整个小馆子里的人都回头往这边看。杜沧海脸上挂不住,但也不愿意和他吵,就说:"叔,你言重了,我们是人,即墨路上的人也是人,我们有自己的道德底线,他们也有自己的道义原则。"说完,起身就往外走,就听老油条在身后大叫:"坑蒙拐骗偷!他们那也叫人!你去和他们一样吧,别扯上我!"

因为这事儿,一连几天,老油条对杜沧海都白眼不看,杜沧海想自己是做小辈的,得放低姿态,主动和他说话,甚至还给老油条买了一包烟,但是老油条连看都不看。和他说话,他面无表情,好像压根儿就不认识杜沧海,或是当杜沧海在和别人说话,弄得杜沧海挺尴尬的。同事们看出他俩闹别扭了,问怎么回事。杜沧海就笑笑说,是自己不好,惹师傅生气了。

老油条就会猛地回过头,看着他呵斥道:"谁是你师傅?!我没认贼作父的徒弟!"

杜沧海就纳闷,老油条怎么会对在即墨路混生活的人成见这么深,回家问杜建成。杜建成说老油条的老婆,跟住在即墨路上的一男人好了,回家逼着老油条把婚都离了,结果那男人觉得自己还没结过婚,娶一离婚女人亏得慌,死活不肯和她结婚,女人气不过,拿菜刀找那男人拼命,撕打中那男人失手把她掐死了,判了个过失杀人罪,坐了七年牢。听说前两年出来了,在即墨路上倒腾旧家电。杜沧海恍然大悟,也很黯然,就问那人姓什么。

杜建成说好像姓闫,叫闫京,出事那会儿,报纸上登过。宣判那天,老油条拿着那张登了判决结果的报纸坐在马路牙子上哭了半天。

杜沧海叹了口气,在心里感慨,世界真小。杜建成非要砸的那台旧电视机,就是闫京卖给他的。

杜沧海说:"爸,我得跟你商量个事。"

杜建成看着他,好像料到了他要说什么,斩钉截铁地说:"没得商量,你给我老老实实上班。"杜沧海就说:"爸。"

杜建成威严地瞪着他:"除非我不是你爸!"说完,杜建成就起身出了门,很生气的样子。望着父亲的背影,不在邮政所干了的决心,就像一滴砸向冰面的水,瞬间更强硬了。

他想出去看看这个世界,想见见世面,人只有见过了足够大的世面,才不会固守于经验主义不长进。

上了三年班,和各种各样的人打了无数交道,杜沧海发现,越是没有文化、没见过世面的人,就越是固执。因为不读书和狭小的接触空间局限了他们的思维,对一切的判断标准,都停留在已有过的那点可怜的人生经验的基础上,这也是那些没文化的老年人一旦固执起来就坚如磐石的原因所在,因为他们穷其一生,都局限在有限的那点人生经验里。

那天傍晚,赵桂荣和街坊一起去赶海了,回来,没见着杜建成,有点意外,问杜沧海。杜沧海说:"可能出去串门了吧。"赵桂荣很了解自己的丈夫,如果不是和家里人闹了矛盾或是有要紧事,晚饭后绝对不会出门,就问杜沧海又惹他生气了是不是。

杜沧海嗯了一声,就把前因后果说了,赵桂荣上下打量着他,说:"也就是现在,不用多,要退回去三年,你敢说这话,你爸非揍你不可。"

杜沧海没接她茬儿,说:"妈,你说,人为什么上班?"

"挣钱吃饭。"赵桂荣想也不想地说。

"做买卖也是挣钱吃饭。"

赵桂荣这才明白,儿子这是在往坑里绕她呢,就有点理屈词穷,说道:"上班挣钱吃饭凭的是自己的力气,做买卖挣钱吃饭靠的是不要脸和没良心。"

杜沧海就说:"妈,你觉得我不要脸吗?"

赵桂荣赌气道:"那你就不是我赵桂荣的儿子了!"

杜沧海又说:"妈,你觉得我没良心吗?"

赵桂荣警惕地瞪了他一眼:"你也敢!"

杜沧海说:"妈,我给你说实话吧,如果单是靠拉车送货我挣不了那么多钱。"

"你都干什么了?"

"我在即墨路帮人卖货挣提成,都两年多了,你看,我还是我,既没不要脸也没没良心。"

赵桂荣就把挑了满把的泥蛤蜊劈头盖脸地扔到了杜沧海的身上,哭着骂道:"你这个不听话的死孩子,你跟什么人混不好,你跟即墨路那帮乌烂混一块去了,气死我了,你!"说着,就坐在小板凳上呜呜地哭,满手都是乌黑的海涂泥,抹了一脸,哭着说:"沧海啊,你是不是就见不得你妈过两天安生日子?"

杜沧海说:"妈,我想让你过更好的日子,就像小粟姐家一样,让你住好房子,雇个保姆伺候你。"

赵桂荣说:"我不要!我人穷命贱,享不起那福,你给我老老实实地上着班,别想歪的!邮局多好的单位?多少人挤破头都挤不进去,你还想不干了!你好日子过够了,我还不想担惊受怕呢!"

杜沧海就不说话了,知道说不通。

没一会儿,杜建成也回来了,深深地看了杜沧海一眼,说:"我去你师傅家了。"

杜沧海知道,接下来的,就是劝他安分守己过踏实日子,横竖不能不在邮政所干了。他不想听,就上床找了本书,翻开看。

杜建成说:"你师傅承认了,这几天把你挤对得不轻,他答应我了,以后不给你甩脸子了,回去好好干。"

杜沧海把书翻得哗啦哗啦的。

杜建成恼了,走到他跟前,冲他耳朵大吼:"你听见了没有?"

杜沧海目光依然在书上,却用同样的声音大喊着回答他道:"我听见了!"

杜建成又说:"老老实实上班!"

杜沧海哗啦哗啦地翻书。

杜溪下中班回来了,在门外就听家里大呼小叫的,推门进来说:"干吗呢?爸,比嗓门也不用深更半夜地比吧?真的的,还让不让街坊邻居睡觉了。"

杜建成瞪了她一眼,上吊铺睡了。赵桂荣说:"你弟弟不想在邮政所干了。"

杜溪说:"不干就不干,年纪轻轻的,满大街跑,整个一现代版的骆驼祥子。"说完,就坐在杜沧海的床沿上,问:"沧海,你想干吗?"

杜沧海说:"做买卖。"

赵桂荣说:"说得好听,是跟着即墨路那帮乌烂瞎混!"

杜溪就说:"妈,您能不能别这么固执?听人说在即墨路卖东西可挣钱了。"

赵桂荣举手,作势要打的样子:"你俩都掉钱眼里去了?"

杜溪说:"掉钱眼有什么不好?不偷不抢的,没钱您能有电视看啊?真是,一边享受着钱的好,一边瞧不起挣钱,真不知道你们这代人是用什么逻辑活下来的。"

3

第二天,杜沧海没去上班,直接去了夏敬国家,都春末了,拉毛围巾是不能卖了,想问问他想进什么货,能不能带他去。

不想在邮政所干了的事,他早就和夏敬国说过,但夏敬国没往心里去,是因为在这世上,更多的人是想平平稳稳地过完一辈子,对别人更精彩的生活,羡慕归羡慕,向往归向往,可要打破原来还不算很差的人生格局,重新开始,有这勇气的人,还是少的,就笑着问:"真不打算在单位干了?"

杜沧海嗯了一声。

夏敬国说:"我们这批人,少有身家干净的,在即墨路做买卖也是被逼上梁山,你……年纪轻轻的,连个对象都没谈,有这必要吗?"

杜沧海说:"有。"

又说:"你们也没七个头八个角的,还不都是吃五谷杂粮的人?"

夏敬国点点头:"冲你这句话,再出去进货,我带着你,回家等我信儿吧。"

杜沧海问:"打算进什么?"夏敬国说:"想进点旅行包,就是那种印着上海旅游、北京旅游,总之就是大城市旅游的旅行包,贼能装东西。"

挪庄离火车站不到一公里的路,经常能遇上大包小包进出火车站的人,有的就拎个这样的包,很大,两岁孩子躺进去都能装下,有黑色的有蓝色的还有灰色的,侧面印着上海旅游、北京旅游……总之,都是大城市。每每看到拎这样包的人,他就会很羡慕,觉得这个人拎的包上印着哪座城市就是从哪座城市来的,再要么就是去包上的这座城市旅过游,才有了这包,顿时就觉得这人有来头,见多识广,就会另眼相看。

夏敬国说这几天他把青岛的大商店逛遍了,卖的全是那种老式的黑色人造革包,特别土,所以如果他们能进到这包,一定好卖。

商品这东西嘛,满足人的使用需要固然重要,但更重要的是能满足人的虚荣心,这个包上印着的北京旅游、上海旅游、广州旅游,就是人人想沾边的虚荣点。

不由得,杜沧海就在心里拍了一下大腿,想起了当年他给母亲买那条拉毛围巾,母亲需要是其一,其二是他想让母亲戴上这条挪庄妇女们只有眼馋却不舍得花钱买的围巾满足被羡慕被眼馋的虚荣心,从而获得幸福感。

和夏敬国交往越深,杜沧海就越敬佩这个人,聪明,抓人的心理抓得特别准,怪不得他能睡遍天下无敌手。以前,杜沧海问过夏敬国,怎么看人看得那么准。夏敬国说就一个窍门:"看书加用心。"

134

所以,得了闲,杜沧海也会找本书看看。书看得越多,他就越觉得夏敬国说得对。书里不仅有颜如玉和黄金屋,还别有一番洞天,沉浸在书里的时候,他就会觉得,世间最大最复杂最广袤的不是这个世界,而是拳头大的心脏。

从夏敬国家出来,是下午了,杜沧海去胶州路那家著名的卤肉店买了一块钱的猪头肉。

这家卤肉店的卤肉师傅据说来自高密,有祖传秘方,同样是猪头,他卤出来的,又香又糯,还不腻,尤其是趁热吃,弹糯可口中有一种直抵灵魂深处的香,能让他的魂魄都陶醉了。如果让从不喝酒的杜沧海诠释一下酒醉的感觉,大约就像他刚刚吃了一块香糯热乎的猪头肉的感觉吧,整个身心都幸福地飘着。过段时间,杜沧海就会来买一块钱的猪头肉,站在街边,稀里呼噜地趁热吃下去,那块下了肚的猪头肉,就像给跑乏了的汽车加满的油,汽车又可以欢快地满街跑了。

被热乎乎的猪头肉幸福得飘飘欲仙的杜沧海又想起了丁胜男,不愿回家,反正回去也是挨父母的数落,就顺着马路往她家溜达。

丁胜男不在家。她妈说她上班去了。

杜沧海一愣,问:“上哪儿上班了?”

丁胜男她妈说物资站,口气很骄傲。见杜沧海似乎一肚子话不知从哪里说起的样子,就说:“小杜啊,往后没事你就别找我们家胜男了。”

杜沧海明白这句话背后的潜台词,整个挪庄,只要认识他和丁胜男的,都知道他喜欢她,就点点头,说:“阿姨我走了。”丁胜男她妈冲他背影说:“小杜,你的心思阿姨知道,可胜男和高第的事,你也知道,咱就别节外生枝了啊。”

杜沧海什么也没说,走了。心里沉甸甸的,一个人去看了场电影。是印度的《流浪者》,电影里“龙生龙,凤生凤,老鼠的儿子会打洞”的论调不由得让他想到了自己和孙高第。在丁胜男眼里,世界就是一条不变的铁律,所以她坚信住在火车站东的孙高第是高贵的,能给她想要的高贵生活,而他,生生世世都要在挪庄闻着大粪场的臭味生活,被她必然地厌弃。

看完电影,天已近黄昏,杜沧海从放映厅出来,看见米小粟正往售票室去,就愣了一下。米小粟也一愣,下意识地叫了声沧海。杜沧海也叫了声小粟姐。

米小粟微笑着点点头,挺矜持,但难掩伤感,摆摆手就拉开了售票室的门。

米小粟进了售票室，很长一段时间，都在背对着窗口整理背包。杜沧海知道她是在背对着自己流泪，用收拾包这个动作掩饰着。

回到家，就给杜天河写了封信，说了自己看见米小粟的情况，然后躺在床上想丁胜男，想，自己去家里找她，她妈肯定不会告诉她，想得两眼直直的，觉得整个世界都是乏味的。

赵桂荣做好了晚饭，因为生气，没喊他来吃，只是放筷子摆碗的时候，手特重。杜沧海知道父母不想主动和他说话，又希望他能主动坐到饭桌边。

肚子里有一斤猪头肉顶着，杜沧海什么也不想吃，索性装作没听见，上床躺了，瞪着眼看上面的吊铺，杜建成以为他不过来吃饭是故意和他们置气，就一声一声恨恨地顿他的老烟嗓，杜沧海知道那是他无言的呵斥，闭上了眼，假装睡着了。

一个晚上，杜建成和赵桂荣就像两头虎视眈眈的狮子一样在他床头的位置转悠。他闭着眼，装睡。最后，赵桂荣挨不住了，哭，说："小沧海，你这是成心要气死我啊？"

杜沧海还是没说话，因为知道说了也没用。有时候，父母和子女之间的争执和夫妻之间的争执没任何区别，不管吵成什么样，永远无解，只要吵，就没完没了，所以，既然无解，就不如沉默的好。

4

次日一早，杜沧海又去夏敬国家问情况。夏敬国说已经打听好了，到上海进货，明天一早就走，让他赶紧回家准备准备。杜沧海一听就急了，问他买火车票了没有。夏敬国说火车票难买，坐船去。

杜沧海忙回家，简单收拾了几件衣服，杜建成一直冷眼看着他，隔世仇敌似的。

赵桂荣一直围着他团团转，拿眼神质问他，他装看不见，赵桂荣实在忍不住了，问他收拾什么呢。杜沧海说明天一早去上海进货。赵桂荣抬手就打，骂杜沧海是有爹娘养没爹娘教的东西，才会跟即墨路那帮从李村监狱出来的混账东西混一块去,早晚混成蛇鼠一窝。

杜沧海从墙上摘下杜建成的黑色人造革手提包,把几件衣服卷巴卷巴塞进去,才说:"爸,我借你包用用啊。"

杜建成劈手夺过来,掏出他的衣服,扔到床上,把包坐在自己屁股底下。杜沧海看着父亲的样子,突然觉得有点好笑,也真扑哧一声笑了。赵桂荣却哭了,说:"杜沧海你都快把我们气死了,你还有脸笑!"说着,就去打他。这要以前,杜沧海会就势做龇牙咧嘴状,向她讨饶,她心一软,手挨到他皮肉上,打也就变成了轻轻的抚摸。可这一次,杜沧海没有,是不想让赵桂荣心存他会妥协的幻想,就咬着牙,两眼瞪着赵桂荣,完全没认输的意思,好像赵桂荣打的是和他没什么关系的畜生,不是他。

他越是这样,赵桂荣就越是生气,顺手从铺上捞起扫床的笤帚,没头没脸地往他身上抽。那些痛,随着笤帚往皮肉上落,就像一个又一个的小爆竹在皮肤上爆炸了一样。

真是痛彻骨髓啊。

杜沧海在心里已经痛得跳了高,可面上还是不动声色,任由赵桂荣打,心想,让母亲出口气也好。

见杜沧海倔成这样,杜建成也火冒三丈,抄起炉钩子就往他脊梁上抽。

炉钩子抽在身上,那痛,不亚于用不见血的刀砍。杜沧海铁了心,就是不吭声,想让爹娘打够了,出了气,就去干他想干的。

杜沧海越不求饶,赵桂荣就越是绝望,到底是做娘的,心软,见杜建成眼珠子都红了,就知道,如果杜沧海不求饶给个台阶,这顿打他就收不了手,就扑上去,抱着杜建成的胳膊,滔滔地哭。

杜建成挣了几下,瞪着杜沧海。

杜沧海平静地看着他,笑了一下。

杜建成就知道,哪怕是自己去撞车,都拦不住儿子要做生意的心了。

杜沧海小心地把炉钩子从他手里拿走,说:"爸,别打了,您怪累的,我也不疼。"

赵桂荣就坐在床沿上哭,像一个母亲眼睁睁地看着儿子走向了凶险的战场一样，心碎而又无能为力地哭。

夜里，杜沧海睡得迷迷糊糊，就闻厨房里飘来一缕烤火烧的香，就睁眼往外屋看，影影绰绰的，就见母亲正趴在锅上忙活，知道她是在烙饼。杜天河每次开学回学校之前，母亲会提前和好大一块面发酵着，用猪大油和擀碎的芝麻加点盐调成糊糊状，把发酵好的面分成大半个拳头大的面团，揉匀了，擀成一张饼，把用猪大油调好的芝麻盐均匀地抹一层，再卷起来折叠两下，用手掌往下一压，做成一厘米厚、手掌长短的长方形面饼，用细细的火烘热了锅，把饼烙得外皮金黄酥脆，内里松软酥香，好吃极了，尤其是刚出锅还冒着腾腾热气的时候，如果敞开不限量地让杜沧海吃，他能一口气吃十个。

这种饼耐储放，所以，每次杜天河假期结束回学校，赵桂荣都会烙一大包让他带回学校慢慢吃。实际却是杜天河每次一返校就被室友们哄抢一空，自己倒吃不了几个，所以就跟赵桂荣说以后不带了。可赵桂荣烙得反倒更多了，好像同学们喜欢吃，比杜天河一个人吃了还要让她欢喜。

坐船去上海，要在海上晃悠两天两夜，杜沧海知道母亲这是眼见拦不住他了，想烙些饼让他带在路上吃。看着母亲佝偻着后背，时不时捂着嘴，努力捂住那些被柴草熏出来的咳嗽，生怕惊醒梦中的他们。杜沧海的眼眶就热热的，就闭上了眼，过了一会儿，听见有轻微的扑通声，是蓬松滚热的饼被母亲铲到盖垫上的声音……

又过了一会儿，母亲轻手轻脚地进来，翻衣橱，拿出什么东西，坐在床沿上，好像在缝什么东西，他忍不住睁了眼。就见母亲正在给他的一条内裤缝前口袋。见他睁了眼，赵桂荣试图佯装一脸怒气，可是，那满眼母亲的慈爱，却怎么也掩藏不住，问："你的钱呢？"

杜沧海就从衣服卷里翻出钱，递给赵桂荣，赵桂荣一把夺过来，说："信不信我不给你了？"

杜沧海说："不信。"

赵桂荣就怔怔地盯着他，有些示威的味道。

杜沧海就抽了两下鼻子："您都给我烙路上吃的饼了。"

赵桂荣就没好气地把钱塞进缝好的内裤口袋里，又把上口粗粗地缝上，提起缝好的内裤看了一眼,说:"他们说出门在外,只要把钱这么个放法,谁也惦记不着。"

杜沧海就把头枕在母亲腿上,仰脸看着她笑,说:"妈,您放心,我就是想正正经经做点生意,学不坏。"

赵桂荣瞪了他一眼:"你当那些学坏了的人都知道自己这是在学坏?他要自己知道就学不坏了!"

杜沧海想了想,觉得也是。比如大吴,整个挪庄,没人不知道他浑的。可大吴不觉得自己浑,而是整个世界都欠了他的,比如说他妈欠下了他的清白,还欠下了他一个爹,所以他才会打小被人欺负被人瞧不起,被人逼着娶了一个谁都不要的傻老婆,这个世界对他已是如此的恶意重重,他能不反抗吗?大吴从不觉得自己的犯浑是在犯浑,而是自以为是个悲壮的战士,对这个恶贯满盈的世界宣战。

杜沧海突然就不知该怎么保证自己学不坏,就问赵桂荣他要怎么样才是学不坏的样子。赵桂荣想了想,说:"不吃喝嫖赌抽。"

杜沧海跪在床上,举手发誓。

赵桂荣定定地看了他一会儿,眼睛潮潮的,瘪着嘴,又要哭,杜建成从吊铺上探出半个身子,说:"行了,就当瞎了一儿子吧。"说着,把从杜沧海手里夺去的黑色人造革皮包扔了下来。

人造革皮包不偏不倚,正好打在杜沧海胳膊上,杜沧海被打了一趔趄,但身手敏捷地接住了,就晓得,父亲虽然口气生硬,但内心里已投降了,就说:"爸,您放心,给咱老杜家丢脸的事,我这辈子干不出来。"

第九章
天知道哪块云彩会下雨

1

第二天，杜沧海跟夏敬国登上了前往上海的客船，因为内裤的前面缝着人民币，每走一步都很别扭，像个伪装的孕妇。夏敬国看他走路的样子，就笑，说："一看你走那两步，就知道你把钱缝短裤里了，自然点，忘了那点钱，就当你肚子里多装了一泡屎！"

虽然每天忙着赚钱，可夏敬国对钱，总是大大咧咧的，全然一副钱是王八蛋，花完了再去赚的德行。

可是，还没等杜沧海学会忘掉小腹上驮了一包人民币，大海就让他忘记了。

轮船一开，就在海上上下左右地晃荡，杜沧海的不幸就开始了。

他晕船！晕得不仅把母亲早晨给他煮的荷包蛋吐了个干净，胆汁也吐干净了，而且肚子里的五脏六腑似乎也拥挤着想从口腔中跳出来。

杜沧海也算个吃得起苦的硬汉，却受不了强烈的晕船折磨，他想逃离轮船，可轮船已经开出去几十海里了，不会因为他晕船而掉头回去。

杜沧海吐得面无人色，夏敬国吓坏了，怕他吐出个三长两短来，没法和他父母交代，去找船上负责的，要求放个救生艇下去，他载着杜沧海划回青岛，被严词拒绝了。负责人说在海上抛弃乘客是严重违法的，夏敬国这是要害他去坐牢。

夏敬国说:"我们自愿的,不是你们抛弃乘客。"

负责人不屑地白了他一眼,转身就走,告诉夏敬国,这趟航线他跑了二十年了,晕船的,多严重的都见过,死不了人。

杜沧海一听就急了,要跳海,说游也要游回青岛,被夏敬国死死抱住了,杜沧海拼命挣,从甲板的这头折腾到那头,吐得面色死灰,身子软绵绵的,还挣扎着要往海里爬,船上的工作人员怕出事,和夏敬国一起,把杜沧海架进了船底的工具舱,往他身上绑了两个救生圈,扔给他一只桶解决大小便和呕吐物,就给锁在了里面。

工具舱不大,也就四五平方米,里面装着缆绳、救生圈和船上用品,杜沧海就像个汉堡包一样被两个捆在一起的救生圈夹在中间,虽然这丝毫不能减轻晕船带来的条件反射一样的生理反应,但至少东倒西歪的时候,磕碰不着。

杜沧海歪在一团废弃的缆绳上,气喘吁吁地看着舷窗,看得眼珠子都疼了,胃还在试图从喉咙里翻出来,胃里,却已无物可吐,可他的嘴,还是条件反射似的一张一张的。

那是第一次,杜沧海知道了生不如死的滋味。

他在心里暗暗发誓,只要能活着上岸,这辈子都甭想让他再坐一次船。

整整两天两夜,杜沧海像只仓鼠,被锁在工具舱里,夏敬国来看过他几次,给他喂点水或吃的,都是前一秒吃下去,下一秒原样吐出来,夏敬国真给吓坏了,说早知道这样,打死也不带他出来。

杜沧海虚弱地笑了笑,说了一个字:"别……"

虽然晕船把他折腾得三魂丢了两魂半,但对未知的生活,杜沧海依然满心憧憬。

船到上海,一踏上陆地,杜沧海只想吧唧一下仰面朝天地躺在地上,睡他个昏天黑地。

可夏敬国不仅不让他躺,连磨蹭片刻都不行,因为这一船人,不少是青岛来进货的,动作稍微一慢,货就让别人抢光了。

杜沧海在船上吐了两天两夜水米未进,走都走不快,哪儿还有力气去抢货?又不想拖累夏敬国,就让他别管自己,他要先找个地方坐会儿,吃点东西就去找他。

夏敬国把要去的地方写了张字条往他手里一塞就走了。

杜沧海在马路牙子上坐了一会儿,找了家云吞馆,要了碗云吞,上海人吃东西精致,一碗不够塞牙缝的,就又要了三碗,四碗云吞下去,才觉得精气神像一只出走的小畜生,在热腾腾的云吞的召唤下,又回来了。

走出云吞馆的时候,余光扫见服务员边收拾他吃空的碗,边不可思议地摇头。杜沧海打了个舒服的饱嗝,笑了。

等他按照夏敬国给的地址找过去时,箱包厂批发部的几个人,正闲极无聊地东依西坐,用他听不懂的沪上方言聊天。杜沧海就觉得不妙,凑上前去问,还有没有旅行包批发,一个中年妇女语速飞快地说没得了没得了。

杜沧海甭提多沮丧了,又在门口溜达了几圈,也没看见夏敬国,就懊恼地想,难不成这一趟罪就白遭了?

杜沧海个子高,在门口溜达来溜达去不走,让批发部的几个人很警觉,毕竟刚刚经历了一轮疯狂到可以媲美抢劫的批发,出纳的抽屉里塞满了现金,他们不得不小心。几个人相互丢了个眼色,一个稍微年长点的男人跟大家点点头,走到门口,和颜悦色地问杜沧海是不是来批发旅行包的。

杜沧海说是。男人说他们厂批发部一周就批这一次,他想要的话,只能等下周。一想要在上海住一周,吃喝住哪一样不要钱? 杜沧海就毛了,说:"住一礼拜你们管吃管住啊?"

杜沧海身材高大,语气又凶巴巴的。男人有点打怵,说了句莫名其妙啦,转身就回了批发部。

杜沧海知道再等下去也是无用,可找不到夏敬国,又不敢走开,因为夏敬国说的,让他到这儿来找他,再没给第二个地址。

杜沧海见批发部的人像机警的麻雀一样,时不时地往自己这边扫一眼,也觉得无趣,就走远了点,刚想找个地方坐下,满头大汗的夏敬国张张望望地来了,见他两手空空,知道他没抢到货。说没事,他抢了四箱,实在不行就分给他两箱,总不能让杜沧海白跟着他遭了这趟罪。杜沧海知道,做买卖这事,能抢着货就是抢着了钱,夏敬国给他两箱就等于是给他钱,怎么好意思? 忙说不用不用。

旅馆夏敬国已经找好了,货也放下了,还有三天才有回青岛的轮船,问杜沧海是跟他们一起走呢还是坐火车回去。

　　如果是坐火车的话,现在就去排队买票都未必买得上。

　　杜沧海想,既然铁了心要做买卖,尤其是这种长途贩运,就得适应坐船,要不然,出趟门得花好几天的时间排队买车票,买卖就不用做了,遂一咬牙,说:"坐船。"

　　夏敬国说:"能行吗?"

　　杜沧海斩钉截铁地说:"行!"

　　夏敬国想拍一下他的肩膀,可他个子太矮,够不着,只好拍了一下他的后背,说:"有点能成事的气魄,是个爷们。"

　　杜沧海就笑,夏敬国又说:"要是我有个闺女,非逼着你娶了她不可。"

　　杜沧海就笑了一下,没出声,想起了丁胜男,也不知道她和孙高第怎么样了,听说孙高第进了外贸公司以后,人前人后越发趾高气扬了。杜沧海暗暗叹了口气,说:"夏叔,你要喜欢一个女人,在不在乎她和别人睡过?"

　　夏敬国就歪着头,仰起脸打量他,说:"你喜欢的女人和别人睡了?"

　　杜沧海不想撒谎,就嗯了一声。夏敬国问怎么个情况。杜沧海就说是他同学,可是她喜欢别人。

　　夏敬国问:"她对你好吗?"

　　杜沧海摇摇头:"她要对我好,就不会去和别人睡了。"

　　夏敬国就摆摆手,说:"等你到了我这岁数,就明白了,这算个屁。你小子给我记住,在男女这点事上,你喜欢的人没喜欢到,只能是你的遗憾,可是特别喜欢你对你也特别好的人离开了你,才是对你的伤害,和伤害相比,遗憾算个屁。"

　　可杜沧海还没到夏敬国的岁数,正是把遗憾当成世界给自己挖了一个大坑而痛不欲生的年纪,所以,并不曾想起吴莎莎,半点也没有。

2

　　第二天,夏敬国带杜沧海逛外滩,因为没抢到货,杜沧海干什么都没心思,一路上,不管夏敬国说什么,都应得没精打采,夏敬国都烦了,说:"你小子怎么瘟鸡似的?"

杜沧海说:"头疼。"

夏敬国说可能晕船晕的,还没缓过劲来:"要不咱回去睡一觉,晚上我给你找个上海小姐。"

杜沧海的脸一下子就红了,觉得挺耻辱,说:"夏叔我不反对你找小姐,可你别和我说这样的话。"

夏敬国说:"找小姐怎么了? 找小姐比谈恋爱干净多了,有多少恋爱谈得跟演戏似的? 还不如找小姐,明码标价,愿意就脱裤子,不愿意就白眼都不屑看。"

说这些的时候,他们在公交车上。夏敬国因为是剧团出身,普通话说得又特别好,不管天南海北,是个人都能听明白了,嗓门又大,说这么露骨的话题,不少人回头看他们,弄得杜沧海如坐针毡,等车到了站,突然起身说头疼得越发厉害了,就不去外滩了。说完,没等夏敬国反应过来,就下了车,站在路边,看公交车载着气急败坏的夏敬国徐徐远去,就觉一阵轻松,像瞬间脱掉了一身带刺的沉重盔甲。

杜沧海晓得到马路对面坐上公交车就回旅馆了,可出都出来了,总想多看看,才觉得这趟船票钱没白花,就沿着马路漫无目的地溜达。

溜达到一家商场前,就见一个三十来岁的女人,站在马路边,眼前摆了一只箱子,箱子上摆了一副镜片是黑色的眼镜,有个年轻男人走过来,拿起来戴上,仰头看了一眼太阳,又看了看杜沧海,原本很平常的一个男人,戴上这黑色的眼镜,就显得帅气加神气了。

杜沧海就看呆了,凑过去看。年轻男人问多少钱。女人说五块。

年轻男人嫌贵,又放下了。杜沧海就拿起来,戴上,学着年轻男人的样子,望了一眼太阳,奇怪,戴上眼镜以后,刺猬一样散发着耀眼光芒扎眼珠子的太阳变成了一枚温润的鸡蛋,看上去软绵绵的,柔和极了,他又看了一眼大街,整条大街也温柔了下来,就好奇地问:"这是什么?"

大概是听他北方口音,女人脸上就露出了鄙夷的神色,几乎夺也似的从他手里拿回眼镜:"买不起别乱动!"

杜沧海就觉得愤怒像一头小畜生,冷不丁被人抽了一鞭子,就想拱着跳出来,就直直地瞪了女人一眼。

年轻男人从口袋里掏出五块钱,递给女人,拿起眼镜,瞥了杜沧海一眼,说:"这是墨镜,遮阳,夏天戴着太阳不刺眼睛。"说完,吹着口哨走了。

女人收好钱,戒备地看了杜沧海一眼,抱起箱子就走。

杜沧海站在原地怔了一会儿,就想青岛人夏天喜欢去海边玩,有这墨镜戴着,就不晃眼了,想问女人墨镜是从哪儿进的,就扯着嗓子哎了一声。

他一哎,女人走得更快了,杜沧海忙快步跟上去,女人就更紧张了,抱着箱子几乎是一溜小跑,路过一家日杂店时,快步拐了进去,进门前警惕地回头瞪了他几眼,杜沧海让她瞪得讪讪的,可又太喜欢她卖的墨镜了,就跟进去搭讪说:"大姐,你的墨镜从哪里进的?"

女人依然满脸警惕,并没回答他的问题,而是严肃地问他想干什么。她的沪上方言又快又尖厉,马上就引起了周围人的注意。杜沧海依然好声好气,说:"大姐,我没别的意思,就是喜欢你卖的墨镜,想问问你从哪里进的货。"

见周围人的目光已经被自己吸引了过来,女人大概觉得自己安全了,一脸调侃地藐视说:"个小赤佬,想搭讪阿拉,侬也在家练好了再出门啦。"

杜沧海知道她把自己误会成一个专门搭讪女人的地痞小流氓了,就笑着解释说:"大姐,你误会了,我真的是想知道你的墨镜是从哪里买的。"

女人哼了一声,说:"阿拉为什么要告诉侬?"

说完,转身走了,杜沧海想追上去问,才走了一步,女人突然回头,指着他的脚,斩钉截铁地说:"阿拉告诉侬,小赤佬,侬敢再跟阿拉一步,阿拉就喊警察了!"

杜沧海只好收了脚,日杂柜上的一个中年妇女大约看出来了,杜沧海不是那样的人,就招招手,说:"侬过来。"

见她似乎并无恶意,杜沧海就过去了,恭恭敬敬地叫了声大姐。中年女人问他跟那女人打听墨镜干什么。杜沧海就坦诚地说自己是从青岛来的,觉得那墨镜挺好,想打听打听批发点回去卖。

中年女人问他想要多少。杜沧海心里一喜,突然觉得有门,说:"这得看多少钱一副了。"中年妇女沉吟了一会儿,说:"好像一块左右吧。"

听她这么一说,杜沧海就晓得,她一定知道哪里有卖了。就忙说如果一块的话他要六百副,如果一块一一副他要五百副。中年妇女让他等会儿,她去经理室打电话问问。

没想到瞎转也能转出商机来,杜沧海按捺着内心的激动,嗯了一声,中年妇女就往柜台后的办公室去了。

没一会儿,中年女人拎着包掀开柜台上的挡板出来,小声说她亲戚家的厂里就生产这种墨镜,款式很多,如果杜沧海真要,她就领他过去。

杜沧海心下一阵狂喜,连说了好几个我要。中年女人用眼梢扫了他一眼,匆匆出了日杂店。杜沧海读懂了她的眼神,跟了出去。中年女人推起一辆单车,问杜沧海会不会骑,杜沧海说会,她就把车把送到了杜沧海手里,让他骑着驮自己过去。杜沧海局促了一下,觉得自己和她又不熟,骑车驮着她有点别扭,说坐公交车去吧。中年女人半是普通话半是上海话说:"侬钞票多得花不了哦?"说着,把自行车车把往他手边送了送,说:"侬个子老大的男人,阿拉驮不动侬。"

上海人的精打细算,杜沧海早就听说过,今天终于见识到了,就笑着接过自行车,骑上去,中年女人坐上来,有点担心地看着杜沧海宽阔的后背,忧心忡忡地嘟哝了句杜沧海这么大个子会不会骑坏她的自行车。

在中年女人的指点下,杜沧海左拐右转地骑了半个多小时,到了一家光学眼镜厂门口,中年妇女让杜沧海在门口等着,她进去找人。

没多一会儿,中年女人领着一男人出来。说墨镜他们厂生产,批发一块一一副,听说外地的贩子拿回去都卖四五块呢。杜沧海在心里飞快地换算了一下利润,激动得心脏都快从胸口蹦出来了,也顾不上多想,忙说我要五百副。

就这样,杜沧海顺利地拿到了五百副墨镜。回旅馆的路上,突然想,应该给中年妇女点酬谢的,可天色已晚,就想明天买点礼物去日杂店答谢答谢人家。回去跟夏敬国也这么说。夏敬国就笑。笑得他心里都发毛了,夏敬国才说:"你以为她是学雷锋啊?"

杜沧海说:"就算不是学雷锋,至少人家特热心肠。"

夏敬国说:"你小子,还做生意呢,早着呢,慢慢学吧。"

146

见杜沧海一脸不解,只好给他解释说:"南方人,精着呢,肯定扒你一层皮。"

"扒一层皮"是青岛方言,就是中间一转手,就扒掉一层利润的意思。

杜沧海说不可能。和他争得面红耳赤,说夏敬国不该把人心想得那么阴暗。夏敬国哼哼地冷笑,让杜沧海等着瞧。

晚上,夏敬国问杜沧海跟不跟他出去。杜沧海想起他白天说要找上海小姐,就是一阵说不上来的生气,说:"不去!"夏敬国说:"那等会儿我领人回来,你回避回避。"

杜沧海白了他一眼,没吭声,果然,没一会儿,夏敬国领了一个三十岁左右的女的回来,看上去皮肤挺好,见房间里还坐了一个人,就一脸正色地对夏敬国说:"我说的是一个人的价钱。"

夏敬国说:"一个人,一个人。"然后看着杜沧海说:"我这小兄弟,你倒找钱他都不弄你。"

杜沧海让他说得一阵反胃,拎起上衣就出去了。在街上溜达到半夜,等他回去,夏敬国已经睡得鼾声四起,躺在黑暗中,杜沧海脑海里全是夏敬国和那个女人的赤身裸体,他咋也想不明白,男人女人也不认识,又没感情,怎么能给点钱就那样……

想了一夜,没睡好,第二天,夏敬国又去逛商场,给儿子买了一块手表,都出了商场了,又折回去,给前妻也买了一块。见杜沧海一直冷眼看着,就笑笑说:"好歹我俩一起造了个儿子。"杜沧海说:"你儿子都不姓夏了。"夏敬国说:"不姓夏也是我的儿子,晓得不?姓什么不重要,重要的是我的血脉。"说着,拍拍自己的胸脯,又拍拍杜沧海的胸脯,说道:"别以为你是你自己,我是我自己,咱谁也别牛逼,都是祖上血脉的过河石。"

很多年后,杜沧海知道了"基因"这个词,想起当年夏敬国说的这番话,不由得就很佩服他,是啊,在岁月的长河里,我们的肉身,不过是一块又一块的石头,我们的基因要借助着它们,才能传递下去,仅此而已。

第三天,他们起程回青岛,有了来时的经验,杜沧海不想再让夏敬国跟着操心,一上船,就主动找船上的工作人员,好话说尽,人家才答应把他锁进工具舱。

杜沧海在工具舱里翻江倒海地吐了两天两夜,吐回了青岛。下了船,先回家踏踏实实睡了一觉,第二天就去即墨路卖墨镜。

说真的,虽然觉得墨镜好,但销路怎么样,他心里没底。

即墨路上卖东西的人越来越多,从毛巾、围巾、床单、纱巾到各种包,以及日常生活用品,应有尽有,各自占一段马路牙子,都是以树和树之间的距离为界限,但凡看到两棵树之间扎着一根不管什么颜色的绳子,那么绳子下的这一小块地面就是有主的,一过上午九点,人就推着、拖着或是扛着大大小小的纸箱子来了,卖什么的,把什么拿出来摆在纸箱子上面。

杜沧海跟着夏敬国卖拉毛围巾的时候,就占好了自己的地盘。两人打斜对面,但位置都很好,在即墨路和潍县路交叉路口,卖拉毛围巾的时候,两人一个路口的西北,一个路口的东南,不管东南西北,只要是打这路口经过的人,一个也漏不掉。位置好,卖东西快,很多人眼红,为了抢这摊位,杜沧海和人打了不少架,倒不是杜沧海横或是人看杜沧海好欺负,而是以前他没辞职,就傍晚和礼拜天来帮夏敬国卖围巾,这么好的位置大多数时间空着,虽然夏敬国在,可一个路西北一个路东南,光生意就够他忙的,再加上新来抢摊位的,哪一个都不是善茬,他哪儿看得住? 可他看不住,杜沧海下了班就没地方卖了,他倒不想和人抢,可抢不回来,他围巾没地方卖,往哪儿站人家都认为他是侵占了别人的地盘,逼得他没办法,只好一次次和抢他摊位的人使狠斗勇,打了不少架,可是今天打跑了张三明天又来了李四。最后,来了一个叫大狮子的,隔三岔五占他的地方,屡打屡败却就是屡教不改。

3

大狮子因为打架斗殴坐了两年牢,出来后就不了业,和家里人相互看不顺眼,就出来继续耍狠斗勇。耍了一阵,照样一分钱难倒他这个英雄汉,就觉得没劲。可坑蒙拐骗偷这些损事他干不出来,没收入,可饭还是要吃的,因为进去过,家人觉得丢脸,看见他就头皮发麻,当然不会给钱。

让钱憋坏了的大狮子就到处溜达,溜达到即墨路瞎玩,玩来玩去就玩熟了。即墨路虽然是全市著名的恶人街,可不管怎么恶,大家对人品的最基本要求还是一样的。大狮子虽然进去过，但本质不差，热情似火，没歪歪心眼，只要你肯说他好，他就恨不能从身上割肉炒给你吃。所以，即墨路上的摊贩们并不讨厌大狮子，如果谁家进货多，又卖得旺，忙不过来，就会喊大狮子帮忙，像当初杜沧海帮夏敬国卖围巾一样，挣提成。

占杜沧海的摊位时，大狮子心里也发虚，可帮人卖东西挣提成，本身利就薄，不占个好地界就卖不动，一天吆喝下来，嗓子都哑了也挣不出一包烟钱，逼得没辙，也就顾不上那么多了，这是被杜沧海揍了一顿后，大狮子哭着说的。

或许读者们会很奇怪，他是大狮子啊，听上去很威武，怎么能打不过杜沧海？

是的，他叫大狮子。但大狮子这个名字的由来，不是他特别能战斗，而是他有一头浓密而天生卷曲的头发，让他的脑袋看上去特别大，很像年画上的公狮子，于是就有了这个诨名。

直到很久很久的后来，杜溪说她要和杨松林结婚了，杜沧海才知道大狮子的本名叫杨松林。

在达成和解前，杜沧海和大狮子打了不下十次架，有夏敬国打着下手，次次都把大狮子揍得不轻。后来，工商所的梁所长知道了，把他们叫到馅饼粥吃了顿羊肉泡馍，就解决了。杜沧海不在的时候，地方归大狮子用；杜沧海来了，大狮子无条件让地方。

时过多年，杜沧海每每回想起梁所长，浓浓的敬意就会从内心深处油然而起。

几年而已，即墨路从一条横在胶州路北面的老街，一天天成长为全市闻名的商业街，它生机勃勃地野蛮生长，看似群狼四起，却也盗亦有道。尽管它是声名狼藉的恶人街，但全市甚至周边城市的时髦男女都知道，这里有最新潮的时装鞋帽，所以，一到周末，整条即墨路挤得水泄不通。用夏敬国的话说，拉泡屎包一包，摆在即墨路上都能卖掉。

据说，真有人这么干过，拉了泡屎，用塑料薄膜包了，捏走了形，说是外地深山老林里的名贵药材，还真让人买走了。不过，卖屎的那个，在某个晚上，被几个戴着口罩的人痛揍了一顿，因为他坏了即墨路的规矩。在即墨路，你可以卖高价，可以挣大钱，但是不能骗人。

那顿揍，是因为他想当一颗坏掉一锅汤的老鼠屎。

据说，杜沧海是整条即墨路上唯一一个主动砸了铁饭碗做买卖的人，所以，这群热血澎湃的、牢里出来的、社会上待业的乌合之众，对他，就格外高看一眼。

有了梁所长给规定的君子协议，只要杜沧海一去卖东西，大狮子就得给他腾地方，以前杜沧海上班的时候，大狮子卖一个白天也挺好的，可杜沧海也从单位下来了，这摊，就得天天出，意味着大狮子永远失去了立足之地。

看大狮子整天可怜巴巴地被这个嫌弃被那个撵，杜沧海于心不忍，就把自己的货稍微一收拢，让出来一米长的地方给了大狮子。大狮子总算有了自己的地盘。也是因为这，在大狮子眼里，这个比他小三岁的杜沧海，简直就是他的再生父母，每每见了，都要毕恭毕敬地喊他老大。

周围的人听见了，就笑，说："大狮子为了一米见方的地盘拍杜沧海马屁，拍得脸都快不要了。"大狮子也不脸红，理直气壮地说："杜沧海这老大我认定了，怎么着？当年杜月笙在上海，不管比他大的还是比他小的，哪个敢不尊他一声爷？"

杜沧海一听就急了，想起了跟父母的承诺，社会上的流气，坚决不能沾染，就忙说："大狮子！你瞎叨叨什么？"

杜沧海和即墨路其他商贩最大的不同就是，被逼急了，他可以打架，但是从不说脏话，更不骂人。

大狮子说："杜沧海，你虽然比我小，可你仗义，能容我有一席之地找碗饭吃，你就是我老大。"

总之，从那以后，不管杜沧海应不应，大狮子就一直喊他老大。杜沧海也不应，就当这声老大是他的外号了。

从上海带回来的五百副墨镜，杜沧海留了几副。杜溪、丁胜男、郭俐美、吴莎莎，人人有份。

杜溪喜欢得不得了，连在公交车上卖票都戴着，引得不少好时髦的年轻人来问她从哪儿买的，杜溪就自豪地说即墨路！

无形中，倒是替杜沧海打了广告。

杜沧海从上海进回来的五百副墨镜，两天就卖完了。用夏敬国的话说，这哪里是卖,简直就是抢,其中,大狮子帮他卖了一百副。

杜沧海想去给丁胜男送,都走到她家门口了,又折了回来,怕她妈见是他,又会说些让他不自在的话。第二天,就去了物资站,把丁胜男找下来。

虽然才上班没多少日子,丁胜男比以前时髦多了。好像憋足了力气,终于把没钱的时候捞不着的时髦都狠狠地恶补全了,身上穿的脸上抹的,样样式式都时髦,但当所有的时髦都集中在一个女人身上,就会俗得发恶,远远地看着她,杜沧海心里打了一个寒战,讪讪地把墨镜递给她。

丁胜男戴上,挺高兴的,说这种墨镜她只在电影里看到过,录像带里的香港电影,女演员还有黑社会老大,都戴,可时髦了,她正琢磨着上哪儿去买呢,然后又问:"听说你不在单位干了?"

杜沧海点点头,有很多话想说,却不知从何说起。

丁胜男心满意足地把墨镜架在头顶上,跟电影明星似的,问杜沧海想不想去她办公室看看。

虽然局促,虽然不知道该说什么好,杜沧海还是想和她在一起多待一会儿,就说好。

丁胜男在业务科,一个办公室十几号人,不是喝茶就是聊天,见丁胜男领了杜沧海进来,有人看着她,内容多多地笑,打趣说:"小丁,这是换男朋友了啊?"

杜沧海面红耳赤地看着丁胜男,尽管渺茫,可他多么希望丁胜男说是啊,换了。

可丁胜男没有,而是笑着说:"什么啊? 我同学!"

就有人说现在流行男女同学谈恋爱。

丁胜男就急了,说:"能不能别那么能联想? 我们不仅是同学,还是邻居,完全没有勾搭成奸的可能!"

语气斩钉截铁的,唯恐被误会。杜沧海就觉得胸口有一个什么东西,冰凉冰凉地掉了下去。

杜沧海讪讪地站在那儿,丁胜男指着整个办公室说:"挺好吧?"

杜沧海嗯了一声,说:"不错。"丁胜男小声说:"多亏孙高第他爸,要不然,我也就是进个街道加工厂打打杂的命。"

这一次,杜沧海不想顺她的茬儿,就没应,只说:"该回去了,家里还等着吃饭呢。"丁胜男说:"那我就不送你了啊,下午还得去仓库理货呢。"

杜沧海又去了国货,把给郭俐美的那副墨镜给了杜长江,让他捎回去。杜长江虽然高兴,可还是觉得他放着好好的国营单位不干,太冒险了,这要万一再像前几年似的,把即墨路上这群忙得欢欢的人当投机倒把分子抓起来呢?

杜沧海说不会,现在很多公家单位的人,也偷偷利用职务之便能赚一点是一点呢,让杜长江别太死心眼,如果有挣钱机会,也别袖着手。

杜长江说别,他和郭俐美对眼下的生活很满意,就不折腾了,折腾不好把铁饭碗砸了就不好玩了。

杜沧海也不想多劝,每个人都有自己的人生路要走,勉强不得,何况没走到最后,谁也不敢说自己是对的。

给吴莎莎留的墨镜,因为怕吴莎莎多想,杜沧海就放在饭桌上,让母亲见着吴莎莎的时候捎给她。

赵桂荣没接,说吴莎莎挺可怜的,前几天被她爸打了。杜沧海吃了一惊,问为什么。赵桂荣说她也是刚知道,自从吴莎莎奶奶死了,她爸花钱就没了来处,就跟吴莎莎要横,说他是老子,就得掌握家里的经济大权,让吴莎莎把每月发的工资都交给他,由他决定给吴莎莎多少零花,吴莎莎不肯,她爸就去盐业公司闹,要求以后吴莎莎的工资必须由他来领,要不然,他就从盐业公司的办公楼顶跳下去。盐业公司的领导让他闹得没辙,就跟吴莎莎商量,吴莎莎不想让她爸折腾得丢人现眼,只好答应了。从那以后,吴莎莎虽然是个上班的人,可手头还不如个没工作的待业青年宽裕,有时候想买卷卫生纸都没钱,实在气不过,就跟她小姨说了。她小姨气不过,来找大吴评理,没承想大吴喝了酒,把吴莎莎和她小姨都给打了,吴莎莎小姨气得回家就病倒了,直到现在还在家歇着。

虽然没想过和吴莎莎谈情说爱,可听说她被大吴打了,杜沧海还是很生气。赵桂荣说吴莎莎心里有他,让他过去看看,也算是给点安慰,别让她觉得这日子没指望了。

杜沧海就去了,大吴不在,吴莎莎正在院子里吭哧吭哧地洗衣服,听见脚步声,下意识地抬头,见是杜沧海,笑了一下,说:"杜沧海!"甩了甩手就转身往屋里走,极像个盼丈夫盼了好久的小女人。杜沧海反倒不知该怎么着好,局促地站着,不知是进去好还是不进去好。

吴莎莎站在门里,巴巴地看着他,满眼期盼。

杜沧海知道如果自己踌躇不前,吴莎莎的自尊会受伤,就走到门口,从口袋里掏出墨镜递给她,说这次进的货,给她留了一副。

吴莎莎接过来,打量了一会儿,笑着说:"蛤蟆镜啊。"

杜沧海一愣,说:"什么蛤蟆镜?"

吴莎莎说:"最近街上不少赶时髦的年轻人戴这种墨镜,大家都说戴这种眼镜,像两只蛤蟆蹲在脸上,所以就叫蛤蟆镜了。"

杜沧海就笑,说:"这些人,可真能比方。"

吴莎莎小心翼翼地试着戴上,望着杜沧海羞涩地笑了,同样是墨镜,丁胜男戴上就比吴莎莎戴洋气多了。情不自禁地,杜沧海在心里悄悄地拿两个人做了比较,也觉得自己不厚道,但又觉得这是没办法的事,他拿自己没办法。

后来吴莎莎摘下墨镜,冲他傻乎乎地、像碗温开水一样地笑,让杜沧海心酸。

吴莎莎说:"进来坐会儿吧,我爸不在家。"

她都这么说了,杜沧海觉得不进去不好,就抬脚迈进去,站在屋子中央,听吴莎莎在身后给他倒水。

房间静谧,微小而沉闷的搪瓷缸子碰到木质桌面的声音,显得分外响。

吴莎莎把水杯放在桌边,温存地看着他,杜沧海这才看见她右嘴角和左额角上,还有青紫的伤痕。杜沧海皱着眉头问:"你爸打的?"

吴莎莎点点头,眼睛里突然亮了起来,杜沧海知道那是蒙上了一层眼泪,但并没掉出来,她咬了咬下唇说:"我想早点离开这个家。"

杜沧海不知该怎么应对,就嗯了一声。吴莎莎好像得到了有力的回应,又说:"我想早点结婚。"杜沧海一下子就慌了,因为不知道话该怎么接。

吴莎莎走到他跟前,一头扎在他怀里,紧紧地搂着他的腰,说:"杜沧海,你早点娶我吧。"

杜沧海正绞尽脑汁地想怎么回应她呢,就听呼啦一声,门开了,是大吴,显然,他喝了酒,醉醺醺地看着眼前一幕,突然把杜沧海推了一个趔趄,骂道:"小王八羔子，耍流氓耍到我家来了？"说着，扬手又给了吴莎莎一巴掌，"嫌咱家门风歪得还不够是不是？有本事你给老子赚酒喝，别他妈的给我赚唾沫星子！"

见吴莎莎挨了打，杜沧海急了，一把攥住大吴的手，说："你干什么？"

虽然人高马大，可毕竟老了，又喝了酒，脚下不稳，被杜沧海一把薅住手腕子，大吴就趔趄了一下，酒就醒了一半，挣了几下，想抽出手。杜沧海攥得紧紧的，慢条斯理地说："看在莎莎的面上，我尊你一声吴叔，可你要再对莎莎动手，就别怪我不给你面子！"说着，用力一推，大吴一个趔趄就跌坐在床沿上，眼里已经㞗了，嘴上却不认，又不敢冲杜沧海去，就冲吴莎莎莎喊："好哇，你这丫头片子，还没成人呢，就知道往家勾搭野汉子欺负你亲爹了？！"

吴莎莎虽然喜欢杜沧海也想嫁给他，可被大吴说得如此不堪，又羞又气，唯恐杜沧海因为厌恶她爸而疏远她，又知道大吴的操行，一贯地逞嘴强，她是做女儿的，又不能当着杜沧海的面去打他，只好推着杜沧海往外走，让他先回去，这时候，杜沧海反倒不想走了，怕他前脚出去，后脚吴莎莎又会挨她爸的揍。

他越不走，吴莎莎就越急，大吴嘴里不三不四的话也越多。吴莎莎急得直哭，没辙，杜沧海就拉着吴莎莎一起走。

大吴追出来，指着两人的背影破口大骂，说："吴莎莎！你给我回来！杜沧海，你个小王八羔子给我听好了，你要敢把我闺女肚子弄大了，我把你家屋顶戳下来！"

原本还一腔愤怒的杜沧海，听了他这一腔喊，都想找个地缝钻进去了。

也是因为大吴的这一嗓子喊，整个挪庄，都认定杜沧海是铁了心要娶吴莎莎了，吴莎莎自己也是这么认为的。

4

除了卖墨镜，杜沧海还卖一切他认为青岛没有、也很新奇的玩意儿。

赚了很多钱。

对，这很重要，赚了很多钱，赚了很多钱的杜沧海就去定做了几个铁皮柜台，刷成绿颜色，摆在即墨路他的摊位上，这样白天出摊的时候，把样品摆在柜台上，其他东西塞在铁皮柜台里,能省不少心,这是他受商店里柜台的启发设计出来,找铁匠加工的。

见他铁皮柜台用得得心应手,很快,整个即墨路的两侧,就摆满了铁皮柜台,原先拉绳为界的模式,正式消亡了。

杜沧海做生意,原本也是为了赚钱,可他没想到钱这么好赚,每天往即墨路去,觉得去的不是一个自由市场,而是一个遍地黄金的地方。只是这黄金是隐形的,你得有一双看得见商机的眼睛,才能把这些金子捡到自己口袋里。

当赵桂荣去银行存满了第一个一万元的时候,再也不敢存了,怕露富。

想想不远的几年前,那些关了"牛棚"的、拉到街上游街批斗的、被遣返回乡下老家的,哪一个不都是家里有钱的主?

所以,尽管杜沧海一再安慰他们,现在改革开放了,政府鼓励大家发家致富,杜建成和赵桂荣还是牢记"三十年河东,三十年河西"这句话,不敢存银行,生怕哪天政策一变,全家人都得跟着这些钱遭罪。

夜里,睡不着的时候,赵桂荣抚摸着那些钱又爱又怕。杜建成也是,说人流血流汗地挣钱,是为了让日子过舒坦点,可人如果因为钱遭了罪,钱就是祸害,所以,他不止一次地敲打杜沧海,钱,没有挣够的时候,差不多就行了。

杜沧海全当了耳旁风。

那些码在吊铺上的钱,杜沧海只要交给赵桂荣,就没打算再要回来,说真的,到底挣了多少钱了,他自己也没数。后来,他和朋友说起来,以当年的消费水平,他挣的那些钱,十辈子也花不完,可他还是满腔热血地去进货卖货做生意,其意义,已经不再是挣钱本身,而是像沉浸于一个令他痴迷的游戏,一次次地用利润来证明自己的眼光是对的,对社会的判断是准确的,就像个痴迷的棋手,每一次赢都是为了验证自己是高手。

人活一辈子,追求的所谓成就感,其实也是认同感,那些大大小小的、被他赚到手的钞票,就是投给他的认同票,就像连皇帝都未能免俗爱听好话一样,杜沧海未能免俗地热爱这种别人向自己投币的认同感。

为到底是把钱存银行还是一扎一扎地码在吊铺上,杜沧海压低了嗓子和杜建成两口子吵了不知多少个晚上,最后,他不得不向被公私合营和"文化大革命"吓破了胆的父母投降,任由他们把他挣来的钱,像码砖块一样,一扎扎地往吊铺上码,从底码到顶……越来越多的钱,一点点地蚕食着原先放衣服的地方。

自从杜沧海在即墨路做生意,杜溪就成了整个挪庄最时髦的姑娘。最时髦的衣服、鞋子、包,只要杜沧海觉得好,就会给家里每人置办上一件。但杜建成和赵桂荣动都不动,穿的和用的,永远都是洗掉了颜色的旧衣服,甚至杜建成还穿打着补丁的工作服。

杜沧海气不过,趁他们睡觉时,和杜溪悄悄地把他们的旧衣服抱出去扔了。早晨,赵桂荣起来做早饭找不到衣服,以为家里进了贼,连忙去看用破棉被破床单搭着的钱,见都还好好地放着,才松了一口气,又见吊铺沿上搭着崭新的衣服,就知道是杜沧海和杜溪做的把戏,光着膀子从吊铺上下来就骂,非逼着姐弟俩去把昨天被他们扔了的旧衣服找回来,要不她就光着膀子上街。

杜沧海被她逼得没辙,只好去找。

哪里还有?早被拾荒的当宝贝捡走了。

饶是这样,老两口还是不穿他们买的时髦新衣服,逼杜溪去国货买几件土了吧唧的老款衣服穿上,才肯出门。

杜沧海问到底为什么,好看的衣服又不是狮子老虎,穿身上也不会咬他们肉。

赵桂荣说:"你懂啥?"杜建成也帮腔说:"就是,你和杜溪打扮的那时髦样,就已经满街风言风语了,我们两个老东西再打扮成那样,你还让不让咱家在挪庄立足了?"

随着吊铺上的钱越来越多,杜建成两口子越来越不安,越来越害怕,怕得连肉都不敢比别人家多买。有一次,杜长江一家三口回来吃饭,五岁的杜甫顽皮着呢,顺着梯子上了吊铺,玩着玩着看见了破棉被底下的钱,就大呼小叫地说:"妈妈,这里有好多好多钱!"

赵桂荣吓得差点昏过去,忙把杜甫抱下来,说他看错了,这些都是假的。

杜建成一听,更急了,说:"孩子又不知轻重,你咋能跟他说咱家一吊铺假钱,这要传出去,咱家不成窝藏假币了?!"

赵桂荣虽然是个没文化的家庭妇女,可也知道,用假钱会坐牢不说,搞不好还得枪毙。又忙跟杜甫说:"那不是钱,是一些看上去像钱的纸。"

郭俐美见老两口紧张成这样,也起了好奇心,爬上去看一眼,吓得脸都白了,抱起杜甫拉上杜长江就走,说:"爸,妈,这要出了事,千万别牵连我们啊。"

说着,不顾杜甫的哭闹,把杜沧海送他的多功能文具盒夺过来,给扔到桌上,拖着杜长江就走。

到了街上,两人面面相觑,好像刚刚逃离了一个可怕的魔窟。郭俐美结结巴巴地跟杜长江描述了一下吊铺上壮观的景象。杜长江虽然也害怕,但比郭俐美稍微淡定点,说:"应该都是正道来的吧?"

郭俐美说:"正道来的还用藏在吊铺上不敢见人?"

杜长江觉得她说得也对,就去即墨路找杜沧海,虽然国货和即墨路之间就隔了一条胶州路,相距也就二百来米,可除了给小叶买礼物那次,他就没再去过,甚至很是不屑。这倒不是他市侩,而是整个国营商业系统的职工,都没把即墨路看在眼里,不就是一群没单位要的刑满释放犯和社会闲散人员嘛,说白了,就是一群和二流子差不多的人聚在这儿狼狈为奸地讨口饭吃。如果人一定要分个三六九等的话,他们国营商业系统的,就是皇亲国戚的贵族,即墨路这帮人,是玩杂耍卖大力丸的下九流。

可到了即墨路,他真被眼前的繁华给吓着了。如果说"摩肩接踵"这个成语以前他只是在课本上学过的话,今天,他看到了这个成语的现实版。

满街的男男女女,卖的买的,跟抢似的,他到一家卖羊毛衫的摊前看了看,质量不见得比国货的好,但款式新潮,顾客多得围成了一道人墙,挤过来挤过去的,好像羊毛衫不要钱,杜长江顺口问了句价钱,老板说二十,杜长江吓得差点把舌头吞下去,想,不就款式新潮点嘛,也忒宰人了,这件羊毛衫在国货最多十几块,正咋着舌,就听旁边的姑娘拦腰就把价格砍了一半,老板恼了,一把夺回羊毛衫,不耐烦地挥着手,让姑娘走。姑娘也不恼,继续磨叽,最后,加了一块钱,欢天喜地地把羊毛衫拿走了。

杜长江这才知道,即墨路上的东西,要价水分高得很,来这里买东西,没两把砍价的刷子,还真能被宰出血来,这么想着,一路走一路看,就到了杜沧海的摊前。

杜沧海站在铁皮柜台上,身上、胳膊上搭满了花花绿绿的马海毛毛衣,柜台被围得水泄不通,心急的顾客,把杜沧海拽得东一趔趄西一歪的,他边说别急,边张罗着收钱往外发毛衣。这阵势,杜长江见过,冬天一到,去煤店买蜂窝煤、去菜店拉供应的大白菜,就这架势,谁都怕好的被前面的人抢走了给自己剩下破烂,就拼了命地往前挤。

杜长江站在下面看了好一会儿,听出杜沧海的嗓子都吱喝哑了,嘴上不仅干得爆了皮,还有几道小血口子,心里就隐隐地疼,心疼他,那一吊铺的钱,想必都是他口干舌燥地吱喝来的吧?心里突然就踏实了,转身去找商店买了瓶汽水,挤进人群,把拧开的汽水递给杜沧海,接过他手里的毛衣,跳到铁皮柜台上帮他吱喝。

杜沧海咧着嘴笑,喝了几大口汽水,问他怎么有时间过来。杜长江说过来看看你是怎么发财的。

杜沧海就笑得更灿烂了,让他帮着盯会儿,他去上个厕所,说完,就一溜烟跑了。

在一旁帮着杜沧海卖毛衣的大狮子不知所以然,只是看来了个新人,而且杜沧海对他态度还好得要命,就有点紧张,以为来了一个和自己争宠抢饭碗的,就拿一个又一个的白眼球往杜长江身上砸,甚至还故意拿肩撞了他两下,杜长江觉得莫名其妙,说:"你干什么?"

大狮子生气地说:"这话应该我问你吧。"

见杜长江爱搭不理,一副没把他放在眼里的样子,就更生气了,说:"我们老大这儿有我就够了,你哪儿凉快哪儿待着去!"

杜长江也生气了,想怪不得人说即墨路是一条恶人街呢,果然名不虚传,无缘无故地,就被人挤对了。虽然大狮子长得凶,可俗话说"上阵父子兵,打虎亲兄弟",有杜沧海在,杜长江倒也不胆怯,遂也拉下脸来,说:"干什么?找事不是?"

大狮子又当胸推了一巴掌:"老子就是看你不顺眼,就找你事,怎么了?"

在国货站柜台的杜长江虽然看上去很文静,有点知识分子的范儿,可挪庄人,都是打着群架长大的,哪个不是打架的好手?就把怀里的毛衣往堆上一放,抬脚就踹。大狮子没想到杜长江会来狠的，没防备，一脚给踢在了胯上，一个趔趄就坐倒在地上。

众目睽睽，大狮子自觉丢了面子，从地上爬起来就嗷的一声扑向杜长江，一头把他撞在地上，骑上去就打。

杜沧海上完厕所回来，远远地，就见自己摊前乱成了一锅粥，忙撒脚跑过来，就见大狮子正骑在杜长江身上抡着拳头一个劲儿狂打，杜长江的鼻子和嘴，都已经被打破了，血糊了一脸，看上去挺吓人的，杜沧海就急了，抬腿就给了大狮子一脚，把他从杜长江身上踹下来，扶起杜长江，冲大狮子喝道："大狮子，你吃错药了?!"

大狮子不服气，把手背上的血往身上蹭了蹭，说："是他先动手的。"杜长江见杜沧海来了，怒气来得就更是苗壮了，上去就踢，说："我操你妈，我没招你没惹你，你凭什么张口就骂?!"

杜沧海看看杜长江的脸，叫了声二哥，然后问要不要紧。一听杜沧海叫杜长江二哥，大狮子就愣了，说："他是你哥?"

杜沧海瞪了他一眼，说："我二哥，你当是谁?"

大狮子说了声："我操！我还以为是来跟我抢饭碗的呢!"说着，就端上满脸热情似火的笑给杜长江又是作揖又是打躬，说要晚上请吃饭给杜长江赔礼道歉。杜长江这才明白怎么回事，心胸里，又有一种莫名其妙的优越感，懒得和大狮子之流为伍，就一点面子也没给留，生硬地拒绝了。

见杜长江让大狮子打得嘴唇破了，鼻子也在流血，杜沧海实在不知该怎么着好，就从挂在胸前的包里掏了一把钱，塞到杜长江口袋里，让他去市立医院看看，别顶着一张血脸回去吓着杜甫，到时候，郭俐美非来骂他不可。

被亲弟弟往口袋里塞钱，杜长江觉得别扭，把钱掏出来的时候，大体看了一眼，估计得一二百块吧，心里就挺不是滋味的，觉得自己被照拂了，甚至是被怜悯了，而且是被自己没瞧在眼里的弟弟！就把钱又给塞了回去，说不用。围在摊前买毛衣的人等得不耐烦了，问杜沧海还卖不卖了。

杜长江拍拍杜沧海的胳膊，让他安心做买卖。杜沧海问过来找他是不是有事。杜长江摇了摇头，说："看看你怎么做买卖，只要你的钱是打正道来的，我就放心了。"

杜沧海就笑了,说:"哥,你放心,我拿回家的每一分钱都是我拿汗水洗出来的。"说着,从包里摸出一条手帕,把没喝完的汽水倒上一点,递给杜长江,让他把脸上的血迹擦干净。杜长江擦着脸,汽水的甜腻味道弄得他脸上痒痒的,就草草擦了两把,说回家洗洗就好了,说完,去坐5路电车回家了。

回家,把他看到的盛况和郭俐美说了,郭俐美说:"摆个摊就能挣这么多钱?"杜长江点点头,满腹心事的样子。郭俐美就一脸神往地说:"要不我也去摆摊吧。"杜长江说:"胡闹!也不看看即墨路都是些什么人,正经有工作的,谁去干那个?钱挣再多也没人拿正眼看。"

郭俐美小声嘟哝说:"我拿正眼看。"

杜长江仰面躺着,让她打盆热水帮他把脸擦擦,郭俐美这才发现他鼻孔里还有血迹,问怎么了?杜长江就把和大狮子打架的事说了一下。

郭俐美打了盆热水,边给他擦边说:"不分青红皂白就动手,这不是土匪吗?"

"还无赖!"杜长江又补充了一句,"即墨路就这么一帮人,没素质,钱挣再多也没人瞧得起!"

郭俐美边给他擦脸边说:"明年大哥就该毕业回青岛了,这房子恐怕是住不长了吧?"

杜长江没吭声,这个问题,他不是没想过,可想有什么用?跟单位要房子,要不下来,如果杜天河真回来了,让他给腾房子,他也不好意思不给腾,然后呢?带着老婆孩子一家三口搬回父母家挤着?出来单住惯了,全家人挤在一起的日子,他还真过不了了,就说走一步看一步吧。

郭俐美说:"最好大哥在上海谈个女朋友,留在那儿不回来了。"

杜长江说:"别,千万别,要真那样,我哥厂里非逼着咱退房不可。"

郭俐美想想也是,就说:"实在不行我就耍赖,反正搬回你妈家挤着,我不干。"

杜长江没说话。

洗完脸,杜长江上床躺下了,心里沉甸甸的,想,从杜沧海闯下祸到现在,一晃也五年了,原本应该在大学读书的杜沧海成了做小买卖的,本应在车间干活的大哥反倒成了大学生,突然地,就生出了些感慨,觉得命运这东西,真难捉摸。

最不可理喻的是杜沧海这个做小买卖的,居然能赚一吊铺钱!他想不透,难道即墨路上空的天上会下钱吗?虽如此,但他并不羡慕杜沧海,就像小时候因为家里穷没鸡蛋吃,可他并不羡慕那个挎着篮子走街串巷用鸡蛋换粮票的乡下人。

小时候,每当听见胡同里有人喊换鸡蛋时,母亲就会拿出粮票数一数,大多时候,数完,叹口气就放回去了。家里这么多人,粮票都不够用的,哪儿还有富余的换鸡蛋?所以,小时候,他们家很少看见鸡蛋,上学路上路过垃圾桶,看着别人家倒出来的鸡蛋壳,他眼珠都会绿一会儿。

虽然郭俐美去国货闹过,弄得杜长江和小叶都很没脸,但大家都知道,这事怪不得杜长江,是小叶,橄榄枝一次一次地递着,人家杜长江不接招,她还非要迎难而上。这事没闹开之前,大家只是叽叽喳喳地瞎揣测;一闹开了,事也就明朗了,除了当天难堪点,反倒给杜长江脸上贴了金,用领导的话说,杜长江这人作风正,堪重用。

国货是商业单位,站柜台的,女人居多,小组长直接领导女售货员,女人当小组长,就是女人管女人,可女人这种生物,天生又是谁也不服谁,为点鸡毛蒜皮打成一锅粥是常有的事,女人做小组长根本就镇唬不住。所以,小组长,最好是男的,但人品很重要,扛女色缠磨这一关要过硬,毕竟有些女人天生会在男人眼前使用性别优势,缠磨些好处,一旦小组长中了蛊,更乱套,搞不好连人命都能闹出来!郭俐美去闹了一场,整个国货上下都知道了模样不错的年轻姑娘硬往上扑也没扑倒杜长江,于是,领导们觉得,杜长江堪用,没多久,就给他提了小组长。得到重用,杜长江很兴奋,发誓要好好干,争取继续进步。

虽然希望往上走,但杜长江并没什么凌云的壮志,最大的理想就是能当采购科科长,可以天南海北地出差,见多识广不说,还有很多看不见的好处。到底有多少好处,看看现任采购科科长就知道了,挺着巨大的肚子,不管谁和他说话,他都慢半拍,话懒洋洋地说,眼皮懒洋洋地抬,牛逼哄哄的,好像整个国货他就是老大了。

杜长江在心里攥了一下拳头,眼看着哥哥和弟弟都用自己的方式出息了,他也不能落在后面,一定要好好表现,当上采购科科长。

第十章
生机勃勃的远方

1

院里老张去世七八年了，家里只剩了老婆和两个闺女，老大是工农兵大学生，毕业分配留在了广州，二女儿参军去了北京，大女儿来信说要结婚了，让她妈去广州参加婚礼。

老张家的五十多岁，去的最远的地方就是沧口区的板桥坊，就愁得不行，有心不去，又怕凉了女儿的心，就跟赵桂荣哭诉。

赵桂荣说女儿结婚，一辈子一次的大事，哪儿能不去？何况孩子就她这么一个长辈亲人了。

老张家的说她大字不识一个，连广州在什么地方都不知道，万一路上下错了车呢？让人拐了呢？赵桂荣就笑，说："你说下错了车我信，你要怕有人拐你，我就不信了，你都这把年纪了，拐你回去当娘养啊？"

把老张家的说得不好意思，不怕被人拐了，可依然满心畏惧，好像女儿让她去的不是广州而是地狱油锅。赵桂荣就回家跟杜建成说，杜建成说："咱沧海走南闯北惯了，不行就陪她走一趟。"

就这么着，老两口也没跟杜沧海商量，就替杜沧海做了主，陪老张家的去广州！

那阵杜沧海正忙着卖马海毛毛衣,忙得恨不能一人劈成仨用,听父母说让他陪老张家的去广州,就很不高兴,说:"秋天眼瞅着就过去了,得赶紧把手头的马海毛毛衣处理完了,腾出本钱上冬装。去一趟广州,怎么着也得耽误十来天,搞不好毛衣就得压在手里,做生意的,压货就等于是压钱,不干!"

一想到耽误儿子做生意的后果就是压货赔钱,赵桂荣就后悔贸然答应了老张家的,拿眼去看杜建成。

杜建成抽了几口烟,说:"钱!钱!一天到晚就知道钱!是钱重要还是做人重要?"

在杜建成的人生词典里,答应了别人的事,哪怕刀架脖子上也得去干,要不人就配不上"人"这个字!

见父亲气得脸都红了,再想想父亲的老胃病,杜沧海就不敢继续招惹他了,去把大狮子叫出来,商量了一下,把剩下的毛衣拨给大狮子代卖,自己陪老张家的去广州。

货拨给了大狮子,去广州的日子还不到,杜沧海没事干,就在家睡觉,睡醒了躺在床上,觉得没意思,这么睡下去,太浪费时间了。

杜沧海一直认为睡觉就是暂时的死亡,好好的生命,就这么消耗掉了。所以,杜沧海不愿意睡觉,喜欢活着的好光阴。

杜沧海起床洗漱完,想去新华书店待一天。

不是买不起书,是买回来没地方放,所以,杜沧海就去新华书店站在柜台前看,不少书,他都是站在书店柜台前看完的,书就像一颗万能的精神药丸,遇到难以开解的事,想想曾读过的某本书上的某句话,就开解了。在平时,他觉得读书就是一手拿着一面镜子,一手拿着一块抹布,不停地擦洗内心的那个自己,把自己擦得干干净净的。

读书就是给予人精神力量,就是一双无形的手,在愉悦阅读的同时,还扶着他,不走歪。所以,每次去外地进货,别人带包炒花生米、几个鸡爪子和啤酒,一路喝酒神侃胡吹,但杜沧海就是抱一本书,蜷缩在某个角落里,安静地读。

杜沧海出了门,到了公交车站,见站台上满满翘首以待的人,才想起来这是早晨上班高峰点,心里就涌上了淡淡的倦意,这几年他天南海北地进货,因为晕船,尽量选择火车出行,但每一次火车出行,都觉得自己要被活活挤死在路上,所以,一看到人多,杜沧海就打怵得很,就想离书店不过两公里的路,走过去行了,没走几步,就看见吴莎莎泪流满面地往公交车站跑,杜沧海忙问:"怎么了?"

吴莎莎哭着说:"小姨没了。"

杜沧海大吃一惊,说:"怎么会?你小姨还年轻着呢。"

吴莎莎说小姨自从上次来她家帮她跟她爸讲理,被她爸打了,回家就气病了,在床上躺了两个月,人瘦成了一把骨头,青岛的医院看遍了,光北京就跑了两趟,硬是查不出什么病,最近这段时间,水米不进,就靠打点滴活着,这都半个月了,终于熬得油尽灯枯,今天早晨她姨夫想拿热毛巾给她洗洗脸,才发现她已经走了。

毕竟小姨的病是因为自己而起,吴莎莎愧疚得要命,哭得直不起腰来,杜沧海也顾不上去书店了,陪她去了医院。

等他们到了,吴莎莎的小姨已经转到了太平间。小姨的女儿比吴莎莎大一岁,青春年少,正黑白分明的年纪,也觉得她妈妈的死,是因为吴莎莎,所以,对吴莎莎很凶,不让她靠近。

心里愧疚的吴莎莎就像一条被嫌弃的小狗在旁边哭得肝肠寸断。杜沧海看得难受,就过去,把她揽在怀里,吴莎莎就搂着他的腰,像站不稳的老人终于找到了拐杖,脸埋在他胸前哭。

就这样,他陪吴莎莎办完了小姨的丧事,在所有人眼里,他是以外甥女婿的身份参加的,就此,他的人生,和吴莎莎关联得更密切了。

杜沧海有心辩解,可又觉得这时候吴莎莎正伤着心,自己再站出来说这些,很不近人情,就按葫芦似的按回了肚子。

吴莎莎小姨下葬后,杜沧海陪她从墓地回来。吴莎莎吊在杜沧海的一只胳膊上,一路哀哀地哭起来没完。

杜沧海知道,如果这就回家,吴莎莎肯定一路抱着他胳膊,街坊邻居见了,怎么说?他还不更是浑身上下都是嘴也说不清楚?就说两天没去即墨路了,得过去看看,让吴莎莎先回家,然后把她送到了公交车站,目送她上车,才如获大赦。

大狮子没钱自己进货,帮杜沧海卖马海毛毛衣,东西不多,摆不满他和杜沧海两人的柜台,索性就把毛衣挂在了后面的绳架上,把柜台面腾出来,想去别的摊拨点鞋过来卖,好歹也能多挣两个。

旁边卖丝袜的老孙见他把杜沧海的柜台腾出来了,就把袜子摆了上去。

等大狮子拖了两大箱子鞋呼哧呼哧地回来,肉色的黑色的粉色的丝袜,已经把杜沧海的柜台摆满了,他那一米多宽的柜台,根本就摆不了几双鞋,就恼得很,让老孙给腾地方。

老孙也是即墨路上的老资格了,打改革开放之前,就把一条一条的丝袜揣在棉大衣里卖,卖到现在,那也不是吃素的主。尤其是大狮子先前在即墨路,是个惯于挨欺负的,就更没把他放在眼里,大狮子说了好几遍,他都装没听见。

大狮子也不是一点脾气都没有的人,就恼了,就动手给他收拾袜子。老孙一把按住大狮子的手,说:"大狮子,你再给我动一下手试试!"

老孙的底细,大狮子听说过,喝了酒和人打架,不小心把人打死了,判了个过失杀人,被抓进去关了十二年。在即墨路上混饭吃的,虽然好些都进去过,可进去过,也分三六九等,身上背着命案的,最吃得开,满眼都是天不怕地不怕,走路都拉着阔背,好像谁敢让他们不顺眼,就能被他们像收拾蚂蚁一样收拾了;次之,就是打架斗殴进去的;再次之就是小偷小摸进去的;最最瞧不上的,就是夏敬国这种强奸妇女进去的。好在夏敬国聪明,虽在即墨路这片江湖淘金,但从不争江湖地位,只专心挣钱,挣了钱嫖小姐,一副完全与世无争的样子,也就没人难为他。

大狮子虽是打架斗殴进去的,在即墨路的二等江湖,可他没本钱,人又窝囊,很长一段时间,像一条流浪狗满街找吃的一样,差不多给即墨路的每个商贩都打过下手,被人踩惯了,姿态上难免有些奴气,看人总是怯怯的,好像随时都在躲揍,虽然借杜沧海的光,他有了一米长的柜台,可是,能把他放在眼里的人,还是不多。

现在,老孙死死攥住了大狮子的手,拿咄咄的眼神逼着他,大狮子进退维谷,他知道,这件事他和老孙,谁都不占理,因为柜台是杜沧海的,可他又觉得,就凭他和杜沧海的交情,这柜台也该归他用而不是老孙!毕竟,他一直是靠拨杜沧海的货售卖才在即墨路站住脚的,从理论上说,他就是杜沧海的手下,杜沧海不出摊,闲出来的柜台,要说谁有资格用,也非他这个手下莫属。

大狮子知道,今天如果他认了老孙这下马威,在这条恶人街上,他就还是那坨谁见了都可以踩一脚的鼻涕,而且,踩一脚还要嫌弄脏了鞋,所以他决定给自己来一场翻身之战,和老孙干个你死我活!

大狮子在心里默念着杜沧海教给他的打架技巧,出其不意,快速出招,直中命门。这么想着,一拳出去,带着呼呼的风声就怼在了老孙的下巴上。

老孙没想到大狮子能来狠的,被打愣了,眨了好几下眼,血就顺着嘴角流了下来。一看见血,大狮子吓坏了,当年坐牢的时候,和他同牢房的一小子就是,和人打架,一拳下去,对方没防备,下颌被拳头怼上去,就把自家舌头咬断了,他给判了五年。

在监狱待了生不如死的两年的大狮子,一想到自己有可能要再进去待五年,吓得浑身骨头都软了,连声说对不起。老孙缓过劲来,一脚就把大狮子踹倒在地上,又冲上去,踹死狗一样往死里踹大狮子,周围人有心去拉,可见老孙满嘴是血,面目狰狞,也挺吓人的,就只有动嘴吆喝吆喝的份,没人敢上前。

杜沧海就是这时候赶来的,远远地,见自己摊前围得人山人海的,扒拉开人群一看,大狮子的脸都让人踹青了,也顾不上多想,照着老孙的胯,一脚就踹了过去,老孙没防备,一个趔趄就蹲坐在了地上。杜沧海扶起大狮子问怎么回事,大狮子擦着嘴角的血,指了指摊位,说:"他把你柜台占了,让他腾他不腾。"

杜沧海就明白了,在即墨路,别说摊位,为了抢一寸柜台的地方,什么明战暗战钩心斗角,就没消停过,他看看老孙,说:"老孙,抢到我头上来了。"

老孙不说话,呸了一大口血,跳起来就想跟杜沧海拼命。杜沧海不慌,一伸手,就着他一拳过来,攥住了他手腕,轻轻往前一送,老孙就一个狗啃泥趴在了地上。杜沧海走过去,老孙还想给他来两脚,被杜沧海一脚踩在肚子上,说:"老孙,你信不信,你要再跟我要横,今天我就让你拉一裤兜子!"

老孙脸上虽还凶神恶煞,可眼已经软了下来,他骂骂咧咧了两句,辩解说:"是大狮子先动手的。"

杜沧海知道,这事算结了。

像老孙这种人,向来靠拳脚说话,一旦拿嘴巴跟你掰扯道理,基本就是认输了。

杜沧海说:"我不管谁先动的手,你把东西摆我摊上就不行,你敢打大狮子就是打我杜沧海脸! 知不知道?! 大狮子口口声声喊我老大,他今天让人打了,我要不管,我就没脸在即墨路上混!"

大家见战事已了,纷纷上来拉架,让两人各自退让一步,熄熄火。仗打到这地步,就该收梢了,杜沧海明白,就松了脚,说:"没下回!"说完,转身走了,去了新华书店,看了一会儿书,让心静下来,把一肚子的煞气消了。

傍晚,杜沧海又去即墨路上转了一圈,远远地见自己摊上摆了十几双鞋,知道老孙没再欺负大狮子,在心里悄悄笑了一下,站在远处,看大狮子热火朝天地张罗着卖鞋卖毛衣,满脸的青肿还在,突然就觉得大狮子可怜。

其实,大狮子是个非常渴望得到家庭温暖的人,为了换取家里人的不嫌弃,他挣一毛往家交十分,兢兢业业的,好像他不是那个家的儿子,而是挣钱机器加奴隶,为那个家做什么都是心甘情愿的。

2

傍晚回家,正在公交车站等 2 路电车,就见 5 路来了,是杜溪在上面售票那辆,就跳了上去,冲杜溪笑。杜溪也冲他笑,他问杜溪几点收车。旁边一男的很警惕地看着他,说:"你一个男人问人小姑娘几点收车干什么?"

杜沧海说:"我愿意啊,怎的? 不行?"

男人说:"不行。"

杜溪就冲他丢了个眼色,示意杜沧海不要理他。杜沧海就觉出这里面有事,就小声问怎么回事。杜溪说这个男的最近总是坐她这班车,车到终点,他下去。等他们发车的时候,他又上来了。他有月票,谁也不能说不让他上,烦都烦死了。

杜沧海又看了男人一眼,个子蛮高,有一只眼是斜的,闪烁着自命不凡的偏执光芒,时不时带着敌意瞅他一眼。

杜沧海小声跟杜溪说:"我看这小子是癞蛤蟆想吃天鹅肉。姐,你小心着点。"

杜溪切了一声，翻了个白眼。姐弟俩交流完对这个男人的看法，就聊了一路别的。男人大概听出来了，他们是一家人，而且杜沧海是弟弟，表情就放松了很多，甚至还投来了献媚的笑容。杜沧海凛然得很，全然不放在眼里，车到西镇，杜沧海边下车边大声说："等收了车，我来接你。"

杜溪也大声说好。

其实杜沧海只是说给男人听的，警告他杜溪身后有庞大的同盟军，他那点不自量力的破心思快包吧包吧搁起来吧。

结果是这男人跟着杜溪的车坐了五六个来回，等杜溪收车时，他也跟着下了车，见并没人来接杜溪，就凑上前，说要送她回家。杜溪冷若冰霜，说不用。男人非送不可，甚至跟杜溪表白，她就是他的梦中情人，就是他的缪斯女神，没有她，他简直活不下去。杜溪懒得搭理他，他就一路跟着杜溪，从口袋里摸出几张皱皱巴巴的纸，说是献给杜溪的诗，非要读给杜溪听。杜溪不听。他就站在路灯下大声地朗读，在这一盏路灯下朗读完了，就飞快跑到下一盏路灯底下去读，每一句都肉麻得让人欲吐无物。杜溪急了，要和他翻脸。他才站住了，讪讪地摆手说明天见。

杜溪逃也似的回到家，说："不行了，沧海，从明天开始你得护送我上班下班了。"

杜沧海一惊，说："那小子干什么出格的了？"

杜溪就把他追着她读诗的事说了。赵桂荣说："还会写诗，这不文化人嘛。"

杜溪说："文化个屁！都文理不通，诗什么诗？！"

可杜沧海得去广州，大哥不在家，二哥顾着小家，杜建成人已老，就如虎已无牙，根本就震慑不住一个痴心妄想的年轻男人。想来想去，杜沧海说："让大狮子忙完了就去给你跟车，吓唬吓唬那小子。"

杜溪觉得也成，大狮子他见过，张牙舞爪的，可人还挺好的。

杜沧海去大狮子家交代了保护杜溪的任务，第二天就和满眼慌张的老张家的一起踏上了南下的列车。

3

在火车上咣当了三天三夜,杜沧海踏上了广州这片神奇的土地。

老张家的准女婿到火车站把准岳母和杜沧海接到家里。

吃晚饭的时候,老张家的亲家端上一只像汤罐子似的砂锅,把里面的鸡鸭鱼肉捞出来,给杜沧海和老张家的一人盛了一碗汤,就把肉端到一边去了。杜沧海见了直气得慌,觉得南方人真小气,还小气得不避人耳目,当客人面把肉捞走,只给客人喝汤,什么意思嘛?!

杜沧海虽然心里嘀咕,并没说出口。老张家的大约也是这么想的,把亲家递过来的汤碗往旁边一推,说吃饱了。

本来,亲家已给安排好了睡觉的地方,老张家的死活不住,不顾亲家的苦苦挽留,要跟女儿回去挤集体宿舍,谁劝也不听。

到了街上,老张家的气哼哼地问女儿这婚能不能不结。女儿丈二和尚摸不着头脑,问到底怎么了。老张家的就哭了,说她婆家不是善茬,将来肯定虐待她。杜沧海也应声附和,她准婆婆当着娘家人面把肉捞出来只给他们喝汤,就说明他们没把娘家人当回事!

老张女儿扑哧就笑了,说他们不懂,这是南方人的饮食风俗,煲汤都是只喝汤,把煲汤的食材捞出来扔掉,因为在南方人眼里,煲过汤的食材已经没有任何营养了,叫汤渣!给客人喝汤,是最高礼遇!

老张家的和杜沧海面面相觑,无论如何也理解不了,在北方形容凄凉相时说的"别人吃肉我喝汤",到南方怎么就成了礼遇了。

老张家的不信,说闺女还没结婚呢,就开始护着婆家人了,有她受欺负的时候!

杜沧海跑南闯北去的地方多,觉得这有可能是真的,也知道老张家的没文化,判断生活中的一切仰仗的都是那点可怜的人生经验,道理是讲不通的。这事要不从根本上给她解决了,怕是在婚礼上都不会给亲家一好脸,就拉着她进了一家街边小店,点了个菜,然后有一搭没一搭地问南方人的喝汤风俗,果然和老张女儿说的一模一样。老张家的这才信了。

可信归信了，在亲家面前已撂下了坚决不在人家家里挤的话，也就不好意思回去住了。杜沧海在老张女儿宿舍附近找了家小旅馆，才安顿下来。

老张女儿女婿很感激杜沧海千里迢迢把老张家的送过来，还帮他们澄清了误会，一定要杜沧海在广州好好玩几天。

就这几天，让杜沧海发现了一个更加广袤、更加生机勃勃的新世界。

所以，从不吝啬分享人生经验的杜沧海后来经常和他的孩子以及亲朋好友们说，善待每一个从我们身边路过的人，哪怕仅仅是路人甲路人乙，他们都是一片片从你头顶飘过的云，而你的人生就是土地上的禾苗，你无法确定哪一片云彩会携带着雨水，浇灌了你的人生。杜沧海觉得，目不识丁的老张家的，就是他的贵人之一，如果不是父母好心让他送她来广州，就算他也会知道广州遍地商机，怕也要晚几年。

商机这事，别说晚几年，晚几个月，都是命运中的稍纵即逝。

所以，杜沧海相信，做好人，真的是有好报的。

老张的女儿和女婿要忙婚礼，没时间一直陪杜沧海他们，杜沧海就自己上街玩。

在广州的街上，杜沧海发现，北方售价昂贵的香蕉，在广州便宜得像不要钱，他兴致勃勃地买了一大串，扛回小旅馆，想这几天，不吃饭了！就吃香蕉！

一想到在北方卖那么贵的香蕉在这里便宜得可以当饭吃，杜沧海就高兴得内心里有个自己手舞足蹈。

当他和老张家的说这串香蕉有多便宜时，老张家的吃惊得好像发现自己钱包里突然多出来好几百块钱。

两人一边感慨一边吃香蕉，老张家的也说，香蕉这么便宜，就吃香蕉行了，把饭也省了。

吃完香蕉一个多小时，杜沧海的肚子排山倒海似的咕噜上了，好像肚子里发生了海啸，所有的内容都争先恐后地要往外跑！旅馆的厕所是公用的，在走廊头上，杜沧海顾不上多想，攥着裤腰带就往厕所跑。

小旅馆的厕所统共就一个坑，男女共用，只要里面有人，外面的人就得等着。

杜沧海冲到厕所门口,拉门没拉开,晓得里面有人,就捂着肚子在门口团团转,实在憋不住了,就拍门求里面的人快着点。

过了一会儿,门开了,是老张家的。杜沧海顾不上寒暄,一头扎进厕所,把一肚子的稀汤寡水一股脑泻了出来……

从厕所出来,拉空了的肚子又饿了,就又吃香蕉,怕老张家的饿,就劈下一排,给送到隔壁。

吃完香蕉没过多久,肚子又山呼海啸上了,杜沧海纳闷这到底是怎么了,难道是水土不服?肚子越来越响,忙起身往厕所去,在走廊里,碰见老张家的也把着裤腰带往厕所跑,看样子,也是憋不住了。他一大老爷们,不好意思和她抢,等她上完吧,又怕自己憋不住,忙往旅馆外跑,去找公共厕所。

等他从公共厕所回来,就想老张家的这么频繁地上厕所,是不是也闹肚子?敲门一问,果然,老张家的正边吃香蕉边哭,骂自己真是穷人穷命,来了广州水土不服,半天工夫拉四五遍了,等晚上得和闺女、女婿商量商量,实在不行,婚礼也不参加了,明天就回,她不能为了闺女的婚礼把一条老命拉没了。

俗话说"好汉架不住三泡稀",虽然杜沧海也拉草鸡了,可又觉得要水土不服的话,不能两人一起水土不服,不是水土不服,咋又拉得这么厉害呢?杜沧海想破了脑子也想不明白。

晚上,老张的女儿女婿来接他们回家吃饭,听说两人拉得快脱水了,就问他们吃什么了,杜沧海说香蕉,他和老张家的从早晨吃到晚上,吃香蕉吃得连饭都吃不下。老张女儿这才发现床头柜上一堆香蕉皮,拿起剩下的香蕉看了一眼,就"妈呀"了一嗓子,说杜沧海他们吃的不是香蕉,而是芭蕉。杜沧海这才知道,芭蕉虽然看上去和香蕉差不多,但不能多吃,尤其是不能空腹当饭吃,否则泻肚子!

老张女儿把剩下的芭蕉拿出去扔了,给他们买了几片黄连素,告诉他们,就算不是芭蕉,香蕉也不能多吃,如果一定要吃,一天不能超过三根!

杜沧海这才知道他们是被芭蕉害了,恨不能把那串被老张女儿丢掉的芭蕉捡回来打一顿!

到广州的第五天,老张女儿的婚礼结束,女婿问杜沧海还有没有想去的地方,杜沧海想广州这趟不能白来,就想去看看广州的小商品批发市场。

老张女婿却带他去了珠江边。

杜沧海就说他不想看风景，就想看看这里的批发市场有没有合适的生意。

老张女婿操着一口蹩脚的广东普通话，跟他解释说，去了你就知道啦。杜沧海也就不好说什么了。下了公交车，两人在珠江边上溜达，时不时就有男人迎面走过来，问："要不要手表？"

老张女婿就说："看看啦。"

男人就敞开上衣，他上衣内衬里挂满了各种各样的手表，老张女婿就一块一块地拿过来，给杜沧海介绍，说这都是国外的电子表，不用上弦，跑得特别准。

杜沧海问："多少钱一块。"

男人用手指比画了一下。老张女婿说："六十，如果你要得多的话，还能便宜，估计三四十一块没问题。"

说着，老张女婿又问男人能不能带他们去看看大货，男人说好，转身就引着他们往一个胡同里走。

杜沧海虽然生意也做了两年了，可单价这么贵的货，他还真没进过，又怕自己人生地不熟地遇上骗子，就小声说自己没带那么多钱。老张女婿说："无所谓了，你要喜欢的话，以后可以来进货嘛。"

男人带他们进了一个院子，完全居家住户的样子，杜沧海心里直犯嘀咕，好在有老张女婿陪着，心里也还算有底，就跟进去了。

在一间卧室一样的房子里，有一溜儿大衣橱，男人拉开大衣橱门，杜沧海一下子就看傻了，橱里满满的，全是电子表。

杜沧海看了半天，隐约觉得，这里面隐藏着难得的商机，因为在青岛一块普通的国产机械手表要一百多块，还要有票才能买到。

他压住了内心的狂跳，故意漫不经心地问男人能不能再便宜点了。男人说五十。

杜沧海伸出了四个指头。

男人狂摇着头，关上了大衣橱门。

回到旅馆，杜沧海翻出钱包，连整带零，只有二百块出头，不由得后悔出门时钱带少了。

第二天,又去了珠江边,找到昨天的那个男人,买了三块电子表,就和老张家的坐上火车回青岛了。

一回青岛,杜沧海就去了杜长江家。那会儿的杜长江,已经不再是柜台组小组长了,是百货科副科长了,手下管了几十号人,大小也算个领导了,商业系统的会,也经常去参加,青岛商业系统的大小领导们,虽不能说全认识,但至少混了个脸熟,回家后郭俐美也拿他当干部伺候了,茶好坏不说,先给他泡上一杯,再问他想吃什么,照着他的心思炒菜做饭。回父母家,杜长江忘情之下也会偶尔打打官腔,说话也不像以前那么急了。杜建成两口子,虽有点看不惯,可孩子毕竟比以前出息了,就比什么都好。

杜沧海拿出电子表,问杜长江见没见过这种手表。杜长江研究了半天,说好东西,但它能值多少钱,还真说不上来。杜沧海就给了他一块,让他找商业系统的熟人问问。

一连几天,杜长江也没个准信,杜沧海就急了,拿着剩下的两块手表,跑到中山路上的亨德利和其他几家商场问,要不要这种表。

让他意外的是,非常受欢迎,几家商场都表示,一百块钱一块,杜沧海有多少他们要多少!

杜沧海大受鼓舞,杜长江那边的消息也不等了,回家划拉了一旅行包现金就去了广州,在珠江边上找到了上次卖给他表的男人,一番讨价还价,最后,男人勉强表示,看在他一腔诚意的分上,就四十元一块。

杜沧海的心,美得就跟炸开的爆米花似的,除了留下火车票钱,都拿了电子表。

回青岛连家也没回,一下火车就去几家承诺他有多少要多少的商场交涉,一手交钱一手交货。去广州,杜沧海是拎着一旅行包现金去的,从中山路回家,杜沧海是拎着一旅行包外加扛着半编织袋现金回家的。

回到家,他吭哧吭哧地把编织袋往吊铺上弄。正在包包子的赵桂荣听见动静,手里托了一只还没合口的包子,过来看,说:"沧海,你把个编织袋弄上去干什么?"

杜沧海笑笑,没说话,把编织袋拽上来,又把旅行包弄上来。

他越是不说话,赵桂荣就越是好奇,心不在焉地捏上包子,顺着梯子爬上来,看杜沧海倒麻袋似的把一编织袋现金倒在吊铺上,吓得她差点从梯子上掉下去,活像亲眼目睹杜沧海刚刚打劫了银行金库,颤着声问杜沧海从哪儿弄这么多钱。

杜沧海就露出一嘴洁白的牙齿说:"挣的。"

赵桂荣急了,拍着吊铺的边沿说:"挣的!挣的!我看你是蜂子挣了腚去!"

蜜蜂蜇人之后,会把尾巴连同一部分小腹挣脱掉,留在被蜇的人的皮肤上,自己悲壮地死掉,所以山东地区形容一个人挣钱没挣着差点连命搭上,就说"蜂子挣了腚去"。

见母亲真急了,杜沧海这才认真地解释说,真的,是挣的,就把贩电子表的事跟赵桂荣简单说了一遍。赵桂荣张着嘴,半天没合上,小心翼翼地问:"挣这么多钱,不犯法吧?"

杜沧海就笑了,说:"妈,您什么时候听说挣钱还能犯法?"

虽然挣钱不会犯法,可不知为什么,赵桂荣心里总有些不踏实,觉得这钱来得太容易。

晚上,杜长江来了,吭吭哧哧地说,他迟迟没给杜沧海信,是因为电子表拿回家的当晚就丢了,没有样品,他跟人家拿嘴说不清楚,价也不好打听,就没法回他话,昨天晚上他才知道,电子表不是丢了,是让郭俐美拿去了,怕他跟她要,藏在厂子更衣橱里,要不是她同事来家串门说漏了嘴,他至今还被蒙在鼓里呢。杜沧海知道,这事郭俐美能干出来,就笑笑,说没事,他都办妥了,那块电子表,就当他送给郭俐美了。

杜长江又兀自恨恨地把郭俐美骂了一顿,好像回家能剥掉她一层皮,杜沧海在心里笑笑,想,自从杜长江当上了小科长,官威就像一棵失控的荒草在他脸上蔓延开来,也知道他也就说说而已,不会真把郭俐美怎么着,也就没吭声。

杜沧海留了一块电子表打算送给丁胜男。第二天一早,去劈柴院吃了碗豆腐脑,就往物资站走,到了门口,传达室的大爷问他找谁,他说业务科的丁胜男。大爷显得很警惕,问他是丁胜男什么人,杜沧海说同学。大爷有点意外,说:"丁胜男已经被抓起来了,判了七年,你不知道啊?"

杜沧海大吃一惊,问:"因为什么?"

大爷说:"挪用公款。"

杜沧海就觉得满脑子都是轰炸机在飞,匆匆回了家,问赵桂荣知不知道丁胜男被抓起来坐牢的事。赵桂荣说:"整个挪庄都传遍了,听说是把货款贪污了。"

杜沧海突然想起来,三个月前,丁胜男曾找过他,说是想跟孙高第做点生意,问他手头有没有钱。杜沧海问做什么生意,丁胜男说不知道,就听孙高第说挺挣钱的,但需要本钱。杜沧海就明白了,根本就不是丁胜男想做生意,而是孙高第。

孙高第知道他喜欢丁胜男,就特意差遣了丁胜男来找他借。想想家里过的那几年穷日子,全是因孙高第而起,再想想他喜欢的丁胜男居然为他怀过孕,心里就很不是滋味,跟丁胜男说如果是孙高第需要钱,让他自己来找,别拿她当枪使。丁胜男还挺不高兴,说:"杜沧海,你不就是有钱了嘛,牛什么牛? 再有钱你也是即墨路上的暴发户!"说完,气冲冲地走了。

4

第二天,杜沧海去了大山看守所。

丁胜男穿着一套男不男女不女的囚服,人也灰扑扑的,见来的是他,也没好气,坐在那儿爱搭不理的,一副破罐子破摔的德行,斜着眼看他,说:"来看我热闹啊?"

杜沧海说:"你怎么能这么想呢?"

"不这么想我怎么想? 想你是来送温暖的?"丁胜男性感俏丽的嘴角上挂着一抹冷笑。

杜沧海低头闷了一会儿,说:"你挪用的钱是不是给孙高第了?"

丁胜男一愣,飞快地说:"没有!"

杜沧海说:"那你干什么了?"

丁胜男说:"你管不着!"过了一会儿,又说:"我花了。"

杜沧海说:"你判了七年,你以为孙高第会等你?"

丁胜男一副无所谓的样子,揶揄地看着他:"怎么? 你打算捡漏?"

杜沧海觉得这话没法说了,起身,说:"你好好保重吧。"

丁胜男说:"杜沧海,你要真对我好,就给我送两条烟来。"

杜沧海回头看她,半天没说话。丁胜男内心里的虚弱,像洪水突然泛滥一样就要铺天盖地地淹没了她,泪就滚了下来,说:"我不抽,给里面的大姐。"

杜沧海说:"明天吧。"

即墨路上从监狱出来的人多,关于看守所和监狱里的事,他没少听说,这些人在外面混的时候,未必有老大,可进去了,都有老大,想在里面待着不遭罪,就得好好孝敬老大,女监也不例外。

第二天,杜沧海买了几条烟和点心,给丁胜男送了去,因为昨天见过了,今天就没见着她本人。

回家路上,想丁胜男的人生,等她出来,就三十岁了,到时候,工作肯定没了,运气好些,家里父母还在,可她的人生,又会怎么样呢? 她爱孙高第,可孙高第会等她吗?

杜沧海一遍遍地问自己:"如果我是孙高第,我会等她吗?"

最后,他在心里坚定地回答自己:"会!"

然后,他去外贸公司找了孙高第,把他叫出来。

两人站在街边,孙高第一副风流倜傥的样子,拿了一根进口烟给他,说:"听说你小子发财了。"

杜沧海表示他不抽烟,然后说:"小子不是你叫的,我叫杜沧海。"

孙高第边点烟边看着他,说:"找我有事?"

杜沧海说:"丁胜男挪用的钱是不是给你了?"

孙高第的眼睛跳了一下,狠狠地抽了一口烟,吐出来,说:"杜沧海,你狗拿耗子吧?"

杜沧海说:"我有这爱好不是一天了,说,是不是你花了?"

孙高第说:"放屁,丁胜男什么货色你又不是不知道,好吃爱穿爱打扮,多少钱都不够她造的。"

杜沧海说:"在这之前,你让丁胜男找我借过钱。"

孙高第指着自己的鼻子,说:"我? 我会找你借钱? 杜沧海,你别挣了几个鸟钱就不知道自己姓什么了,我他妈的孙高第是那种借钱花的人吗?"

杜沧海说:"丁胜男说你借钱做生意。"

孙高第把烟扔地上,狠狠地拿脚踩了,说:"杜沧海,看在咱俩同学一场的分上,今天我就不跟你计较了,可你要再找我说这种混账话,别怪我不给你留面子。"说完,转身就走。

杜沧海一步追上去,一把薅住了他上衣,说:"孙高第,你这王八蛋,让一女人替你扛事,还是个男人吗,你?"

孙高第挣扎了一下,没挣出来,就胡乱拳打脚踢着让杜沧海放开他,再不放开他就喊人了。杜沧海说:"你喊!有本事你就喊!我倒要看看,你这个专坑女人的尿货怎么解释你干下的缺德事。"

孙高第当然没喊,问杜沧海想怎么着。

杜沧海让他去公安机关自首,坦白丁胜男挪用公款是他教唆的,而且公款也是他用的,然后退赃,争取给丁胜男减刑。

孙高第就呸了一口,说:"杜沧海,你别以为我不知道你那点小心思,不就是喜欢丁胜男吗? 我告诉你,没用! 一个女人只要心里没你,你就是为她把头丢了,她都不会领你的情。我告诉你吧,丁胜男的破事跟我没有半毛钱的关系,她说钱是找你借的,出了事我才知道是他妈的挪的公款,我还是受害者呢,我找谁叫冤去?"

杜沧海一下子就哑然了,觉得这事不是没这可能,女人一旦爱起一个人来,都恨不能挖心剖肺做给他吃,挪用公款讨他欢心才到哪里。就松了手,悻悻地走了。

一个礼拜后,他收到了丁胜男的信。

那天的阳光很好,他站在院子里,展开信,慢慢地读,好像他还是一个小小的孩子,信纸上的字,就是一颗颗珍贵的糖豆,生怕吃快了,糖豆就没了。

杜沧海:

你好。

犹豫了好几天,我还是想给你写封信。

我猜,看完这封信,你可能会骂我贱。骂就骂吧,反正进都进来了,在世

177

人眼里，我已经是最肮脏不堪的人，就不差你一个人的瞧不起了。

关于我为什么犯罪，你就忘了吧，不要追问，也不要再去责怪任何人了，都是我自己作的。

我爱孙高第，我知道，你看到这几个字，会嗤之以鼻，觉得孙高第不值得我爱，他也不爱我。是啊，我知道孙高第不怎么爱我，他也不会等我。等七年以后，我出来，孙高第说不准已经是谁的丈夫或哪个小孩的爸爸了。可是，那又有什么办法呢？从很小的时候，我就讨厌自己是大粪场旁边长大的挪庄人，我想做火车站东的人，像孙高第家、何晓萌家似的，家里有客厅有抽水马桶还有保姆，那样的生活，我们要付出很多很多的努力，都不一定拥有。

你可能会瞧不起我，觉得孙高第不过是个纨绔子弟，又自私，为什么我要巴结他。可是，杜沧海，你想过没有？我们所有的努力打拼，都是为了活得更好一点，活得更好一点的意义是什么？吃得好穿得时髦吗？还有一层更深的意思是让人瞧得起、尊敬我们吧？我觉得孙高第他们家就有这种东西，每当说起他们的时候，至少我的敬仰都是油然而生的。爱一个人，有很多理由，我觉得爱一个人的家世、爱一个人有钱，一点也不比爱一个人的相貌、人品、思想要低下。这些东西都是无形的，你能说这一部分比另一部分高贵吗？如果一个人不勤劳也没思想没智慧没人品，别人会和他合作让他成为有钱人吗？不会，所以，女人都爱有钱人是对的。钱代表了一切的好。穷也代表了一切的可恶，也没有错。

所以，杜沧海，你不要可怜我，我也不觉得我是咎由自取，我只是夭折在了追求梦想的路上，无论孙高第怎么对我，我都很爱他，为了让他娶我，让我干什么都可以。

虽然我知道他不会娶我了。

再见，杜沧海，别来看我了，里面又不能化妆，我讨厌别人看到我灰扑扑的样子。

丁胜男

杜沧海高高地擎着信，只觉得白纸上的黑字，字字锥心，眼泪就慢慢滑了下

178

来,有那么一瞬间,觉得自己一切的奋斗,都是没意义的,在家躺了好几天,没货卖,大狮子都急了,跑到家里看他,说:"老大,你怎么了?"

杜沧海说:"没意思。"

大狮子说:"挣钱啊,挣钱怎么会没意思,有钱了,风风光光娶媳妇,高高兴兴生儿子。"

杜沧海爱搭不理地看了他一眼:"找到帮你生儿子的人了?"

大狮子有点不好意思,挠挠后脑勺说:"差不多了。"

杜沧海懒得理他,翻了个身,脸朝里躺着,让他这几天自己踅摸点东西卖,他不想出去进货。大狮子坐在床沿上,似乎有话想说又不敢说的样子,吭哧了半天,杜沧海让他吭哧烦了,坐了起来,说:"有话就说。"

大狮子说:"你前阵子不进了一批手表嘛,咱街上的人都知道了,好几个找我打听呢。"

"打听什么?"

"你从哪儿进的。"说着话的时候,大狮子嗓门低低的,好像自己知道理亏似的。杜沧海瞄着他,猜肯定是他也想知道,这几年大狮子的货,大多是从他手里拨过去的,赚得少,自己进的话,赚得多,就说:"再进货时你跟我去吧。"

大狮子高兴得嘴都快咧到后脑勺去了,说:"真的啊?"

杜沧海点点头:"不管谁问,都不能说货是从哪儿进的。"

在即墨路干了几年,杜沧海已经摸着规律了,只要一家进的货好卖,其他家马上就会跟风上,结果,原来一家卖的时候能卖十块的衣服,大家都进了就只能卖六块了,这让杜沧海深恶痛绝,觉得同行之间也应该有点商业规则,不能干什么都一窝蜂似的上。

偌大一个即墨路市场,要百花齐放,各有特色才是最好的,只可惜这只是他一个人的想法。

第十一章
杜溪的婚事

1

孙高第的单位离盐业公司不远,上下班路上,吴莎莎和孙高第经常遇上,一开始,她以为是偶然的路遇,可遇得太频繁,每次遇上,孙高第都要拦下她说几句话,还一副只消他一勾小手指头,吴莎莎就会和他好的志在必得嘴脸。

吴莎莎就故意一次次地说杜沧海,以让孙高第明白,有杜沧海在,他没戏。

这孙高第当然知道,但他知道杜沧海喜欢的是丁胜男,也跟吴莎莎说。吴莎莎说知道,丁胜男是杜沧海的理想,不过谁都知道,理想嘛,多数是用来幻灭的,而她吴莎莎才是杜沧海实实在在的现实。

孙高第说:"女孩子,还是当男人的理想比较幸福。"

吴莎莎说:"女人当自己理想的男人的现实,也不错。"

孙高第理屈词穷,就问她知不知道他为什么和丁胜男好。

吴莎莎说:"你为什么和她好你自己知道,问我干吗?"

因为不喜欢孙高第的纨绔子弟作风,吴莎莎都懒得和他说话,何况他把杜沧海家害得不轻,下意识里,吴莎莎就觉得自己和孙高第的人生交集姿势,应该是相互对立的,所以,就算路上遇见孙高第,孙高第非要和她说话,她也不冷不热地透着并不加掩饰的嫌弃。

孙高第说:"因为你是丁胜男的好朋友。"

吴莎莎错愕地看着他,说:"孙高第,能不能说点有意思的?"

孙高第就带着伤感说:"真的,我和她好是为了接近你。"

吴莎莎就觉得荒唐极了,就不可思议地冷笑,说:"好了,孙高第,我知道你是什么人,不就丁胜男进去了,你感情进入空窗期了嘛。你还是找别人吧,我和沧海都快结婚了。"

孙高第就急,一副恨不能指天赌咒发誓证明自己真心的样子。吴莎莎找个借口匆忙走开了。但孙高第依然不死心,还是经常在上下班的路上故意遇见她。摩托车车把上,不是别一把蔷薇就是一把月季花,非要送给她。有好几次,被吴莎莎同事看见了,还跟吴莎莎打趣,说孙高第挺浪漫的,可惜就是矮了点。

后来,吴莎莎实在让他纠缠得烦得不行了,就跟孙高第说咱俩谈谈吧。

孙高第以为她要答应了,高兴得要命,问去哪儿谈,吴莎莎说海大校园。孙高第知道海大校园,特别漂亮的院子,花花草草特别多,还有很多古老的参天大树,是青岛有名的恋爱胜地之一,就拍拍摩托车后座,要驮吴莎莎去,吴莎莎说不想让人看见,让他先去等着,她坐公交车过去。

孙高第就欢天喜地地去了。

吴莎莎过去的时候,孙高第已经买了汽水和各种零食等在一棵大树下的石条凳上了,就径直走过去,坐在他对面,接过孙高第递过来的汽水喝了两口,问孙高第为什么追她追得这么执着。孙高第说:"因为觉得我们两个般配啊。"

吴莎莎说:"我觉得我和杜沧海才是真正的般配。"

孙高第就嗤之以鼻地笑了一下,用轻蔑的口气说了声:"他?!"好像杜沧海不过是在草地上蠕动的大肉虫子,而他是高天上的鸿鹄,对吴莎莎志在必得。

吴莎莎说:"你为什么这么自信?"

孙高第说:"因为我是孙高第啊。"

吴莎莎说:"因为你觉得你是住在火车站东的孙高第吧?你是不是觉得你们火车站东的男人看上我这个火车站西在大粪场旁边长大的女孩子,我就应该感恩戴德?我就应该抓住这个机会,借助你的力量赶紧把自己像拔萝卜一样从大粪场旁边拔出来,让你栽到火车站东的别墅院子里伪装成一棵漂亮的花花草草?"

孙高第没想到吴莎莎口才这么好,惊诧得不行,说:"看不出来啊,吴莎莎,你挺伶牙俐齿的。"

吴莎莎说:"你看不出来的还多着呢,我告诉你吧,孙高第,你别以为你是住火车站东的高干子弟你就了不起,在我眼里,你连杜沧海的一根汗毛都赶不上。你和丁胜男好之前我看不上你,你和丁胜男好了之后我还是看不上你,现在丁胜男因为你进去了,你又来找我,我更看不上你!"

吴莎莎一口气说完这些,把手里的汽水瓶往石条凳子上一蹾,转身铿锵着走了,走了几步又回过头来,一字一顿地说:"孙高第,你要真心喜欢我,就拜托你不要纠缠我,因为你无耻的样子让我很恶心!"

孙高第坐在石条凳子上,像一个无故被大人骂了一顿的孩子,满脸受伤地看着她,说:"吴莎莎,你怎么会这么想?"

吴莎莎说:"我一直这么想,每次被你搭讪我都忍着恶心,以后我不想忍了!"

回家的时候,走到胡同口,看见杜沧海在前面,不知为什么眼睛就润润的,想哭,喊了他一声。杜沧海回头,见是她,笑着说:"下班了啊?"

吴莎莎点点头。

杜沧海站住,等了她一会儿,两人一起往家走。杜沧海感觉到吴莎莎有话要说,就笑着说最近有什么新鲜见闻,让她说来听听。

吴莎莎鼓足了勇气,说:"杜沧海,有人追我。"

杜沧海侧脸看着她,使劲哈了一声,好像很为她开心的样子,说:"你喜欢他吗?"

吴莎莎心里失落得稀里哗啦的,她本以为自己这么说了,杜沧海会很吃惊,问追她的那个人是谁,或者表示很生气,可是他没有,居然问她喜不喜欢那个人!她就哭了。杜沧海不知道她为什么哭,说:"怎么了? 你不喜欢他啊?"

吴莎莎就哭着跑了,边跑边大声说:"我特别讨厌他!"

杜沧海就冲她背影大声说:"那也不用哭啊,离他远点不就行了!"

说完这句话,心里也空空落落的,吃饭的时候也没精打采。杜溪问他怎么了。杜沧海说没怎么。杜溪让他别撒谎了。杜沧海说我有什么谎好撒的,就在胡同口碰见吴莎莎了,她说有人追她,挺讨厌的,哭着跑了。

杜溪说这样啊,问当时情形。杜沧海说了。杜溪就抿着嘴笑,说真是榆木疙瘩,然后拍拍杜沧海的肩,说:"老弟,她这么说,是试探你呢,结果呢,你的反应很让她失望,她才哭着跑了。"

杜沧海瞠目结舌地看着她,说:"不会吧。"

杜溪就哼哼地笑,说:"不信你等着看,吴莎莎早晚有绷不住的时候,就主动进攻了。"

2

一连几天,杜沧海家院门外经常有人溜达过来溜达过去,探头探脑地看杜沧海家,把杜建成和赵桂荣吓得要命,其一是怕杜沧海在外面得罪了人,人家寻仇寻到家门口了;其二是一吊铺钱也怕人惦记着。

让父母说的,杜沧海也有点紧张,可留意了一下,就嗤之以鼻地笑了,全认识,即墨路上的同行。就跟杜建成他们说了,没什么可怕的,估计是盯着他什么时候走,想尾随他去进货的。

即墨路上的商贩就这样,见谁家上了硬货,知道打听不出进货点来,就会盯着货主的动向,一路尾随,找到进货点。

说真的,进电子表的成本虽然高,可利润也高得让人咋舌,东西又小,也好带,杜沧海不想这么快就让电子表在即墨路滥了街,就不想让这帮人跟着去。

可如果他去火车站排队买票,他们肯定会尾随盯梢,说不准还能从售票员那儿问出来他去哪儿。想来想去,就想出了一办法,杜溪卖票的5路电车的终点站之一是火车站,杜沧海让她下班别回家,直接去火车站排队给他和大狮子买了票,等走的时候,他们分别在火车站碰头就行。

那天,杜沧海走,一点儿也不像要出远门的样子,好像只是去商店买一包烟,边往外走还边说:"妈,晚上饺子包芸豆馅的吧,韭菜馅的我吃着烧心。"

出门前和赵桂荣演练过了,赵桂荣应答得很自然,端着一盆水,趔趄着出来,嘴里还一边应一边喊:"早点回来啊,饺子不等人。"

杜沧海笑嘻嘻地说了声好,就出门了。门外候着的几个人,也听见了,当他真是出去干点什么一会儿回来,也没上心,杜沧海一溜小跑就去了火车站,和大狮子接上头,直奔广州。

就这样,两人和那些要跟他们一起去进货的人斗智斗勇了半年多,直到有一天晚上,大狮子送杜溪到家以后,在回自己家路上,被人揍了。

自从接下杜沧海给他的任务,大狮子只要在青岛,只要是杜溪上晚班,不管刮风下雨,他都会去接她收车,把她送到家,自己再回去。

听说大狮子让人揍了,还揍得不轻,左手拇指骨头都让人踩碎了。杜沧海忙往医院跑,大狮子的拇指已经上好了夹板,包得一层一层的,像白色的螃蟹钳子。杜沧海问他是不是得罪人了才被揍成这样。大狮子说没有。

杜沧海问那是为什么。大狮子说他们问电子表是从哪儿进的货,他不说,他们就下了狠手。杜溪也来了,见他被人打成这样,气得都哭了,说:"你告诉他们不就行了。"

大狮子说:"凭什么?"

杜沧海虽然也气,可一想这些人盯他们盯了半年了,愣是一点动向都盯不出来,难免气急败坏,就安慰安慰大狮子,说:"你也真是够财迷的,你告诉他们不就行了?大不了滥市了咱卖别的。"

但大狮子不舍得,整条即墨路上他们家的电子表是独一份啊。虽然他和杜沧海都进货,但他们从来不进同样的款式,价格也不一样,所以相互也就形不成竞争,生意好得不得了,哪儿舍得撒手让别人分?杜沧海就说他死心眼,即墨路上卖的东西,哪一样不是从独一份开始的?可哪个独一份能把即墨路的天下一直独霸着?到头来还不都成了遍地开花?

大狮子说这要是钱少本低的小物件,不等打揍到身上他就说了,可电子表的利润实在是太丰厚了,又是杜沧海差点把命拉没了才找上的道,就这么轻易地让他们得了手,心里不甘得很。

叨叨了半天,杜沧海说:"以后不管谁来问电子表是打哪儿进的,都实话实说。"大狮子还要嘴犟,被杜溪瞪了一眼,说:"再好挣的钱也没命要紧。"大狮子就闭了嘴。

　　杜沧海突然觉得哪儿不对头，就去看杜溪。杜溪让杜沧海看得不好意思，就跟大狮子说和人打架打的，身上的衣服都不知在地上滚了多少个滚了，让他赶紧回家换身干净衣服。刚才还横了吧唧的大狮子，像个听话的孩子，乖乖起身跟着杜溪就往外走。

　　看着两人消失在城市夜色深处的背影，杜沧海就更觉得不对劲了，回了家，特意没睡，等杜溪进门，就说："姐，咱出去聊两句。"

　　杜溪不情愿，说："有什么事在家说就行了，天暖和了，外面都有蚊子了。"

　　杜沧海见父母都眼巴巴地看着他和杜溪，也不吭声，起身往外走，到了门口说："我在院里等你。"

　　赵桂荣觉得有事，把手里的毛线球放下，又摘下杜建成手上的毛线圈，往门口扬了扬下巴。杜溪看出了他们是想跟出去听个究竟，忙说："没事，就大狮子让人打了，沧海怕你们知道了跟着操心，叫我出去说两句。"

　　赵桂荣这才哦了一声，好像真的信了。

　　安抚一下二老，杜溪匆忙出去的时候，顺手带上了门。赵桂荣还是觉得不对，想跟出去，杜建成拽了她一把，说："既然孩子不想让咱知道，你出去了也白搭。"

　　杜沧海站在院子中央，环视着四周，静悄悄的，只谁家偶尔传出了电视机里的声音，不由得感慨，才几年而已，就家家户户都有电视机了。

　　杜溪从家里出来，看见他，似乎有点打怵。不知道为什么，虽然杜溪比自己大两岁，可杜沧海总觉得其实她是妹妹。

　　杜溪磨蹭着走到他身边，却并没站下，而是加快脚步出了院子，杜沧海心里的咯噔声就更响了，因为杜溪这个举动，是做好了他会发火又不想让街坊邻居听见的准备。

　　杜沧海跟出去，就见杜溪一直走到胡同口才站住。等他到了跟前，不等他开口，就直接说道："我要和杨松林结婚。"

　　杜沧海一愣，说："杨松林？谁是杨松林？"

　　"大狮子。大狮子真名叫杨松林。"

杜沧海就觉得胸膛口砰的一声，要炸，说："他缠磨你了？"

"我喜欢他缠磨。"杜溪耷拉着眼皮，一副随便你说什么我都要执拗到底的样子。

杜沧海竭力压着将要从喉咙里喷薄而出的怒火说："他进去过你知不知道？"

杜溪说："知道，又不是干了什么见不得人的坏事，就是打人打狠了点。"

"他坐过牢！是刑满释放的犯人！"

"我知道。"

"知道你还和他好？！"

"他对我好。"

"咱爸妈知道不知道？"

杜溪两手的手指相互捏着，交叉在小腹前，一只脚在地上划来划去地摇晃着身子，不说话。

"咱家！"杜沧海指指家的方向，"虽然没出什么显赫人物，可也一个个正南正北的，没一个歪歪的，你是不是成心想把咱爸妈气死？！"

杜溪也生气了："杜沧海，你什么口气？还拿我当你姐吗？松林进去过怎么了？他刑满释放就是改造好了，就算他不改我也不觉得他哪儿不好，就你？不就挣点破钱吗？有什么资格歧视他？！"

杜沧海让她说得也哑然了，是啊，他为什么要歧视大狮子，整条即墨路上，他最信任的人，除了夏敬国就是大狮子，可为什么大狮子和他的姐姐谈恋爱他就会愤怒成这样？

杜沧海突然就茫然了，但这茫然并未消弭他对大狮子的愤怒，原本，他是本着信任的原则，让大狮子保护杜溪的，他可倒好，愣就给监守自盗了！

杜沧海越想越气，觉得大狮子把他耍了，姐姐都要跟他结婚了，他还把自己瞒得滴水不漏，就噌噌地往大狮子家走。杜溪猜到他要去干什么，追上去说："杜沧海！你要干什么？"

杜沧海一声不响地往前走，他个子高，步子也大，几步就把杜溪甩在了后面，杜溪一溜小跑地追上来，从背后一下子抱住了他的腰，使劲地往后拽，却怎么也拽不住。

杜家四个孩子,三个儿子一个女儿,奇怪的是三个儿子整齐划一的高而帅,唯独杜溪,和他们简直就不像是同一父母生的,个子不高,小巧玲珑的,皮肤虽然白皙但算不上漂亮,最大的优点是看上去喜相。

那天晚上,杜溪从背后吊在杜沧海腰上,杜沧海就像个腰后面吊了一只赖皮小猴子的大公猴,步履艰难地往大狮子家跋涉,走出去一百来步,真累了,就站在路边气喘吁吁地说:"姐姐,算我求你行不行?"

杜溪说:"不行,除了杨松林,我谁都不嫁。"

"他到底哪里好?你跟我说,我给他削残了!"

杜溪说:"他对我好。"

杜沧海就没办法了,杜溪还像一只灵巧的猴子,吊在他后腰上,口气却威武得很:"杜沧海,你给我回家!"

杜沧海站着不动,姐弟两个僵在青白的月光下,谁也不认输。

杜溪说:"你答应我不欺负大狮子。"

杜沧海没法答应,答应,就是认下了大狮子这个姐夫,大狮子可以和他做生意,可以和他做兄弟,他可以百分之百信任他,但是,他就是不能娶杜溪。

杜溪问了很多个为什么,他一个也答不上来。当然,不是浑然不知答案是什么,而是那些能说出口的答案,会在出口前的瞬间让他倍感羞惭。这些理由,彰显的不是大狮子对杜溪的多么不配,而是他的低级和市侩,就像拿自己当家庭经济支柱的郭俐美,周末一家三口过来,吃吃拿拿不说,优越感很是爆棚,同样是凭劳动挣钱,就好像他们的钱是坐在高贵的国王宝座上,别人用金托盘毕恭毕敬呈上来的,而杜沧海在即墨路虽然挣得多,却是在泥水汤里打着滚哀求来的,再多都透着肮脏和下贱。所以,回家只要看见杜长江一家三口在,杜沧海就会找理由转身就走。久了,郭俐美看出了门道,挺不是味的,趁他还没出门,阴阳怪气地打趣说:"老三,怎么了?有钱就不和我们这些穷人坐一桌吃饭了?"每次,杜沧海被她弄得讪讪的,都是杜溪给打圆场,顺手编个借口让杜沧海走。事后,杜沧海会愤怒于郭俐美的市侩和对他的看低,可现在,他对大狮子所持的,还不是和郭俐美看他一样的心理吗?

尽管他已在心里抽了自己无数个嘴巴，可认下大狮子这姐夫，他做不到，现在他就一个想法——把大狮子按在地上暴揍一顿。

赵桂荣越想越觉得这里面有事，躺下了又爬起来，打着手电筒上街找，老远，就看见姐弟俩在胡同口外站着，就喊了一嗓子。

杜沧海回头张望了一眼，压低嗓门说："你怎么跟爸妈交代？"

"是说，不是交代。"杜溪说，"犯罪才叫交代。"

也不管杜沧海，杜溪转身往家走，边走边说："你要不想爸妈生气，就别搅局。"说完，站定了，回头，嘴角似笑非笑，道："我怀孕了。"不等错愕的杜沧海做出任何反应，又飞快地说道："别说我给老杜家丢人，二嫂结婚的时候，都显怀了，我看咱爸妈不但没说三道四，还庆幸得很。这做人呢，真要讲原则，就一视同仁，别两面三刀，二嫂未婚先孕对咱家有利，你们就怎么都行。我未婚先孕不方便你们拦我和大狮子，就拿道德的大棒一顿乱敲，流氓才那样。"

杜沧海什么也没说，快步走了。赵桂荣狐疑地看着他们，问他们大半夜的絮叨什么呢。还背人。

杜沧海看看杜溪。

杜溪也看看杜沧海，突然就笑了，很顽皮，全然不是刚才那个跟杜沧海耍赖使横的杜溪。她挎上赵桂荣的胳膊，拥着她往家走，边走边说："沧海担心我嫁不出去呢。"说完，回头，深深地看了杜沧海一眼，示意他不要插嘴，自己继续说："沧海的意思是我都二十六周岁了，该谈个对象考虑结婚的事了，要不然就成老姑娘了。"

赵桂荣也嗔怪地看了她一眼："可不，一天到晚没个大人样子，哪儿像个大姑娘。"

嘴里虽然这么说着，但心里，赵桂荣还真舍不得杜溪这就找对象结婚嫁出去，家里三个儿子一个丈夫四个大男人，虽然都对她不错，可终究是男人，不如女儿细腻贴心，有些话是不能说也说不得的。有杜溪在身边，她就觉得这日子温润得很熨帖。可不知不觉地，杜溪就二十六岁了，她也有自己的人生路要走，她这当妈的要再这么贪恋着不舍得她出门，怕是真要耽误她了。就怅然说这些年杜沧海走南闯北见了些世面，看得就是比旁人长远。说着回头，跟杜沧海说："有合适的给你姐留意着点。"

杜沧海嗯了一声。

杜溪飞快地说:"妈,他都替我看好人了。"

杜沧海大吃一惊,说:"姐!"

杜溪说:"怎么了？刚才还急三火四地拉着我出来说呢,这会儿又不承认了？真是的。"说着,晃着赵桂荣的胳膊撒娇:"妈,沧海是怕您和我爸不高兴,就把我拽出来商量商量这事怎么跟你们说。"

杜沧海心想坏了坏了,姐姐这是铁了心要把她和大狮子的事往自己身上扣,让自己成罪魁祸首,而且父母也绝对会信,因为大狮子是他的人啊,除了没血缘关系,他们俩的感情不输杜天河和杜长江。

杜沧海急急地说:"妈,您别听我姐瞎说。"

杜溪也不甘示弱:"怎么成我瞎说了,不是你天天让大狮子去接我下晚班的?"

赵桂荣明白点了:"就那个卷毛?"

杜溪嗯了一声。

赵桂荣斩钉截铁地说:"不行!"站住了,严肃地盯着姐弟俩:"这事到这儿打住,回去别跟你爸说!"说着,又不满地剜了杜沧海一眼:"你跟他好归你跟他好!别什么人都往咱家划拉!"

杜沧海得意地看了杜溪一眼,偷偷笑了,嘴里应着道:"成,妈,咱家事,你说了算。"

杜溪不干了,一下子拦在杜沧海跟前,噘着嘴说:"杜沧海!你始乱终弃。"

杜沧海都让她给说笑了,说:"姐,咱用词讲究点行不行？要用始乱终弃你也得用在大狮子身上,怎么一竿子戳到我这儿了?"

杜溪的眼泪突然就掉下来了,哭着说:"还不是你?你把我和大狮子撮合到一块儿就不管了,咱妈又不同意,我……你让我怎么办?"

赵桂荣也觉得就算杜溪和大狮子有事,也是杜沧海的责任,大狮子是他哥们啊,前阵子他还沾沾自喜地在饭桌上跟杜溪表功,说有大狮子在,让她尽管安心上下班,没人敢怎么着她,搞了半天,他这是引狼入室啊,就抬手打了杜沧海一下,说:"都怪你!没你在中间撺掇,大狮子能黏糊上你姐?!"

被杜溪略施小计给带到坑里去了,杜沧海也恼得很,说:"妈,你别光听我姐的,是我让大狮子去接她下班没错,可那会儿不是有写诗的疯子整天纠缠她吗?可谁能想到他俩能搅一块儿去,我也是今天才知道的。"说完,看了杜溪一眼:"妈,我态度和您一样,坚决反对这门婚事!"

"反对也没用!"杜溪破釜沉舟地看着赵桂荣,"我怀孕了!"

冷冷的月辉下,赵桂荣张着大大的嘴巴,半天没合上,拿手一捂,就哭了起来,呜呜咽咽地说道:"老天爷呀,老杜家的天要塌。"

杜溪飞快地说:"我嫂子结婚的时候怀都显了天也没塌,凭什么我怀孕了天就要塌?我有那么大威力吗,我?"

赵桂荣一手捂着嘴呜咽一手去打杜溪,边打边说:"没羞没臊!我让你没羞没臊,等回家看你爸不扒了你的皮!"

杜溪躲闪着,转身就走,说既然家里容不下她了,她去找大狮子得了,反正大狮子一家拿她当宝呢。

事实也真是这样的,因为曾经进去过,大狮子在家不怎么招人待见,尤其是他的哥哥和姐姐,谈恋爱那会儿,都恨不能家里没大狮子这个弟弟。父母也羞于在人前提起他这个儿子,活脱脱他就成了全家人脸上的一块黑胎记,个个恨不能先除之而后快。可后来他跟着杜沧海赚了钱,不仅给家里置办了冰箱和电视机,还给哥哥和姐姐买了,让哥哥在丈母娘家、姐姐在婆家,都特有面子。人有了面子,腰就直了,过后回念起这面子的来由,当然也不会狼心狗肺地忘了他这弟弟。所以,随着大狮子挣的钱越来越多,他在家里的地位,也被一张人民币一张人民币地垫了起来,尤其是当他把杜溪这个在正经国营单位上班的漂亮姑娘领回家,他爸妈不仅改变了对大狮子的态度,对杜溪也好得要命。杜溪去他们家,从来都是好言好语地恭维着,好吃好喝地招待着,因为她的弟弟就是他们儿子的大救星啊,要不是杜沧海,哪儿有他们儿子的今天?这是大狮子亲口和他们说的,所以,既然享了儿子的福,这个情,他们一定要领,要记在杜溪身上。

见杜溪真的要去大狮子家,赵桂荣就更急了,忙让杜沧海拦下她,然后,就跟一个含辛茹苦的老母亲死死抱住随时要离家出走的逆子一样抱着杜溪呜呜地哭。

是的,除了呜呜地哭,赵桂荣毫无办法,因为她太了解杜溪,她早就被家里的四个男人惯坏了,想摘星星就没人给月亮啊,结果呢,造就了她想往东就没人能把她领到西面去的倔强。

就这样,杜溪成功地把他们绑架成了自己的战友,联合起来,一起对付杜建成,如果他反对的话。

杜建成果然反对,但他反对的方式,是对杜沧海下手。

这天晚上,杜沧海一进门,迎面一个马扎就飞了过来,不偏不倚砸在鼻梁上。血流如注。

杜沧海的鼻梁被亲爸一马扎给砸断了。仰面躺在治疗椅上,看大狮子像个一门心思要讨他欢心的太监似的转来转去,杜沧海就恨不能踹他一脚。

就算杜建成再不同意杜溪和大狮子的婚事,在这个家里,也成了好汉难敌众拳。

3

杜天河大学毕业了,分在一家文化单位,很受领导器重,也是因为杜溪的婚事,杜天河,不,不仅仅是杜天河,除了杜溪之外的全家人,都对杜沧海有意见,连挺着大肚子过门的郭俐美都在家庭会议上指手画脚,说就凭杜溪的人才,要不是杜沧海,她怎么可能嫁给大狮子这种社会小混混?她甚至怀疑,杜沧海是为了让大狮子永远做他的狗腿子而故意把亲姐姐搭上去的。为这,顶着一鼻子白纱布,活像戏剧里的小丑似的杜沧海差点和郭俐美掀了桌子。郭俐美也不示弱。说:"杜沧海你别以为你挣了一吊铺钱就有本事了,有你难看的那一天!"

赵桂荣不高兴了,觉得郭俐美这话里有诅咒的成分,就说:"小郭,你要说不看好小杨就直接说不看好小杨,这事也不能都怨沧海,杜溪又不是三岁两岁孩子,沧海让她跟谁她就跟谁了?"

郭俐美嗤之以鼻,说烈女还怕缠缠男。意思是杜溪再有主见,也架不住大狮子死皮赖脸的纠缠,缠来缠去把不住裤腰带,怀了人家的种就成了人家砧板上的肉！

杜建成觉得这话难听，硌耳朵眼，起身出去了。

郭俐美这么说杜溪，赵桂荣脸上也挂不住，就讪讪地说："小郭，当初你也是挺着肚子进的门，和杜溪就谁也别说谁了。"

郭俐美被人揭了短，脸上红一阵白一阵地挂不住，一把抓过杜甫就打，边打边说："我叫你来得不是时候！叫你来得不是时候！"

杜甫本来自己玩得好好的，冷不丁被抓过来打了一顿，就蒙了，张嘴大哭，杜长江忙一把拉过儿子揽在怀里，说："你拿孩子撒什么气？"

杜沧海虽然也心疼侄子，但在心里，却冲母亲竖起了大拇指。

郭俐美啐了杜长江一口，说："杜长江，你看着没？你们老杜家长枪短棍地冲你老婆来了，亏你还数落我？你良心让狗吃了你？！儿子是自个儿在我肚子里生根发芽的？"

已经习惯了端干部架子的杜长江让郭俐美抢白了几句，就觉得自己好不容易提升起来的形象，又被拖到阴沟里去了，就很生气，吭吭了几下嗓子，见还是没镇住郭俐美，就吼道："郭俐美，有账回家再算！"

郭俐美涨红着脸，一把抓起包就往外走，边走边大声说："是我没脸没皮，非要进你们老杜家的门！杜长江，你要是个有骨气的，这就和我离了娶个要脸要皮的！"

赵桂荣也自觉刚才话重了，忙一把拉住了她的包，虎着脸说："瞧瞧你这身本事，我为啥说你？还不你自己惹的？真是的，我要不敲打敲打你，往后你是不是得天天拿杜溪的肚子说事？就杜溪那脾气，咱家还有安生日子过？"

郭俐美挣脱了赵桂荣的手，气冲冲地回娘家了。

没一会儿，郭俐军来了，因为杜沧海的一竹竿，本来有望进百货公司的郭俐军只能去了造纸厂。造纸厂在胜利桥，散发出来的臭味，隔好几里就能闻见，天天被这臭味熏着，郭俐军心情坏得很，一想起杜家就牙根痒，尤其是杜沧海。每当痛恨造纸厂的时候，他都恨不能把杜沧海抓过来暴打一顿以泄心头之恨。

郭俐军进门就把赵桂荣的脏水桶踢翻了，脏乱腥臭地淌了一屋，把赵桂荣吓了一跳，说："小郭，你这干什么？"

郭俐军指着赵桂荣的鼻子说道:"你们欺负我姐不是?我问你!我姐挺着肚子嫁过来的不假,可我姐怀的是不是你们老杜家的种?你们要能说出半个不字,我这就领我外甥去派出所改姓,我他妈让他姓郭!"

郭俐美从家里哭闹着走了之后,杜沧海就去即墨路忙了。因为要去书店买书,杜天河和他一起走的,家里只剩了杜建成老两口和杜溪。

杜溪年轻气盛,见郭俐军跟赵桂荣来横的,也不干了,从床上抄起鸡毛掸子比画着说:"郭俐军,你这跟我妈说话呢!知不知道?我妈是你长辈,把你的脏手从我妈跟前拿走,要不然我给你敲断!"

郭俐军的脾气跟他妈有点儿像,欺负起比他弱的来,比谁都嚣张,真来个比他狠的,马上就蔫了。能一进门这么嚣张,是因为在胡同口看见杜沧海哥俩上了公交车走了,晓得一时半会儿不会有人回来治他。

可他没想到身材娇小的杜溪会这么横,更要命的是大狮子来了。昨天就听杜沧海说了,因为他和杜溪的事家里今天要召开家庭会议。大狮子知道这会一开,肯定没杜溪的好果子吃,就想帮她分担点,也算主动争取宽大处理,就光着脊梁,背上绑了一根拖把杆来了,本想进门就给二老跪下负荆请罪,让二老高抬贵手成全他和杜溪,没承想家庭会议让郭俐美提前闹腾散了,正好碰上郭俐军在耍横。顿时,大狮子眼就亮了,简直天赐良机啊,若此时不表现,更待何时?所以,他二话不说,噌的一下,从背上抽下了拖把杆,照着郭俐军的小腿就扫了过去。

郭俐军应声倒地,两手抱着小腿,在地上滚来滚去地大呼小叫,喊得活像腿骨被人敲成了两截,可把杜建成两口子给吓坏了。

大狮子没想到郭俐军这么不禁打,原本还想大战上几个回合,在未来岳父母跟前好好表现表现,可一拖把杆下去,战斗就结束了,觉得没劲,就踢了郭俐军一脚,说:"起来吧,别装了,打人我有经验,让你疼,可伤不着你骨头动不着你筋的。"

这一幕太突然,杜建成有点缓不过神来。自从杜溪说怀了大狮子的孩子,非要嫁给他不可,杜建成就憋了一肚子闷气,想哪天见着大狮子,非揍他个狠的不可。可在今天这场合下,他要真动手揍大狮子,会让郭俐军瞧了笑话去不说,说不准郭俐军也会趁机帮他搭把手,痛揍大狮子。

是，他是想揍大狮子，但是，那是他揍，别人插了手，就是欺负他们家人。因为，尽管一万个不情愿，杜溪已用肚子里的孩子绑架了全家，大狮子这女婿他是认也得认，不认也得认。所以，他虎着一张铁板一样的脸，冷眼看着，看郭俐军从地上坐起来，抚摸着他被打疼的小腿哭着说："我姐姐那是让杜长江欺负了，才挺着肚子进的你们家，你们还拿这事挤对她，你们赚了便宜卖着乖，你们！你们这是欺负人！"

其实，从郭俐美哭着走了那会儿，赵桂荣就懊悔得要命，懊悔自己不该为了护闺女当着全家的面揭郭俐美的短。在这家里，杜溪是自家人，怎么打脸，都不见外也不记仇，可郭俐美不行，没血缘从中连着，再热乎也是客道，伤面子的话，不能随便说。想到这儿，赵桂荣就想给郭俐美一个台阶下，去扶郭俐军起来，说都是她不好，一急之下，把话说重了。

打闹没有胜算，郭俐军也不傻，就借坡下驴，借着赵桂荣手上的劲儿站了起来，又坐到她递过来的凳子上，说因为这事，他妈在家气得差点背过气去。

赵桂荣就轻轻地扇了自己一嘴巴说："我这张嘴啊！"说着，就拿眼去剜杜溪，厉声道："都是让你气的！"

服软的话，杜建成不愿意说，也不会说，更不愿意看赵桂荣跟一个晚辈服软，没面子，起身背着手往外走，大狮子追上去喊了声爸。杜建成回头瞪了他一眼，没说话。

说真的，就冲大狮子给郭俐军小腿上既疼又没真伤着他的一拖把杆，这女婿，他打算认下了，要不然，他都不敢想郭俐军会闹成什么样。

走着走着，杜建成叹了口气，在心里说，就这样了。

4

杜溪嫁给了大狮子。在这一年的春末。

婚礼是在大狮子家的院子里办的，从外面请了厨师，又东家凑西家借地凑了十张桌子，摆了一院子。

新郎新娘要敬酒前，杜溪说："我给大家讲个故事吧。"大狮子有点紧张，说：

"什么故事非要在婚礼上讲?"杜溪说:"你和我的故事啊。"大狮子就嘿嘿地笑着挠了挠鬓角,满脸满眼都是幸福的样子。

杜溪就冲家人那一桌酒席深深地鞠了一个躬,说:"爸,妈,哥,今天我要给你们道个歉,为了让你们同意我们的婚事,我撒谎了。"说到这里,她回头看着大狮子,满眼柔情地继续说道:"其实我没怀孕,从正式谈恋爱到现在,大狮子碰都没碰我一下。我知道你们不会同意我嫁给他,为了逼你们答应,我要和他生米做成熟饭,等我怀孕了再跟你们逼婚,可他不干。说你们就我这么一个闺女,万一你们死活不同意,非要把我们拆散了,如果他对我那样了,会影响我以后的人生。爸,妈,就因为他这句话,我铁了心了,这辈子,除了大狮子,我谁也不嫁……"

说着说着,杜溪就哽咽了,赵桂荣的眼角也湿润了。递给她纸时,杜沧海的余光看见了杜天河,他怔怔的,有些失神,就猜是婚礼的气氛让他想起米小粟了,如果不是因为闯了那场祸,他们早就结婚有孩子了,他很愧疚,就叫了声哥。

杜天河歪头看了他一眼,勉为其难地笑笑,冲他举了举酒杯。

杜沧海说:"哥,要是放不下小粟姐,就去找她吧,别这么僵着,两人都苦。"

杜天河黯然地说:"她结婚了。"

杜沧海一怔,问他是怎么知道的。

杜天河说大三的时候给她写过几封信,她都没拆。

见杜沧海很莫名其妙,就笑笑,说米小樱回娘家时看见的,好几封我的信,都在她房间的梳妆台上放着,拆都没拆,米小樱就给我回了封信,说小粟谈了个男朋友,是部队上的,快结婚了。

杜沧海说:"是啊,也不能怪她,都三十岁了。"

杜天河点点头,过了一会儿又说因为毕业分配没回纺织机械厂,厂里催着他腾房子,他发愁该怎么跟杜长江两口子说,怕被误会成是撵他们。

杜沧海说:"你要不好开口就我说。"

杜天河摆了摆手,说:"机械厂那边,我先拖着,现在最要紧的是抓紧时间跟局里申请单身宿舍,申请好了,就让他们搬过去。"

杜沧海说:"能行吗?"

杜天河沉吟了一会儿说:"我努力吧,从明天开始我住局里。"

杜沧海说:"单位是上班的地方,哪儿能住人?"

杜天河说没事,他们办公室有一张老式三人沙发,单位里谁家来了客人睡不开,都会去凑合一两个晚上,他呢,只要局里不给分宿舍,他就在沙发上安营扎寨了。

杜沧海就明白了,杜天河睡办公室是为了逼着单位快点给分宿舍。据说,为了跟单位要房子,大伙是什么手段都用,只有你想不到的,没用不上的。就替杜天河难过,耍赖皮这事,单位里跑业务的、干保管的、干会计的、打字的、下车间的,都能用,被逼到份上了嘛,杜沧海也不会觉得怎么着,可杜天河是名牌大学毕业生,虽然他不吵不闹,还文质彬彬的,也要以盘踞在办公室沙发上这种耍赖的方式要房子,杜沧海就觉得那些书白读了,有损体面,就说:"咱不能换个办法?"

杜天河侧脸看着他,问:"换什么办法?"

杜沧海竟一时无语。

杜天河说他对桌的老赵,老牌大学生,申请打了快十年了,局里没房子给,最后他不得不让媳妇把孩子生在了办公室,局里走廊上整天晾着尿布摆着尿桶,还充斥着新生婴儿的啼哭,局领导这才给他分了两间阁楼。

杜沧海错愕,原来文化单位,并不像他以为的那样,阳春白雪里透着贵气,也要耍赖使横才能谋到一条舒服点的活路,突然就寥落得很。

大狮子和杜溪挨桌敬酒。杜沧海不喝酒,正东张西望着想避过去,就见有一个人在门口探头探脑,他愣了一下,想,谁呢? 新婚大喜的日子,可别闹幺蛾子,就起了身,走到门口一看,竟是何春熙!

杜天河去上海读书以后,何春熙就再没到家里去过,他也问过杜天河。杜天河说他把话说清楚了,她虽说要等,可能也就说说而已,四年呢,哪个女人的青春经得起四年的等待?

杜沧海叫了声春熙姐,问她怎么在这儿。

何春熙说,她家住大狮子家后面胡同,早就听说大狮子的女朋友姓杜,哥哥在上海读名牌大学,弟弟在即墨路做买卖,她猜可能是杜溪,刚才路过,看见门口贴着大红喜字,一问,才知道今天大狮子结婚,就想看看,新娘子到底是不是杜溪。

杜沧海请她进去坐,何春熙说不了,她没准备,不能空着手参加别人的婚礼。正说着,杜天河也出来了,喝酒喝得满脸通红,步履踉跄,扶着门垛才站住了。杜沧海知道他肯定被人灌了不少酒。山东半岛有个陋习,婚礼这天,男方家的亲戚,会一哄而上,不把来送亲的娘家哥哥弟弟灌醉不罢休,俗称"灌舅子头",很有给女方娘家下马威的意味,意思是男方家势力也不弱,别仗着娘家有几个兄弟撑腰就想骑到男人脖子上!

杜沧海叫了一声哥,然后说春熙姐在。

杜天河晃了几下脑袋,看着何春熙,突然璀璨地笑了,说:"小何啊,你也结婚了吧?"

何春熙怔怔地看着他,有点难过,张了张嘴,什么也没说就转身走了。杜天河醉醺醺地问杜沧海怎么回事。杜沧海说:"我怎么知道?"杜天河就追了几步,喊了声小何。何春熙就站住了,满眼是泪地看着他,杜天河就跟跟跄跄地过去了。杜沧海摇摇头,回了院子。

半夜了,还没见杜天河回,赵桂荣急了,催着杜沧海去找。

杜沧海就去大狮子家问了何春熙家的门牌号,敲开门,就见何春熙和父母正一脸严肃地说着什么,何春熙的眼睛红红的。杜沧海见杜天河没在,自觉造次,就问何春熙知不知道杜天河哪儿去了。

何春熙指了指里面房间,杜沧海这才从敞开的门缝里看见杜天河斜躺在床上,睡得鼾声四起。何春熙说:"你哥醉了,进门扎床上就睡了。"

杜沧海说:"他可真会找地方睡。"说着,就要去喊他起来,被何春熙拦住了,她说喝醉了的人,最好让他一口气睡饱了,不然会头疼。

杜沧海说:"可睡在这儿算怎么回事?"

何春熙看看父母。何春熙的父母也说没事没事,今晚让春熙和我们睡一屋,让你哥睡那儿就行了。

看这阵势,杜沧海就明白了,何春熙父母已把杜天河当准女婿待了,可杜沧海知道,杜天河没这个意思,要不然,毕业一回来他就找何春熙了。如果让杜天河睡在这儿,麻烦也就来了,往后他和何春熙的关系怎么摆?所以,杜沧海几乎是蛮横地说:"不行!必须叫起来,他一个大男人莫名其妙地宿你们家,这算怎

197

么回事?"说完,也不管何春熙眼里是哀怨还是眼泪,闯进去,把杜天河拎到背上就往外走。

何春熙见拦不住,只好帮他扶着杜天河,默默地往外走。

杜天河也一米八几的个子,虽不胖,但很结实,背着走了几十米,杜沧海就吃不消了,让何春熙帮忙拦一辆出租车。把何春熙吓了一跳,说太贵了。

杜沧海说没事,几十块钱的事。

几十块钱,是一个普通工人大半个月的工资。何春熙很难过,也知道杜沧海一定要把杜天河背回家,是怕这一夜之后,杜天河被她绑架了终身。这么想着,就看了杜沧海一眼,说:"杜沧海,你是不是特怕我黏上你哥?"

杜沧海被说中了命脉,但还要给何春熙留面子,忙说:"哪儿的事,你黏上我哥是我哥的福气,我是怕不把我哥背回去,没法跟我妈交代。"

说完,杜沧海在心里狠狠地呸了一下自己,到底还是在即墨路混成了老油子,张嘴就撒谎,连一下磕绊都不带打的。

显然,何春熙也不想撕破脸皮,还是跑到大马路上帮他拦了一辆出租车,又帮他把杜天河塞到车里,末了探进头来说:"回家给他冲杯糖水喝,解酒。"

杜沧海说了谢谢,又说:"春熙姐,有时间到我们家玩啊。"

何春熙什么也没说,只是摆了摆手。

第二天,杜天河醒了,听说自己跑何春熙家睡了,就慌了,说:"昨天见着何春熙了? 我怎么不记得了?"

杜沧海让他做好思想准备,看昨晚何春熙家那架势,是打算纳他做东床快婿了。杜天河就拍了自己脑门一下,说:"都什么事啊!"发誓以后滴酒不沾。杜沧海就说,其实何春熙也行,等他四年,足以说明她对杜天河是真心实意的。

杜天河不置可否。半天才说,让他别忘了找机会和杜长江说说厂里催着腾房子的事。

杜沧海嗯了一声,也有点愁,怕郭俐美一听急了,难听话会一股脑儿往他脸上怼。

第二天,杜天河简单收拾了几件衣服,真搬单位去了。其间,饭也不回家吃,赵桂荣觉得凄惶,总觉得杜天河那么大的个子天天窝在单位沙发上睡,不知受了

198

多少委屈,提起来就抹眼泪,经常做好吃的,坐公交车给送过去,杜天河拦都拦不住,说:"在单位挺好的。"

赵桂荣就看着单位的那张长条沙发,说:"这么窄,你晚上敢翻身?"

好像杜天河一翻身,就掉到地板上去了。

杜天河说:"敢,九十厘米宽呢,读大学那会儿的单人床比这宽不了多少。"

赵桂荣不信,总是在沙发上这儿坐坐,那儿拽拽,好像这样就能把沙发抻宽点,拉长点。在同事的众目睽睽之下,杜天河难为情得很,知道母亲心疼自己,却又不好说什么。

这样过了两个月,有一天晚上,杜天河回来了,兴冲冲地,说市里拨给局里两处宿舍,可僧多粥少,局里十几个人盯着呢,局领导没辙,决定亲自调研,看到底谁最需要宿舍。

纺织机械厂那边逼着杜长江腾宿舍,杜长江没地去,就赖在那儿不搬,等房结婚的小青年火了,上他家砸门砸窗玻璃都好几回了,杜长江光110就打了不下十次,每让人家闹一次,郭俐美就回婆家又哭又怨一次,好像这一切都是公婆无能造成的。

确实,按老理,儿子结婚就是成家立业,做父母的,是得给备好了房,可房是啥? 在那个年代,房不是商品,有钱都买不到,倒是那些在单位有个一官半职的,家里分的宿舍住不过来,都借给亲戚住。杜建成两口子是平头百姓,没地儿弄那些特权,就只有愁,长一声短一声叹气的份儿。

现在听说杜天河那儿有分到房子的可能,那把燃烧在杜建成两口子心脏上的火焰,就有了被扑灭的希望。

赵桂荣急急地问:"局领导打算咋个调研法?"

杜天河说:"估计是下来走访,看谁家住房最困难这房就分给谁了,所以,得跟杜长江和大狮子他们说一声,为了房子,让他们这段时间下班回家吃饭,造成他们一家三代九口人住不到三十平方米的小破房子的假象,而且吃完饭不能马上走,要等十点左右赶末班车回去。"总之,为了房子,这一次,他们必须拼了。

只要能分到房子,让赵桂荣干啥都行,让杜长江一家三口每天都回来吃饭才到哪儿? 再来几口子吃饭她也心甘情愿。

就这么着,只要一下班,大狮子和杜溪以及杜长江一家三口,都回来了,家里塞得摩肩接踵的,连起身拿个什么东西都要提醒别人让一让。

在即墨路的摩肩接踵中拥挤了一天,回家又要挨这份挤,杜沧海就觉得窒息得慌,想出去透口气,刚走到门口就被赵桂荣抓了回来,说:"沧海,你干什么呢?"

杜沧海说:"出去透口气。"

赵桂荣就像老猫叼调皮的小猫一样,把他拖回来,说:"别出去,万一这会儿你大哥的领导来走访呢?"

仿佛,眼下他们全家活着的目的就是万众一心,帮杜天河把房子搞定。

杜沧海只好回来。

一家人挤了半个多月,杜天河的领导终于来了。

杜天河领导来的时候,他们一家正团团地围着饭桌吃饭,九口人,挤在一间不到三十平方米的房子里,一见杜天河领导来,纷纷站起来,不亚于虔诚的教徒,看见了正徐徐降临的神灵。

杜天河逐一给领导介绍家里成员。

赵桂荣手忙脚乱地穿插在人缝里给领导倒了一杯茶,主人家轰小鸡一样,把大家都轰到床沿上去坐了,给领导腾出了足够宽敞的长条凳。

局领导端着茶,环顾房子,说住这么多人,够挤的。然后,又打量着大狮子两口子和杜长江一家三口,诧异地问:"你们都住这里?"

赵桂荣忙不迭地点头,说:"都住这里,都住这里。"

局领导显得有些困惑,杜沧海知道,他一定是在想,他们家的床是怎么分配的,不由得,脸上就火辣辣的,看了赵桂荣一眼。

赵桂荣虽然是没文化的家庭妇女,可听话音还是会听的,大约也听出了局领导言语里的困惑和诧异,就嘴一撇,带着哭腔说:"他局长,你是不知道啊,我和他爸没本事,苦了孩子们了,在我们家,没有两口子不两口子这一说,男女分床睡,我领着女的睡吊铺,他爸带着男的睡下面大通铺。"

杜天河的领导就点点头,喔了一声,但目光却落在了杜甫身上。

杜沧海恨不能一拍桌子,说不是这么回事,可他知道,如果他胆敢说出这句话,就成了全家的公敌,只好咬牙忍了。

赵桂荣先是抹眼泪,然后开哭,说这日子没法过了,让局领导一定帮帮他们,因为没房,家里住得挤,杜天河都三十出头了,连个女朋友都没混上……

那天晚上,整个家,仿佛都成了赵桂荣的舞台,为了帮大儿子要房子,她尽情地上演了苦情戏,泪下滔滔不亚于被陈世美派人挥刀追赶的秦香莲。把杜天河的领导给哭得手足无措,好像再不给间宿舍救杜家于水深火热,就是枉为人尊。

杜沧海丢脸丢得恨不能找条地缝钻进去。

第十二章
人情的江湖

1

杜沧海看着一吊铺钱,有种从未有过的失落感,沉甸甸的,从心头往下坠,天南海北地跑,赚这么多钱,有什么意义? 二哥还寄居在大哥的房子里,而大哥,一个读了名牌大学的男人,为了房子,要去单位耍赖,为了配合他要房,全家人豁上脸皮配合他演戏,这些钱丝毫都帮不上忙。

他拿起一沓钱,扔到了地上,扔废纸似的,正在抽烟的杜建成吓了一跳,抬头看他:"你干什么呢,你?"

杜沧海说:"爸,你说我挣这么多钱有意思吗?"

杜建成愣愣的,好像反应不过来他这是怎么了,过了一会儿,才说杜沧海是有钱烧的。

杜沧海说他想买间房子给杜长江一家三口住都没地方买,房子是国家的,杜长江一家三口眼看就要被纺织机械厂给撵出来了,杜天河为了要房,把瞒天过海和苦肉计都用上了也不见得能要到一间宿舍,这些钱就像废纸似的在吊铺上堆着,啥用没有,还要它们做什么?

杜建成好像被他提醒了,吧嗒吧嗒地抽了一会儿烟,说楼是国家的,可挪庄这块的平房和火车站东的老别墅还不一样。火车站东的老别墅,有的是资本家

202

的私产,有的是国民党的。解放前,国民党丢下房产逃台;没逃台的,也没用,一解放,全给镇压了,房子都交出来充了公,算国家的了,又按行政级别分割大小,分给人住。所以,尽管孙高第、何晓萌他们家的房子看上去气派而又高贵,可那都是政府分给他们住的,没产权,挪庄这块的房子,虽然破破烂烂不成个样子,可家家户户都是私产。

杜建成说他出去打听打听,有卖的就收两套。

赵桂荣有点害怕,说:"还收两套呢,一套就够住了。那谁家,解放那会儿,就因为有俩破院子,还是他爷爷和他爹掏了两辈子大粪攒下来的地产,租给街面上的三教九流,也没赚几个租金,解放后还是被当成资本家给镇压了,俩破院子没收了,还戴着大纸帽子游街,让人打得满头满脸都是血,爷俩又气又恼,一个院门口一个,吊死了。"

杜建成说:"咱自己住,不往外租,剥削不着谁也欺负不着谁,我就不信还能因为这把我镇压了。"

没几天,杜建成就打听了几家想卖房的,挑了两处像样的,都是两间平房带一间自己搭的小厨房,要价也不高,都一千二。

那时候,社会主义中国已经成立三十多年了,人们已经习惯了没房子找单位要,自家住的房子,只有住的权利,个人无权买卖,所以在大家心目中,房子既不是财产也不是财富,不过就是个遮风挡雨住着的地方而已。

和人说好了,杜建成就去即墨路找杜沧海,把情况说了说,说:"这两处都买了吧,一是你二哥家得有个地方住,二是你大哥也老大不小了,跟单位要房也不知猴年马月才能要下来,他也该谈个对象成家了,在家挤也不方便,正好有合适的,一起买了算了。"

杜沧海说行,让杜建成看着操办。

晚上回去,杜建成把两份买房文书递给他,说:"都买在你名下了。"杜沧海说:"不是给我大哥二哥买的吗,放我名下干什么?"

杜建成说:"亲兄弟明算账,这钱是你出的,就要落在你名下,不管是你愿意给他们住还是送给他们,那都是你对两个哥哥的兄弟情分,他们得念你个情分,不能乱了分寸。"

见父亲态度坚决，杜沧海也就没再多说，在文书上签了字，想等时间从容了，去房产局改成大哥二哥的名字也不难。因为一竹竿捅没了两个哥哥的婚礼，杜沧海一直心怀愧疚，尤其是大哥，谈了十多年，好容易磨着米小粟父母答应了，又因为一只瘟鸡把爱情彻底弄黄了，虽说这其中有造化弄人的唏嘘，可如果不是他一竹竿捅黄了他们的婚礼，父母也就不会因为没钱不得不让儿子参加集体婚礼而去米家表达自己的尊重，也就不会赶上那只鸡的死，没有那只死去的鸡，杜天河和米小粟的孩子，现在怕是也该上幼儿园了吧？

总之，他是这一切悲伤不幸的起源，好多次，他梦见米小粟跟他哭，哭得他心稀碎稀碎的，全是愧疚，醒来就瞪着吊铺发呆，觉得自己是罪人。

晚饭的时候，大吴来了。他们正在吃饭，见他进来，杜建成忙把酒瓶从桌上拿到地上，却晚了，大吴已经看见了。

大吴贪酒，贪到了不要脸的地步。整个挪庄，没不知道的，不管谁家来了客人，只要大吴知道了，保准卡着饭点去。

中国人好客套，在家吃饭喝酒，有不速之客，总要说两句客套话，让一让。但凡要脸要皮的，都会客气地推辞，不会真的坐下吃喝。但大吴不一样，主人让一让，他会顺竿爬，坐下吃喝，喝大了开始满嘴跑火车。久了，大家晓得了他的脾气，踏着饭点进来，也没人跟他客气，但这难不倒大吴，他会厚着脸皮踅摸着饭桌大着嗓门说："吃饭啊，真巧，我还没吃呢。"说完，自己就拿双筷子拿个碗拖个凳子坐下了。所以，离大吴近的人家，逢来了客人，饭菜一上桌就把门从里面插上了，要是大吴去砸门，就说家里来了要紧客人商量要紧事呢，让他改天再来。大吴就骂骂咧咧的，有时气不过，还踢门一脚。为这，吴莎莎觉得自己的脸，都被她爸丢尽了，气得哭，可大吴脸都不要了，哪儿还在乎她的伤心？

大吴扯着嗓门说："三哥，别藏了，我看见了。"

挪庄一带的院子里，大都住四五户人家，虽不是本家，可父母那一辈，都差不多的年纪，一院子住着的，东家说话能飘到西家，西家做点稀罕的不会忘了东家，相处得一家人似的，孩子也就大排行，在这院里，杜建成排行老三，比他小的，都喊他三哥。

大吴自己拖了个凳子坐下，看看杜沧海又看看赵桂荣。赵桂荣不情愿地起身给他拿了个酒盅，又递给他一双筷子，大吴自己拎起酒瓶，倒满了酒，一仰脖喝了，吧嗒了两下嘴说："三哥，听说你这两天打听房子？"

杜建成嗯了一声，没否认。

大吴又给自己倒了一杯酒，看看杜沧海，突然厚颜无耻地笑着道："沧海，听说你小子发财了？"

杜沧海是信奉流自己的汗吃自己的饭的人，对大吴这种游手好闲的酒鬼，不仅看不到眼里，还憎恶得很，即使在路上遇见了，能躲开都要绕着走，所以，对他也就没好气，就说："发什么财，走南闯北地吃辛苦饭而已。"

大吴又挨他近了点，用酒杯碰碰他筷子："甭管什么饭，你爸有底气买房，就是你小子挣发了。"说完，卖关子似的嘿嘿笑了两声，把杯里酒喝干净了，大大地吧嗒了一下嘴，发出了一声抒情似的感叹，说："发财了别光顾着孝敬亲爹娘，也滋润滋润我这未来的老岳父。"

杜沧海一阵反胃，想吴莎莎长得漂亮，对他也好，为什么他从没想要娶她做老婆？恐怕就是怕娶了她就沾上大吴这只癞蛤蟆吧？就说："叔，别这么说，你们家莎莎是谁家媳妇还说不定呢。"

大吴一脸认真地说："小沧海，我可告诉你，就我们家莎莎那脸盘，那身段，惦记着她的人多了去了，可都让我给横在十里开外了，除了你，莎莎心里还有谁？青梅竹马呢，咋？有俩钱了你想歪的了？"

杜沧海的心思，赵桂荣了解，平常，她对吴莎莎好，偶尔也和杜沧海开玩笑说你媳妇长你媳妇短的。杜沧海就恼她。她也问过，倒不是恼吴莎莎，主要是恼她爸，说吴莎莎她爸什么人你又不是不知道，你这么说来说去的，这不送上门去找讹吗？杜沧海说得也没错，大吴平时没少打着亲家的幌子找她借钱，也不多借，三毛两毛的，全都肉包子打了狗。有一次，大吴又找她借钱，她也不痛快，就说快别说借了，就没见你有个还的时候。大吴就厚着脸皮说聘礼，就当我把莎莎的聘礼钱零支了。现在，赵桂荣见杜沧海的脸都紫了，知道大吴再这么自己竖竿自己爬，杜沧海就该跟他翻脸了，就忙出来打圆场，说："他吴叔，今天过来有啥事你直接说，不用转那么大圈子。"

大吴悻悻地，又兀自倒酒，倒了半杯，没了，晃晃酒瓶子，依然不相信似的又擎起来冲着灯泡看了看,才死了心,往地上一扔,说:"三哥,房子打听得怎么样了?"

杜建成不知他葫芦里卖的什么药,答得很谨慎:"先看看再说。"

大吴打量了打量杜家的两间屋,又打量打量杜沧海:"仨儿子,都得成家单过,你是得多准备几处房。"

杜建成嗯了一声,和杜沧海一样,对大吴,他有一万个不待见,也是因为这,对吴莎莎也热情不起来,因为深深知道,大吴游手好闲,又好吃懒做,将来非得黏着吴莎莎不可。

大吴本就脸皮厚,加上喝了酒,完全不理会杜家父子的不耐烦,比画着隔壁院子的方向说:"三哥,我就莎莎这么一个闺女,等我两眼一闭,除了她,我这家业也没人给,莎莎呢,早晚是沧海的媳妇……你看,咱俩是不是立个文书,你多少给点钱,意思意思,我把房过到沧海名下,怎么样?"

杜建成心里冷笑了一声,原来在这儿等着呢,就说:"把房过给沧海,你住那儿?"

大吴理所当然地说:"一个女婿半个儿,他和莎莎得给我养老送终,我能搬哪儿去。"

赵桂荣和杜建成就让他给气笑了,搞了半天他这是打算把房子的继承权卖给杜沧海,就忍着冷笑,对杜沧海说:"沧海,这事你自己说了算。"

杜沧海斩钉截铁地说:"我不要!"说完,起身就往外走,懒得听大吴要无赖。大吴急了,站起来追到门口一把拽住他胳膊说道:"小沧海,你啥意思?白得了我闺女还想白得我房啊?"

杜沧海把他的手从胳膊上抹下来,心平气和地说:"吴叔,我啥都不要,成不?"

大吴彻底急了,红着眼,指了杜沧海的鼻子喝道:"好哇,杜沧海,果然是恶人街上混的,这才几天,跟我玩喜新厌旧是不是?!"

杜沧海不想和他搭招,只是厌恶地看了他一眼。

他的轻蔑,大吴感觉到了,就又挽胳膊又撸袖子的:"杜沧海!跟我玩赖的,看我怎么收拾你!我现在就收拾!立马!现收拾不赊!"

杜沧海懒得接他的茬儿,就出了门,大吴也追到了院子里,扯着嗓子喊:"老少爷们都听着啊,杜沧海这小子,还没混出挪庄呢,就想当陈世美了!杜沧海!你给我站住,我告诉你,你要是敢不要莎莎了,我就敢把你家屋顶刨了!"

让他说的,杜沧海一下子就笑了,回头说:"吴叔,镐头要不要我帮你买?"

大吴被激将得下不来台,想动粗,扬手要打却被杜沧海死死地攥住了手腕。杜沧海正当年,大吴虽然还是当年那个牛高马大的大吴,却早已被酒精淘得只剩了空架子,拼命挣了几下,脸都涨通红了,手腕还在杜沧海手里攥着,好歹也是好勇斗狠了大半辈子的人,见院子里的邻居们三三两两地出来瞧着,自觉下不来台,就用另一只手点画着杜沧海说:"好小子,杜沧海,算你有种,还没把我闺女娶进门呢,这就跟老丈人动上手了。"

杜沧海也知道,在挪庄,但凡认识他和吴莎莎的人,都认为他们是一对,赵桂荣更是直接拿吴莎莎当准儿媳待。为这,杜建成时不时地还和她叮当两句,可她就是喜欢吴莎莎,觉得她跟郭俐美不一样。郭俐美不见得多不好,可相处的时候,亲近不起来,她的一言一行都时刻提醒着她,人家是儿媳妇呢,自己是婆婆,到底不是从自己身上掉下来的肉,隔着好几层肚皮呢,相处得再好也是满满的客气。可吴莎莎就不,也许是打小没了妈的缘故,特别黏她,亲她,让她常常在恍惚间,觉得自己多了个女儿。和儿媳妇处得像母女,是多少敦厚婆婆的理想啊,所以不管杜建成有多少不一样的看法,她就认准吴莎莎了。吴莎莎虽然嘴上不说,可内心里,也一直以杜沧海的女朋友自居。这让杜沧海非常恼火,爱情婚姻,本来是他一个人的事,可他这本人还没点头呢,周围人就要把事给坐实了。

现在,大吴又这么吆喝,杜沧海就觉得,自己再不吭一声,下一步他们怕是就要把吴莎莎洗吧洗吧送他床上了,就盯着大吴,一字一顿地说:"吴叔,你给我听好了,我和莎莎,就是小时候的玩伴,不是男女朋友,你也不是我未来的老岳父,你这一套,在我这儿没用!"说完,就手往外一送,大吴往前趔趄了好几步才站住了。

不等大吴站稳,杜沧海就走了。大吴站稳了,扯着嗓子喊:"混账玩意儿!"然后喊杜建成也不喊三哥了:"老杜!听见了没?你混账儿子这是铁了心要当陈世美!我饶不了他!"

杜沧海理也不理就往外走,路过吴莎莎家院子时,就见吴莎莎站在院子里,正全神贯注地聆听着隔壁院子的动静哭鼻子抹眼泪呢。杜沧海心里咯噔一下,突然觉得情急之下,自己说的那些话,也挺伤吴莎莎的,就站住了,叫了声莎莎。

吴莎莎看着他,眼里含着泪,嘴倔强地噘着,说:"杜沧海,你就这么讨厌我?"

杜沧海忙说:"不是,我不是这意思。"

吴莎莎说:"那你什么意思?"

杜沧海就哑然了,觉得没办法解释清楚,就讷讷了一会儿,说:"你爸喝酒了,等回来给他泡一壶茶。"

说完,杜沧海就走,匆匆的,逃也似的。

吴莎莎在他身后大喊:"别拿他说事!我说的是你和我!"

杜沧海顿了一下,觉得还是说不清楚,就加快了脚步。然后就听吴莎莎哂哂从院子里跑出来,一路追在他身后,他不敢停,唯恐一停下,就会被吴莎莎逼着在挪庄的老少爷们面前表态发誓,飞快地拐了两个弯,到了公交车站,歪头等车,这车站有好几路公交车停靠,心想,不管来了哪一辆、往哪个方向开,都上,先离开挪庄这是非之地再说。

心里越急,公交车越是不来,把杜沧海急得心里都在挠墙了。很快,吴莎莎就追了过来,脸上的泪已干了,但隐约还有两道微明的泪痕,也是让人心下凄然。

追过来的吴莎莎并不说话,只是和他并肩站了,随他一起张望公交车来的方向。

来了一辆8路车,杜沧海想也不想就跳上去,吴莎莎也跟上来。杜沧海买了两张票,扶着栏杆,望着车窗外,好像根本就不认识吴莎莎。说真的,此刻,他心里很虚,虚得都有点慌张了,但他竭力压制着,不让吴莎莎看出来。

车过了一站又一站,8路车的最后一站是海泊河公园。杜沧海下了车,吴莎莎跟在他身后,说:"杜沧海,你今天说的是心里话?"

杜沧海说:"哪句?"

"你和我不是男女朋友。"

杜沧海就笑笑说:"咱俩一直是朋友,朋友干吗还要分男女。"

"分！我不想做你的朋友,也不想和你友谊长存,我就想做你的女朋友。"

一下子,就把杜沧海逼进了死胡同,他退无可退地看着吴莎莎,不知说什么才好。吴莎莎又说:"我知道你喜欢丁胜男,可丁胜男进去了,就算没进去她也不喜欢你,丁胜男都去医院打过两次胎了,是孙高第的,大家都知道。"

杜沧海心里涌上一阵虚空的难受,像被人抽掉了肋骨,他虚弱地看着吴莎莎,说:"莎莎,你能不能不告诉我这些?"

吴莎莎说:"我不能,你春梦做得太长了,不切合实际,该醒了。"

杜沧海倚在一棵树上,看着吴莎莎,说:"就算这样,咱俩在一起也不好。"

"哪里不好?"

杜沧海想了想说:"太知根知底了。"

"谈恋爱本来就是个相互了解的过程,咱俩早就了解了,感情更牢固。"

杜沧海摇了摇头,说:"是两口子,没有不打仗的,像咱俩这么相互了解,一吵架就得把祖宗八代的底儿掀了。"

吴莎莎愣了一会儿,突然悲愤,说:"杜沧海,你嫌我妈是个傻子?"

杜沧海忙说:"不是不是。"

"那你就是嫌我爸是个无赖,可他无赖他的,我澄明我的,他是他我是我!"

杜沧海说:"你想太多了,我真不是这意思。"

吴莎莎就哭了,说:"那你就是嫌我奶奶历史不清白。"

吴莎莎一连串的追问,让杜沧海觉得自己成了失去了战斗能力的困兽,只剩了举手投降的份,他倚在树上,可怜巴巴地对吴莎莎说:"我的意思是,你也知道我以前喜欢过丁胜男,我怕你会受不了。"

吴莎莎就扑上来,抱着他的腰,脸埋在他的胸前,说:"我不在乎,我就是要和你在一起。"说着,跷起脚,去吻他,杜沧海狼狈地躲闪着,最后还是被她柔软的唇给捉住了。

那么软那么润的唇啊,轻轻吮吸着他,杜沧海的心都酥掉了,他情不自禁地伸出手,揽住她的腰,热烈地回吻了他。

这个吻,足足持续了五六分钟,如果不是路过的几个小青年啪啪鼓掌,他们还会继续吻下去。

离开吴莎莎的唇,杜沧海瞬间冷静了下来,看着面色绯红的吴莎莎,有点手足无措,吴莎莎理了理鬓角飘下来的头发,看着他,脸上慢慢绽开了胜利的微笑,说:"我现在是你女朋友了吧?"

杜沧海就笑了笑,没说话。

父亲跑到杜家去丢人现眼,吴莎莎本来是打算和他拼了的,拼了命也要和他断绝关系,可她没想到,也是因为父亲的胡搅蛮缠,竟意外地成全了她,让她可以光明正大地以杜沧海女朋友的身份自居了。

2

自从逼杜沧海认下自己这女朋友,吴莎莎下班就去杜家,帮赵桂荣洗衣服做饭,陪她聊天。杜溪出了嫁,新婚燕尔的,也不经常回娘家,赵桂荣虽然失落,但也理解,女人嘛,什么旧社会新社会的女人不一样了,新社会的女人站起来了,能顶半边天啦,全是没牙老奶奶哄小孩的把戏。不管啥时候,男人永远是女人的全部,想让结婚以后的女人眼里有别的,那得等她生孩子以后,自己当了娘,才知道当爹娘的不易,对爹娘亲热点。杜溪刚结婚,还早着呢。所以,赵桂荣乐得吴莎莎来陪她说说话,聊聊天,尤其是当吴莎莎挽着她胳膊出去逛街的时候,街坊邻居们羡慕着呢,说瞧人家老赵,命真好,孩子们争气,连娶个媳妇都能娶成给自己添了个闺女。

赵桂荣和吴莎莎都很受用,这说明她们彼此都是好的啊,心地善良,惦记着对别人好,于是成了两好兑成一好。

但郭俐美不受用。周末,杜长江一家三口回来,通常是杜长江和父亲下两盘军棋,郭俐美揽着杜甫坐在电视机前痴痴地看,赵桂荣默不作声地在厨房忙活饭,谁也没觉得谁该这样、谁不该那样,好像生活本来就是这个样子。

可自从有了吴莎莎,就不一样了,两人都是儿媳妇,吴莎莎还没进门,按说还是客人,她来了,她这当嫂子的得忙前忙后才对,可她在纺织厂的流水线上跑一周了,好容易捞着个周末,恨不能吃喝拉撒全躺在床上,一动也不想动。可杜长江想表孝心,周末就要带老婆孩子回父母家。作为妻子,她不能不配合。但在回来之前,她和杜长江说好,陪他回来没问题,但不能让她干家务。杜长江说:"没问题,你只负责回去,其他的我来。"

杜长江也说到做到,母亲在厨房需要搭把手的时候,他去厨房,厨房不需要他的时候,他负责陪父亲下棋,一家人祖孙三代,倒也其乐融融。可自从吴莎莎来了,气氛就微妙了。

和郭俐美不熟,吴莎莎和她也没话说,就和往常一样,在厨房里和赵桂荣一边忙活一边聊天,全然就是心意相契的娘俩,显得吴莎莎既贴心又温暖,一下子就把郭俐美给比了下去。郭俐美心里不舒服,回家就找杜长江的碴儿,说公婆家房子太小,以后礼拜天就不回去了,全让给吴莎莎当舞台,让她表演贤惠孝顺去。

杜长江知道她是看赵桂荣对吴莎莎好得像亲妈吃醋,就说:"你这是何必呢? 我们家和吴莎莎家隔壁院子住着,吴莎莎打小没了妈,我妈心善,对她就格外好点,那是怜悯,是同情,这种感情有啥好稀罕的?"

郭俐美就哼。再到周末,拗不过杜长江和惯例,还得回婆家,不好意思总是看电视,就去厨房忙着递根葱拿块姜的。杜家厨房兼着仓库的功能,本就很小,三个人杵在里面,显得很局促,反倒更不方便,赵桂荣就让郭俐美去带孩子,别在厨房添挤。郭俐美虽然并不想在厨房待着,可赵桂荣的说法,活生生就让她觉得自己被排挤了,说:"妈,你这么说是嫌我多余是不是?"

赵桂荣正在炸鱼,锅里的油打着滚地沸腾,翻慢了鱼就炸煳了,顾不上和郭俐美多说话,就说:"小郭,话里话外盐多醋少的事,你要钻着牛角尖去计较,日子还有法儿一起过?"

郭俐美更来气了,瞪了赵桂荣和吴莎莎一会儿,转身出了厨房,连拖带拽地拉着杜甫就走。

吴莎莎感觉出了不对头,追出来,说:"要吃饭了,嫂子你去哪儿?"郭俐美也不回应,领着杜甫头也不回地出了院子,去找杜长江。

杜长江正忙装修。

杜建成把挪庄的房子买下来后,杜长江就领郭俐美去看了,房子都是解放前盖的,破破烂烂,不收拾没法住,郭俐美说像猪圈,不是人住的地方,要住杜长江自己来住,她和杜甫不能让他们老杜家当猪养。杜长江就让她等着瞧,买了水泥和砖瓦,一到周末就带着狐朋狗友们来修缮,差不多把房子重新改了一遍。

　　一个多月过去了,这是郭俐美第二次来看他们即将入住的新家,看着原先的小趴趴房现在墙也新了、梁也高了,原先搭出来的小厨房刚刚能站开一个人,杜长江竟给拓成了三个多平方米,简直就是崭新的套房!比纺织机械厂的筒子楼不知宽敞明亮了多少,郭俐美在婆家攒的一肚子不快,顿时就烟消云散了,站在窗口往里看,就见杜长江和几个年轻人正戴着报纸卷成的帽子在刷墙,看样子用不了几天就能搬过来住了。郭俐美探头问杜长江:"房单拿过来了没有?"

　　冷不防地,把沉浸在新家建设中的杜长江吓了一跳,说:"在咱爸那儿。"说着,从人字梯上跳下来,让郭俐美进来参观参观他收拾的新家。

　　对改建后的新房,郭俐美相当满意,但脸上却满是不屑。是的,她必得这个态度,让杜家的人知道,她郭俐美是个见过大世面、大地界的人,如果他们以为挪庄两间旧平房就能让她心花怒放,那是他们眼皮子太浅了。

　　郭俐美边看边问房单上写了谁的名字。杜长江心里又咯噔一下,真是怕什么来什么。给他钥匙的时候,杜建成说过,房在杜沧海名下,如果杜沧海要把房过到他名下,那是他们的兄弟情分,他这当爸的不插手。

　　杜长江觉得自己好歹是当哥哥的,还是国营企业的干部,怎么能靠弟弟拉拔着过日子?就说听人传商业局正要盖职工宿舍,到时候,肯定有他一套,这房子早晚得还给杜沧海,就别来回折腾了。

　　可现在,郭俐美问了,他要说不知道,她肯定会去问父母。以他父母的脾气,是撒不了谎的,这谎就只能他来扯了,说:"买给咱的,当然在咱名下。"

　　郭俐美哦了一声,说:"等下次回家,记得把房单要过来。"

　　杜长江说:"马上要搬家了,兵荒马乱的,要过来干什么?丢啊?"

　　郭俐美想想也是,就没再提这茬儿。杜长江在心里悄悄揩了一把冷汗,问她吃饭了没。郭俐美这才愤愤不平地说吃气吃饱了。杜长江就知道她又和吴莎莎争风吃醋地斗气了,就说了她两句,说爱掐尖这毛病得改改了,看不得别人好,这吴莎莎不就愿意在厨房帮未来婆婆干活吗,又不是穿金戴银地馋你,你何必动这么大气?郭俐美说她这比穿金戴银还气人!她这是居心叵测,一心要在人品上把她压下去。杜长江知道在这事上自己既没法说服郭俐美,也没法让吴莎莎以后别去家里厨房干活了,都是个性问题,永远无解,就说他们干了一上午活,已经饿了,让她去菜市场买点现成饭回来。

搬家前,杜长江接到杜沧海电话,约他去房产局,说要把房子过到他名下,杜长江觉得弟弟一开口,自己就应,显得好像等这一天等了好久了似的,就想拿一下架子,说马上要去商业局开会,过几天吧。

然后,广州那边批发电子表的来电话,说山东帮在广州出大事了,把他们的人也牵连进去了,让杜沧海赶紧过去一趟。给房子过户的事就这么搁下了。

电子表利润大,大家都想做这买卖,自从大狮子挨了打,杜沧海也想开了,有财大家一起发,大不了这条路堵死了他再换别的,所以不管谁来打听电子表货源,他都如实相告,一传十十传百,也就传开了,不光青岛的,整个山东的小商贩都往广州跑,一时间,广州的电子表货源就僧多粥少,紧俏得很,山东各地的贩子,为了抢货源经常会在广州的窄街陋巷里大打出手。杜沧海也遇上过几次,但没人敢跟他打。其一,他年轻力壮,本就是把打架的好手;其二,到广州来批发电子表,他是鼻祖,是唯一的,而不是之一。所以,虽然没人尊他老大,但无形当中,此山是我开的隐形江湖老大地位,还是有的,连掌握着货源的广东人都敬他三分,就莫说那些被他带上路的山东商贩了。所以,商贩和商贩之间可能会打得头破血流,可一见着他,都老老实实的。

杜沧海只想老老实实做生意赚钱,对江湖老大的地位,并不稀罕,就说他们打他们的,和我有什么关系?不去。

批发电子表的说怎么能说和你没关系?有!说再这么下去不行了,非出人命不可。让他过去立个规矩。

杜沧海就去了。

到了广州才知道,为了抢货源,济南的商贩和青岛的商贩打起来了,打得太凶,惊动了派出所,把济南帮和青岛帮都抓了,还抓了一个批发电子表的,因为斗殴是他挑起来的。

当时,青岛帮先到了这个批发电子表的人家里,都谈好价钱了,济南帮来了,也要。这个批发电子表的,也奸商得很,想利润最大化,就说要不这样吧,你们谁出的价钱高,我给谁。于是,青岛帮和济南帮就开始了竞价,一来一去地几个回合加下来,在原来说好的价钱的基础上,单价就生生地涨上去十块。青岛帮就急了,动手往外推还想加价的济南帮。没抢着货,济南帮哪儿肯放手?双方就拧上了,打了起来,从屋里乒乒乓乓打到了街上,街边的砖头木棍椅子凳子,摸到什么往对方身上抡什么,流的血,把一条街都染红了,最后,不知谁打了110。

他们打红了眼,警察来了,看都不看,没辙,警察鸣枪,总算吓唬住了,街上已横七竖八地躺了五六个,伤得最重的,是济南帮的一中年男人,现在还躺在医院,据说醒不了了,植物人。

一开始,广州这帮专门批发电子表的,还没当事,可日子一天天过去,被抓进去的批发电子表的,不仅没放出来,还给判了刑,他们就怕了。毕竟,生意还是要继续做,可这样的事,谁知道以后会不会发生?万一把自己也牵连进去怎么办?

他们就想到了杜沧海,让杜沧海约束约束山东商贩,做生意要文明竞争,不能一言不合就来野蛮的。说真的,听广东人说完原委,杜沧海很生气,说生意人都想挣钱,这是天理,可不能利欲熏心,就说这次济南帮和青岛帮打起来,如果不是批发电子表的商贩利欲熏心,让他们竞价,能打起来吗?

广州的电子表商贩,也自知理亏,但都不想把这亏往自己身上引,就说他们广东人做生意最讲规矩了,利欲熏心的,只是极个别的少数人。事已至此,再理论谁对谁错,于事无补,现在唯一能做的,就是引以为戒,约束双方都守规矩,别给大家添乱。

商量了两三天,广东的电子表批发商贩一致决定,以后他们的电子表,对山东地区,只批发给杜沧海,山东地区的其他商贩,只能从杜沧海手里批发。杜沧海说:"我这不成市场上的恶霸了?"广州人就笑,说:"这不叫恶霸,杜先生你就相当于我们广东批发商选定的山东总代理。"

杜沧海盛情难却,就应了,回青岛的路上,就想,这到底是好还是不好呢?

一下飞机,就去找杜天河。

杜天河已经分到了宿舍,黄台路上,是间二十多平方米的老楼的二楼,厨房、卫生间和楼上的其他两家共用。

他去的时候,已是晚上八点多了,宿舍的门开着,何春熙正在垫着一条毛巾,用灌满了开水的大茶缸给杜天河熨衬衣。见是杜沧海来了,笑得山花烂漫,好像她已是杜天河的妻,而杜沧海是没事来串门的小叔子。她轻车熟路地给杜沧海拖了个凳子,又倒了一杯水,说杜天河回单位拿文件了,问杜沧海过来找他什么事。杜沧海说没什么事,就是过来看看。

何春熙就继续熨衬衣,不时地扫杜沧海一眼,想说什么,又不知说什么才好的样子,杜沧海正想告辞,杜天河回来了,见他在,很意外,问怎么了。杜沧海就把广州那边的电子表批发商贩推举他做山东总代理的事跟他说了,问这好不好。

杜天河问了一下广州的电子表进货渠道,沉吟了一会儿,劝杜沧海,电子表还是不要卖了,因为这些来自日本和香港的电子表都是走私货。前几年,国家刚刚改革开放,各方面政策法规都跟不上,对走私也是睁只眼闭只眼,可这几年,一切都逐渐走向正规,不光电子表,一切和走私有关的,肯定会治理,所以但凡和走私沾边的,能不沾就别沾。对打击走私,杜沧海倒没概念,只关心自己垄断了山东的电子表市场,会不会引起民愤,对杜天河的这番话,也就没怎么上心。

末了,杜天河出来送他,杜沧海回头看了看,就见何春熙像个温良的小妇人,站在二楼楼梯口目送他们,也笑着挥了挥手,到了街上,才问杜天河是不是打算和何春熙结婚。

杜天河说什么啊,何春熙只要上白班和早班,晚上就会来宿舍找他,他又不能不让她进,一进屋她就忙着帮他打扫卫生、洗衣服,他都快被弄疯了。

杜沧海觉得何春熙虽然让人觉得颇有心计,但人还可以,长得也不差,都等杜天河这么多年了,也挺不容易,反正米小粟也结婚了,让杜天河差不多就行了。

杜天河挺犹豫的,说过一阵再说,叮嘱杜沧海回家别吭声,要不然,他们的母亲知道了,肯定得催着他张罗婚礼。跟何春熙结婚的那个八字,他心里还没一撇呢。

3

杜长江搬家没多久,杜溪就怀孕了。

别人害喜是孕吐,杜溪害喜是嘴馋,专门馋赵桂荣包的鲅鱼饺子和虾仁鸡蛋韭菜饺子。

其实，吃鲅鱼饺子不是青岛人的风俗。

赵桂荣的妈是烟台人，鲅鱼饺子是烟台特色饮食，赵桂荣的鲅鱼饺子手艺是从她妈那儿学来的。

赵桂荣包的鲅鱼饺子和平常饺子不一样。大、扁平，两三个就能装一盘。鲅鱼饺子调馅儿，是个技术活，要先用花椒煮水，放冷待用；然后把鲅鱼去皮去头去刺去内脏，如果鱼肉呈晶莹剔透状，说明鱼很新鲜，如果没弹性并呈浅乳白色，就是鱼不新鲜了，包饺子会腥，不好吃。把鲅鱼肉剁碎以后和五花肉馅以三比一的比例兑在一起，加花椒水、酱油、花生油一边搅拌一边加水，一直搅拌成厚糨糊状，再加上韭菜末，搅均匀，就可以包了。鲅鱼饺子之所以要大，是因为馅儿很稀，饺子皮小，包不进馅儿去，所以正宗鲅鱼饺子大得像小合饼，吃一口就没齿难忘。

因为赵桂荣，挪庄的女人都会包鲜香味美的鲅鱼饺子，渐渐传了出去，但以赵桂荣包的最为地道正宗。还有虾仁鸡蛋韭菜饺子，把鸡蛋炒得嫩嫩的，放凉之后和现剥的虾仁加韭菜末拌好包成。鲅鱼饺子的特点是汤汁饱满而鲜香，虾仁鸡蛋韭菜饺子的鲜，是清亮的，鲜得昂扬而又高风亮节。

自从怀了孕，这两种饺子就成了杜溪每天必吃的主食，她婆婆不会做，她就天天往家跑。

包饺子要剁馅、和面、擀皮、包、煮，很烦琐，也是个需要众人通力协作的活，杜溪回娘家找饺子吃，也会去厨房帮忙，赵桂荣、杜溪、吴莎莎娘儿三个，有擀皮的，有包的，厨房里气氛协调而又融洽。郭俐美搬回挪庄住了，离公婆家近，有时下班晚，懒得做饭，就带着杜甫来婆家蹭饭吃。

郭俐美一来，厨房里的融洽气氛，就像平静的湖水里被人扔了一块石子，被打破了。郭俐美本来就是偷懒才来蹭饭吃的，自然不愿意伸手帮忙，可不帮忙，人家三个女人在厨房里热乎成一团，显得她特别各一路，也不好。就往厨房凑，可一张面板的周围实在围不开四个人，她左右插不进去，转来转去地，就显得碍手碍脚，杜溪嘴快，就说："嫂子你带杜甫看电视吧，厨房用不上你。"

这话本来没什么，可郭俐美对婆家和吴莎莎戒备得紧，就会觉得这话里，有嫌弃自己的意思，很生气，以后下班回家，哪怕累死，菜也自己买，饭也自己做，但因为累和不情愿,摔摔打打的没好气。

当了百货科科长的杜长江,一心想把家庭气氛建设得像知识分子家庭,说话,人人和颜悦色;吃饭,轻手轻脚、安静优雅。除了鱼刺和骨头,嘴里不许随便吐脏话。

可郭俐美做不到,也是工作原因,纺织厂车间噪音大,同事之间说话,要扯着嗓子喊才能让对方听见,久了,也就习惯了,嗓门不大不说话。常常地,好好的一句话,让她说出来,就有了吵架的气势。

每每这样的时候,杜长江就气,觉得自己所有的努力,都被郭俐美的大嗓门给喊成了鸡飞狗跳,就懊恼得很,一懊恼,就会想小叶。他当科长以后,小叶就调利群去了。据说小叶男朋友的父亲在利群,手里有点权力,就把小叶调过去了,小叶调到利群没多久,就当上了小组长。轮休的时候,小叶回过国货,扬眉吐气的,见着杜长江,也不像以前那么苦大仇深了,笑嘻嘻的,好像前情旧恨都烟消云散了似的,反倒把杜长江弄得讪讪的。就有人说,以小叶这胸襟,将来了不得。大家都坚信不疑,因为去了利群的小叶,也是个有后台的人了。听别人说这些,杜长江就有莫名的惆怅,回家,再看着摔盘子打碗的郭俐美,无名的懊恼,就像只活蹦乱跳的老鼠,在身体里流窜,就冲郭俐美吼。郭俐美觉得委屈,就哭,说老杜家合起伙来给她难看,找她毛病。杜长江也不耐烦,说:"就你这总以为自己是天底下独一份好的病态心理,根本就不用别人找事,只要别人表现得比你好,你就觉得自己是被欺负了,这是病,得治!"

自从杜长江当了小干部,郭俐美原本觉得脸上挺有光的,日子也有奔头,就处处端着杜长江,尤其是回娘家,动辄就说杜长江又帮她同事弄到了紧俏的东西,比如录音机啦,冰箱啦,彩电啦。郭俐军就常在他的朋友和同事跟前逞能,给杜长江揽回了不少麻烦,杜长江恼了,说郭俐美:"你弟弟怎么不是弄这个就是搞那个,跟个倒爷似的!"

郭俐美不服气,就问杜长江,自从嫁给他,她娘家沾他什么光了?他张张嘴,就能让郭俐军在旁人面前长长面子,不行啊?

杜长江说不行!让他有面子我就得豁上我这张破脸去求爷爷告奶奶!

两人吵得鸡飞狗跳,为了报复杜长江,郭俐美就不配合他做孝子贤孙了。周末,杜长江愿意回父母家他自己回,她不去。可见不着她,赵桂荣又记挂,生怕她和杜长江吵架啥的,有时在街上遇见了,就问,咋不见她回家吃饭了。郭俐美就说都住一起了,整天低头不见抬头见的,她就不回去添乱了。说得赵桂荣站在太阳底下,一愣一愣的,拼命地想自己啥时候嫌弃她回家添乱过。

杜建成把另一处平房也收拾好了,给杜沧海当婚房,陆陆续续地进了些家具,赵桂荣把钥匙给吴莎莎一把,吴莎莎恨不能一天跑三趟,打量一圈,在里面站一会儿都觉得幸福,也想往家买东西,可手里没钱,就恼大吴。上班这么些年,工资一直是大吴替她领,恩赐似的给个三块两块,就当一个月的零花了。为这,她和大吴吵。大吴翻来覆去就一句话:"你是我养的,挣了钱就得归我,想自己当家做主,成,你把我这当爹的砍了吧。"

吴莎莎当然不能砍他,去公司找领导反映,领导虽然同情她,但更怕大吴来闹,说的都是和稀泥的话。吴莎莎就不指望领导了,和赵桂荣说实在不行她就换家单位,就算她爸也能跟着去搅和,可万一新单位的领导是个硬茬子呢?

赵桂荣劝她别折腾了,满大街多少待业青年找不到工作,她还想着换单位?好在杜沧海能挣,也不指望她工资过日子。她呢,就踏踏实实地上班,慢慢熬吧,权当是上班挣钱孝顺她那混账爸爸了,只要他不闹腾,就比什么都好,缺钱花了,找她要。

赵桂荣话虽这么说了,可吴莎莎怎么张得开口?

4

夏天,杜溪生了个粉团团的小姑娘,大狮子高兴坏了,恨不能每天把杜溪娘俩放掌心里捧着。赵桂荣和杜建成商量等到元旦,就把杜沧海和吴莎莎的婚事办了。

杜建成说这事让儿子自己做主吧,他们别瞎操心。

杜建成对吴莎莎本身没意见,但对她的爹娘和奶奶有意见,总觉得让杜沧海娶这样人家的孩子,有龙王被王八攀了亲家的辱没感。所以,不管赵桂荣怎么催,他都往杜沧海身上一推了事。

催不动杜建成,赵桂荣就去催杜沧海,让他和吴莎莎商量。杜沧海嘴里答应着,都一两个月了也没商量出个结果来,一问吴莎莎,才知道杜沧海跟她连提都没提过。

赵桂荣心里一咯噔,也没敢和吴莎莎多说,挺惆怅的,夜里,和杜建成说:"你说沧海这孩子怎么了?人家大小伙子都是一听娶媳妇,乐得嘴都咧耳朵后面去,可咱沧海怎么就跟抻拉面似的,没个痛快时候。"

杜建成说:"乐得嘴咧耳朵后面去,那是娶自己想娶的女人。"

赵桂荣说:"莎莎哪里不好?"杜建成说:"男人和女人,就是个眼缘,眼缘对不上,心里那根线就扯不到一起去。"

赵桂荣活了大半辈子,虽然和杜建成没说过什么情啊爱啊的,可也知道,两口子,要是一个不稀罕另一个,硬绑在一起也幸福不到哪里去,就想探探杜沧海的底。

晚上,杜沧海回来,吃完饭,赵桂荣特意把电视拧到杜沧海喜欢的频道,坐到他身边,看着他,有点小心翼翼的。杜沧海知道她有话要说,就看着她,等她开口。赵桂荣说:"沧海,你跟我说句掏心窝子话,是不是不喜欢莎莎?"

杜沧海说:"妈,整个挪庄都知道我和莎莎要结婚了,您还这么问有意思吗?"

赵桂荣说:"咋没意思?"

杜沧海没说话。赵桂荣就晃晃他膝盖说:"你要真不喜欢莎莎,妈就不逼你了,别结了婚别扭一辈子,也怪没意思的。"

杜沧海想了一会儿,说:"我对吴莎莎本身没意见,但我对和她结婚有意见。"

赵桂荣就云里雾里的,说:"这话说的,我就解不透了。"

杜沧海就想起了丁胜男,不知为什么,一想到自己要和吴莎莎结婚他就会心疼丁胜男,甚至,很多次,想七年以后,韶华不再的丁胜男从监狱出来,她最爱的孙高第肯定娶别人了,最喜欢她的杜沧海娶吴莎莎了,她形单影只,多凄凉啊。但,这些,他只能偷偷想想而已,不能告诉父母,否则,他们要知道自己是因为丁胜男才不愿意和吴莎莎结婚,肯定得跳起来。

在挪庄,丁胜男的名声实在是太坏了,像大粪场里的苍蝇一样令那些自诩正经的人嗤之以鼻,避之不及。

　　赵桂荣见他半天不言语,就问他是不是另有喜欢的。杜沧海摇了摇头,觉得一种叫落寞的情绪,下大雪一样,满心满脑子飘飘扬扬的。

　　赵桂荣就拍了他膝盖一下:"我还当你心里有别人呢,娶谁都是过日子,你还是娶莎莎吧,虽说家里老底不咋干净,可她好就行。"

第十三章
惊涛骇浪

1

有几次,杜天河回家说,电子表是走私货,让杜沧海转行做别的生意。可电子表这行杜沧海做惯了,利润又高,一时不舍得放手,就问:"什么是走私?"

杜天河说:"就是没经过正常的进出口途径,瞒过了各种检查,逃掉了应该交给国家的税。"

杜沧海就笑了,说:"我还以为是犯了多么了不起的大罪呢。"

刚改革开放没多少年,杜沧海不了解走私其实是个大罪,更不了解什么叫交税,譬如说他们在即墨路摆了好几年摊了,除了每月交两毛钱的卫生费,就没听说过"税"这个字眼,更闹不明白税和这个国家有什么关系。就跟杜天河打哈哈,别担心,他没偷没抢,都这么干了好几年了,风调雨顺的,出不了娄子。

杜天河有点急,说以前是以前,现在是现在,让杜沧海别侥幸。杜沧海觉得这话题再继续下去,非呛呛起来不可,就转移话题,问杜天河和何春熙怎么样了。

杜天河看透了他的心思,又急又气也没办法,愤愤起身,说局里还有份文件要回去改。

一直这样,不管是和家里人言语上起了冲突还是父母催问他的终身大事,杜天河就会说单位有事,得回去加班了。

大家都知道那是他的借口,但也没办法。

为杜天河的终身大事,杜建成两口子,早就心急如焚了,可杜天河全然没放在心上,他们就是急得挠墙都没用。有一次,赵桂荣实在忍无可忍了,说:"天河,你跟妈说,你到底要个什么样的? 妈托人给你张罗。"

杜天河说:"没条件,合适就行。"

可吴莎莎说:"越是这么说的人条件越高。"

除非这世上有第二个米小粟。杜沧海遇见过米小粟,在中山路,米小粟领着一个三四岁的小姑娘在海滨食品店门口吃酸奶,想必,是她女儿吧? 结婚生了孩子的米小粟,和以前相比,变化不大,看上去淡淡的,对什么都不放在心上的样子。当时是有人请杜沧海去吃涮火锅,走到劈柴院入口,一回头,看见了米小粟母女,他定定地看了一会儿,没打招呼,就转身走了。

事后想,其实打招呼也枉然,隔着那么宽的中山路,喊破嗓子米小粟都未必听得见,只是,隐隐地,心头有点疼,觉得米小粟过得并不快乐,因为她整个人看上去一点也不生动,美虽美,画上美人而已,只有美的轮廓,却没精气神。

在感情上,他把米小粟当了十多年的姐姐,米小粟给他买过小人书买过冰糕还给他买过文具,可是,因为她和杜天河的爱情没了,他们就成了相互没有任何关系的陌生人,这样的残酷,让杜沧海觉得这世界冷而脆弱。

杜沧海有时觉得,他做生意,早就背离了初心。当初他迫切地想做生意,是为了挣钱还债。债早就还上了,吊铺上藏着他十辈子也花不完的钱,具体有多少,他没数,问过赵桂荣,赵桂荣一开始还让杜建成记本子上,可记着记着就记乱套了,索性不记了,有一天她和杜建成关上门,在吊铺上数了整整一天,真把手都数抽筋了,也没数完,就放弃了。

现在,杜沧海觉得自己做生意,已不再是执迷于挣钱这个结果,而是挣钱的过程让他沉迷,吊铺上越堆越多的钱,就是这个游戏的结果。

杜家的孩子们结婚的结婚,搬出去单过的搬出去单过,杜沧海没结婚,也不回来住了,说是杜建成两口子年纪大了,还爬上爬下地睡吊铺危险,吃完晚饭,他就去新房子那边睡,让杜建成老两口睡下铺。

杜建成老两口就把整个的吊铺,让给了钱。

要办婚礼,杜沧海给了吴莎莎两千块钱,让她置办结婚用的东西。

吴莎莎第一次看见这么多钱,眼睛亮亮的,问杜沧海到底有多少钱,是不是像街面上谣传的那么有钱。杜沧海就问街面上谣传他有多少钱。吴莎莎说万元户啊。

那是,"万元户"这三个字,像一场被渴望的瘟疫,在电视机、收音机和报纸上,天天被人提起无数遍,简直就是和尚嘴里的阿弥陀佛。

杜沧海笑了笑,没回答吴莎莎。

事后,杜沧海想,那些结结实实堆在吊铺上的钱,至少也得几百万吧,相对于低廉的物价,钱对他来说,早已泛滥成灾,甚至连个数字都不是。

也是因为这些钱,杜建成两口子从来不会同时不在家,哪怕天大的事,家里也要留个看门的。

2

到底还是出事了,这年秋末,杜沧海去广州进货回来,刚进门,连一口水都没来得及喝,大狮子就像一枚出膛的炮弹,破门而入,大呼小叫地说:"老大,赶紧地,打起来了。"

结婚后,大狮子就肆无忌惮地开始发胖,很快就胖出了境界,圆头圆脸小鼻子,配上一头卷毛,看上去就像一只硕大的狮子头肉丸子扣上了一顶假发。最搞笑的是,结婚以后他依然喊杜沧海老大。杜沧海让他改口,他改不了。杜沧海也试着叫过他姐夫,可叫了几次,每次大狮子都充耳不闻,好像他叫的是别人,只有叫他大狮子,他的反应才敏捷得像发现了自己的母狮子正被其他公狮子觊觎的狮王。

杜沧海口渴得很,加上大狮子一惊一乍惯了,就没当一回事,想先喝一口水再说,可大狮子劈手就夺下了他的茶缸子,拉着他就往外走。渴,到嘴的水没捞着喝,杜沧海有点恼,甩开他的手说:"你干什么?"大狮子大喘着气说:"老大,梁所长和派出所的打起来了,大伙替梁所长出气,把派出所的警车给推走了。"

杜沧海这才发现,在需要穿毛衣外套才能御寒的深秋,大狮子跑出了一额头

223

的汗,知道事不小,忙问是怎么回事。

大狮子说他去广州这段时间,派出所去了几趟即墨路,到卖电子表的摊前问这问那的。再然后就是派出所的人在即墨路工商所进进出出,全都虎着脸。昨天,梁所长和他们吵起来了,从办公室吵到了大街上。大伙儿才知道,原来上面接到反映,说即墨路这边卖走私日本电子表猖獗,山东各地市场上的电子表全来自青岛即墨路,不查不行了,也就是说,不仅以后不让卖电子表了,正在销售的,还要没收。因为工商所的职能就是保证公正合法健康的市场交易,所以派出所找梁所长,是要求他和派出所联合执法,查处走私电子表。

梁所长承认,即墨路上的电子表,确实是走私货,走私也确实犯法,这也不能怪商户,以前国家不管,大家也都当这是正常买卖,根本就不知道走私是咋回事,更不知道卖走私的东西犯法,一直这么延续下来了。梁所长让派出所给点时间,让商户们把手里的存货处理掉,别一上来就没收。

可派出所不干,说已经知道违法了,还要卖,这就是明知故犯,让梁所长必须无条件地配合整顿市场。

梁所长说他不是不配合,让派出所所长先跟他去市场走一趟再说。

梁所长领着派出所所长挨个摊问摊主以前是干什么的。

这要是在即墨路以外,进过监狱的人,因为怕歧视,都会主动隐瞒那段不光彩的历史。可在即墨路不,大家背景都差不多,是秃子就不会笑话和尚;再就是在即墨路上混,你得让大伙知道你有鲶鱼的本质,才会不受欺负,所以每每说起过往,大家都恨不能把自己说成一凶神恶煞的杀人犯,为的是没人敢惹。

一路问下来,进过监狱的占了一大半,再就是找不到工作的待业青年。

梁所长问派出所所长有什么感想。

派出所所长当然明白梁所长的意思,就是这些人都曾经进去过,出来了,能找到一份让他们塌下心来安分守己过日子的工作的机会实在是渺茫,而即墨路给他们提供了这个舞台,一旦没收他们的电子表,以后也不让卖了,这不等于是把他们逼向社会?在社会上混,一旦没了收入,这些有前科的人能干出什么好事来?

可上头有命令,派出所所长也不能不执行,就说梁所长的意思,他明白,可上边的任务也得执行。

梁所长真急了，就和他吵了起来。

商户们这才知道，前几天派出所来问东问西，原来是想抄他们的后路！有梁所长顶着，他们倒也不怕，一哄而上，和派出所所长理论。

他们本就是一帮粗人，讲理未必行，但犯浑一个顶十个，很快就把派出所所长惹毛了，让他们等着瞧。但大伙儿谁也不怕，派出所的就了不起了？他们没偷没抢没坑蒙拐骗，能怎么着？

结果，第二天，派出所也不要求工商所联合执法了，直接开了车来没收电子表。

电子表虽然利润高，可成本也高，有的摊，一旦电子表被没收了，就是倾家荡产，当然不肯眼睁睁地看着自己的电子表被没收，就和派出所的人打起来了。梁所长听见外面吵吵，跑了出来，见派出所来硬的了，也急了，说："你们这是干什么呢？"说着把商户扒拉到身后，小声说："你们给我靠后。"

说着，从摊位后面抄起一根棍子，横在摊前，让执行没收的民警先回去，后面的事，由他去和派出所所长商量。

梁所长不是公安系统的更不是民警们的直接领导，民警们不听他的，尤其是见他拿着棍子和执法民警来横的，其他民警也呼啦一下围过来，大有要把他拖一边去的架势。

梁所长深知，一旦动起粗来，商户们肯定按捺不住，到时候，一哄而上，倒霉的还是他们这些有前科的人。但他就不一样了，他是国家公务人员，就算真打起来，到最后也可以说执法过程中有分歧，没什么大不了的。

为了不激化矛盾，梁所长把一根棍子舞得跟孙悟空似的，别人近不了身，可是，毕竟也是小五十的人了，没一会儿工夫，全身汗水就湿透了，他自觉撑不了太久，又唯恐自己一慢下来，民警们就会蜂拥而上把他往一边拖，他们一旦动手拖他，就是悲剧的开始，因为他知道商户们虽然邪气，可一旦遇到外敌，都仗义得很，肯定不会眼睁睁地看着民警们拖他，会来帮他，这样，就是短兵相接，乱子就大了。

那天中午，年近五十的梁所长，像个年迈的悲情英雄，在即墨路的路口气喘吁吁地舞着一根长棍,豆大的汗珠,顺着他的脸颊往下滚,大狮子看在眼里急在心里,知道这么下去不行,就拿起一根更粗更长的棍子说:"所长,你歇歇,我替你一会儿!"

梁所长用余光扫见了大狮子,突然想起了杜沧海。

杜沧海虽然年轻,但在即墨路上的威望,梁所长还是知道的,更关键的,是知道他明事理,知轻重,不会乱来,就喝了一嗓子:"杜沧海呢? 赶紧把他给我找过来!"

于是,大狮子就连滚带爬地去了挪庄。

杜沧海和大狮子一溜小跑到了即墨路,就见商户们人手一根木棍,和梁所长一起,组成了一道铜墙铁壁,坚决不让派出所的人进即墨路执法,杜沧海就觉得眼眶热热的,远远喊了一声:"梁所长,怎么了这是?"

梁所长瞥了派出所的一眼,低声说:"沧海,你劝劝大伙,先回去做生意,剩下的交给我。"

形势剑拔弩张,杜沧海心里也没底,就问:"电子表都卖好几年了,怎么突然就犯法了?"

一个民警警觉地看着杜沧海,问:"你叫什么名字?"

"杜沧海。"

民警掏出一个本子,看了一眼,对后面的两个民警点点头,两人迅速上前,一左一右就给杜沧海戴上了手铐,杜沧海就蒙了,说:"干什么呢? 我犯什么事了,你们给我戴铐子?"

其中一个民警说:"杜沧海,据群众举报,你是即墨路走私电子表的始作俑者,也是幕后黑手,严重破坏了市场秩序,给国家造成了巨大的经济损失。"

杜沧海脑子里一片空白,茫然地看着梁所长和大狮子。

大狮子吓傻了,没想到自己把杜沧海叫了来就让人抓走了,抄起棍子扑上来就要打,被杜沧海喝住了,说:"大狮子! 你给我把棍子放下! 站好!"

大狮子突然就坐在地上号啕了,说:"老大,是我把你叫来的,你要真有什么事,我怎么跟他们交代?!"

杜沧海明白大狮子说的他们是指他的父母还有杜溪,就说:"你回家跟爸妈说一声,我去派出所配合调查,没什么大不了的。"

内心里,杜沧海也真这么觉得,作为一个平民老百姓,他自觉没犯什么法,派出所肯定是弄错了,再要不就是带他回去问几句话。

但杜沧海还是太乐观了,被带往派出所问询的路上,他被抓的消息,就像冬天的狂风裹挟着漫天的雪花一样,席卷了整个挪庄。晴天的霹雳就击中了赵桂荣和杜建成,他们面面相觑,杜建成的脸从青到煞白,赵桂荣干干地张着大嘴流眼泪却不敢哭出声。

哭声就是翅膀啊,只会让丑闻飞得更远更快,所以,赵桂荣使劲忍住了,不让自己哭出声。

后来,杜建成说:"你在家守着,我去找老大。"

杜建成刚出门,警察就来搜家了。

赵桂荣什么也不敢说,更不敢动,泥塑一样呆呆地站着流泪,看着民警把杜沧海刚进回来的几箱电子表搬上了警车,又从吊铺上把她和杜建成抚摸了无数个日夜的钞票,用蛇皮袋子一袋子一袋子地往下装,警察一袋子一袋子往警车上搬钞票的时候,全院的人都出来了,站在自家门口,满眼惊惧地看着,胆大的,扯着嗓子问一声:"民警同志,这是怎么回事?"

对站满了院子、围满了门口的街坊邻居,警察看也不看,就甭说回答了。

后来,整个挪庄流传,从杜建成家吊铺上搜出来的钞票,公安局装满了一辆卡车。

杜建成也没找到杜天河,单位的人说他到即墨县搞基层培训去了,要傍晚才能回来。

3

那会儿,杜溪的女儿杨果果已经一岁了。大狮子在胶州路上,买了一层老别墅,是解放前资本家的宅邸,解放后资本家被遣返老家,别墅充了公,一楼给了街道办事处,二楼分给了几户人家。这几年落实政策要回来了,一楼公家占着,还好腾。可二楼的住户,都说没地方搬,就这么一直赖着,资本家的后人懒得和二

227

楼的住户淘气，索性眼不见心不烦，把房子卖了，大狮子买了，一楼就一百六十多平方米，有厨房有卫生间，一家三口住，宽宽敞敞的，至于二楼，就当没有，他们什么时候腾出来什么时候算，一栋楼统共才花了六万块钱。

搬家以后，按照山东人的风俗，亲戚朋友都带着贺礼来温炕。郭俐美里里外外地看了好几遍，羡慕得不行，问杜天河以前米小粟家的房子有没有这个大。杜天河说比这大，他们家还有楼上。郭俐美就撇嘴说大户人家的闺女，就是受不得一点委屈。当年，面临的情况一样，都是婚礼被杜沧海一竹竿戳没了，都是要一切从简参加集体婚礼，要说委屈，大家受着一样的委屈。怎么样？她和杜长江还不是把婚结了？就她米小粟金贵啊？见杜天河不搭腔，又说这家里条件太优越了，养出来的闺女都各一路。说着，瞟了一眼被赵桂荣抱在怀里的果果，问杜天河米小粟结婚了没。杜天河心里不是滋味，说不知道。郭俐美就一脸惊奇地说："你怎么会不知道？谈了十多年，分手就一点儿也不打听了？"杜天河实在没法往下继续聊，就转身跟大狮子说："这么大房子，完全可以搞一间书房出来。"大狮子说："搞书房干什么？"郭俐美咯咯笑着说："囤点书，冬天生炉子的时候点了引火。"

杜天河只想有件隐身衣穿上，从这群家人中彻底隐形。

杜沧海是被自己叫到即墨路才被抓的，大狮子自觉罪孽深重，不敢回家，一下午都灰溜溜地跟着梁所长东奔西跑。

梁所长也觉得杜沧海被抓，自己负有一定的责任，毕竟是他让大狮子把杜沧海叫到即墨路的，事情发展到这一步，完全出乎他的意料。

警车带走杜沧海那会儿，梁所长疯了一样，骑着他的破自行车，一路叮叮当当地追，大狮子就跟在他的自行车后面发疯地跑，他们都想知道，为什么要抓杜沧海？要怎么着才能把杜沧海放了？

跟到派出所，为了杜沧海，梁所长跟派出所所长认了尿，说工商所可以配合派出所稽查走私电子表，条件是先把杜沧海放了。

派出所所长就说："老梁，我看你真是让即墨路那帮做小买卖的给传染了，我这是执法！不是做小买卖！"

大半辈子腰杆挺得笔直的梁所长就说好听的，给派出所所长道歉，说是他态度不好,可他这不也是为大局着想嘛,让他抬抬手,把电子表查了就行了,但杜沧海是即墨路上为数不多的没进过监狱的人之一,就这么抓进去了,这不等于是往泥潭里又丢了个干净人?

可派出所所长不跟他理论这一套,他的任务,就是为了保证社会生活的澄澈干净,把不干净的揪出来,丢进泥潭。

为了杜沧海,整整一个下午,梁所长忘记了自尊是个什么玩意儿,跟屁虫一样跟在派出所所长的后面哀告说情。派出所所长让他回去,因为不管他怎么求,都没用,放不放杜沧海他说了不算。

梁所长不信,派出所和工商所虽然不是一回事,但派出所抓人的程序,他多少还是懂一点的,都是民警抓了人,先临时羁押,然后报到检察院批捕,检察院在接到申请批捕材料以后的七天内,核实犯罪嫌疑人犯的事是不是触犯了刑法,再决定是不是批捕,而且,在检察院做出批捕决定前,派出所怎么报批捕申请很重要。

软的磨不通,梁所长就玩上了赖的,派出所所长下班,他跟着,走到哪儿跟到哪儿。

梁所长亦步亦趋地跟着派出所所长,大狮子就像一只硕大的拖油瓶一样跟在梁所长身后两三米远的地方。派出所所长让他们黏得没办法了,只好说了实话,说这次抓杜沧海跟派出所平时抓人不一样,不是他们抓了往上报,而是上面点了杜沧海的名让他们抓的!他根本就没松手放人的权力!

梁所长就傻了,问为什么。

派出所所长说因为他是整个山东省走私进口电子表的龙头老大,所谓捉贼拿赃,擒贼擒王,就是这个道理。现在国家治理走私,把全国各地卖走私电子表的小商贩全抓起来,这不现实,但抓个龙头老大杀鸡儆猴还是必要的!

梁所长就知道,杜沧海摊上大事了,就算自己没让大狮子把他喊到即墨路,他也跑不了,被抓只是早晚的事。

梁所长一屁股坐在马路牙子上,一口气抽了半包烟,大狮子可怜巴巴地蹲在他对面,哭哭咧咧地跟他讨主意。

梁所长摆了摆手,意思是他正在想法子,让大狮子别打扰他。

大狮子像个识趣的孩子,站起来,远远地站在一棵树下,巴巴地望着他。

梁所长让他回家吃饭,大狮子不肯,因为回家不知该怎么交代。梁所长生气了,吼了一嗓子,他才怏怏地走了,像被驱逐的丧家犬。

大狮子没敢回家,给杜天河打了个电话,问走私算多大的罪,会不会判刑。

杜天河刚从即墨县回来,还不知道杜沧海出事了,就顺口说走私是重罪,判个十年八年的很轻松。

曾经进去过两年的大狮子深知,坐个十年八年的牢对杜沧海来说,意味着这辈子毁了。对杜家的打击更是毁灭性的,尤其是杜建成老两口,没文化,除了吃苦,这辈子并没见过多大的世面,活在窄窄的自己的世界里的人,把清誉看得比命还重,如果老杜家真出个坐牢的,杜建成肯定恨不能自己早死几年,落个一世清名,不沾杜沧海这桶祸水,以免无颜面见祖上先人。

大狮子越想越怕,天都黑透了,还在中山路上溜来溜去,不敢往家走。

中午没吃饭,又心急火燎地跟着梁所长跑了一下午,肚子早就饿得咕咕叫,他捂着肚子,坐在天真照相馆橱窗外的窗台上,仿佛又回到了刚从监狱出来那会儿的日子,回家,不招人待见,在外面又没人管饭,风一餐露一顿的,好生凄凉。

正难受着,听见有人喊他名字,抬头一看,是杜建成老两口。大狮子呆了呆,下意识地站起来就想跑,赵桂荣一把扯住了他,哭着说:"小杨,沧海是你喊走的,这到底是怎么回事?"

大狮子不敢撒谎,就把过程说了一遍。赵桂荣晃了几晃,就歪在了天真照相馆的墙上,要不是墙挡着,她非晕倒在地上不可。杜建成的脸,黑成了一张生锈的铁板,一字一顿地说:"他有今天,都是你惯的!"

赵桂荣就嘤嘤哭,说:"儿子又不是我一个人养出来的!"

大狮子小声说:"爸,都这时候了,咱自己家人就别相互埋怨了,赶紧回家想办法吧。"

杜建成背着手,在前面走。

他的背已经微驼了,干而瘦,但他干而瘦的背影,依然透着凛然不可侵犯的正气,边走边说:"叫你大哥、二哥到你家来!"

其实,大狮子打完电话没一会儿,杜天河就接到杜沧海被抓的消息了。

230

杜长江住在挪庄，下班回家路上就知道了消息。

弟兄两个一下班就往父母家跑，前后脚到的，却遇上铁将军把门，两人本想问问院里邻居。可看了一圈，觉得气氛微妙得很，大伙儿看他们的目光，像雨后的蜻蜓，起起落落的，透着谨慎的同情和询问，好像他们老杜家真做下了见不得人的事。

这也是杜建成叫他们去大狮子家商量的道理所在，他不想让挪庄人看见他们老杜家好日子过到头了的狼狈相。

晚上八点，大家都聚在大狮子家，七嘴八舌，泪眼婆娑，除了等，谁也拿不出一个有效方案。

赵桂荣问吴莎莎怎么没来。大狮子说不在家，听邻居说因为杜沧海的事，下班一进门就让大吴骂了，哭着跑出去了。

赵桂荣说："都这时候了，她能上哪儿？"

4

这天，吴莎莎本来挺高兴的，下班时路过工艺美术馆，看上一套水杯，售货员说水晶的，一共进了十套，让有头有脸的人抢了，就剩一套了。女人天生喜欢漂亮的杯子、盘子、碗，吴莎莎带的钱不够，就恳求售货员给留着，她明天带钱过来买。

路过海鸥照相器材馆时，听几个人说现在的彩色相机，拍出来的照片，你穿什么衣服拍出来就什么颜色，半点样都不走。吴莎莎也爱照相，就凑上去看了一眼，果然，照片上的人就像把真人缩小了几十个号，直接印到相纸上似的，就眼馋得很，想今天杜沧海就回来了，让他再去广东进货的时候留意着点，有这样的相机，捎一台回来，等婚礼上，想怎么拍就怎么拍，等有了孩子，可以随时随地给孩子拍照留念……

一路上，吴莎莎想的全是开心事，到了家，和往常一样跟在院子里忙活择菜洗衣服的大姨大婶们打招呼，但感觉到她们的眼神和往常不一样，也没往心里去，以为她不在家的时候，她爸又损人利己了。

吴莎莎穿过大家含混而躲闪的眼神,推门进了家,看见她的酒鬼父亲正拎着一瓶酒对着瓶嘴吹呢,就一把夺下来,说:"爸,你喝酒也不要紧,能不能别喝得这么赖?"说着,从碗橱里拿出一个杯子,给蹾在饭桌上,把瓶子也给重重地放那儿,瞪着大吴。

大吴也不示弱地回瞪了她一会儿,突然,拿起酒杯就扔地上甄了,说:"都什么时候了,你还有脸嫌我酒喝得难看?!"

吴莎莎边收拾着做饭边说:"不管什么时候,只要你喝白酒的时候对着瓶子吹,我就嫌你!"

"你男人进派出所了!"

自从吴莎莎和杜沧海确定了婚期,大吴在吴莎莎跟前说起杜沧海就不说他名字了,而是直接说你男人,在街坊邻居跟前说我女婿如何如何。

吴莎莎一愣,以为他喝醉了说胡话咒杜沧海呢,就生气了,说:"爸,就算沧海不待见你,可他也没把你怎么着吧,你这么咒他有意思吗?"

大吴说:"你娘!"

大吴骂人从来都是俩字:"你娘!"说完"你娘",大吴又说:"咒他有我什么好处?今天中午他一回来,就让派出所抓去了。"

大吴虽然醉醺醺的,但一脸的悲壮懊恼,看上去不像闹着玩,吴莎莎就问因为什么。大吴说:"听说犯了国法。"

吴莎莎说:"怎么可能?坑蒙拐骗偷,沧海沾哪样了?"

"走私!听说他卖的电子表全是走私的,大罪,没个十年八年出不来。"

吴莎莎脑袋里嗡的一声,扔下手里的菜就往杜沧海家跑,迎接她的是铁将军把门。

望着门上锈迹斑斑、几乎从不使用的门锁,吴莎莎就觉得脑子里轰隆隆地在过一辆怎么也过不完的火车。这么多年了,杜沧海家的门上,从来没上锁的时候。

可见,父亲说的,不是捕风捉影。

见吴莎莎来了,几个邻居出来七嘴八舌地说,其中一个小心地问:"莎莎啊,沧海家怎么藏了那么多钱?拉了整整一卡车呢。"

232

吴莎莎的眼泪,决了堤的洪水一样,滚滚下来了。

家都被抄了,杜沧海被抓,也肯定是真的了。她哭着,跌跌撞撞地往外走,恨不能去派出所把杜沧海换出来。也真去了,派出所已经下班了,只有一胖一瘦两个民警在值班,吴莎莎说她想见杜沧海。

瘦民警问她是杜沧海什么人。吴莎莎说未婚妻。胖民警问杜沧海走私的事她知不知道。吴莎莎说她亲眼所见,杜沧海就批发零售电子表,没见过他走私。胖民警就笑了,问她知不知道什么叫走私。吴莎莎摇摇头。瘦民警说杜沧海批发零售的电子表就是走私的!吴莎莎就傻了,说好好地卖电子表怎么就成走私了?

两个民警见和她掰扯不清楚,就说杜沧海的事犯得不小,让她赶紧另做打算,别蹚这浑水了。

吴莎莎就觉得被羞辱了,大难临头各自飞是什么狗屁爱情? 是她最不屑的,她岂能做自己最不齿的那种人,就斩钉截铁地说:"不管你们怎么说,我都相信杜沧海是好人。"

两个民警也没再和她争执,各自低头翻卷宗。

吴莎莎一个人,站在那里,既茫然,又悲伤。过了一会儿,自言自语似的说:"我会还杜沧海清白的。"就又对两个民警说:"请你们相信我,杜沧海是好人。"

两个民警谁也没抬头。吴莎莎转身走了,怅然地走在街上,看天看地看月亮,想她认识的人里,谁能帮得上忙把杜沧海从派出所弄出来,就想到了何晓萌,记得有人说过,她妈在派出所工作。

上学的时候,因为她是火车站西挪庄的,和家在火车站东的何晓萌并没多少交情,也就以同学的名义认识而已,可病急乱投医,为了杜沧海,她也顾不上那么多了,凭着记忆,找到了何晓萌家。

何晓萌高中毕业考上了师范,毕业后在一所中学当教师。吴莎莎敲开门,见开门的是一个五十岁左右的中年妇女,猜可能是何晓萌的妈妈,就扑通一声跪下了,说:"阿姨,我是何晓萌的同学,你帮帮我吧……"

做了大半辈子公安干警,何晓萌她妈见惯了这种场面,不慌不忙地回头,冲着里面喊:"何晓萌,你同学找你。"

连她的茬儿都没接。

正躺在床上看琼瑶小说的何晓萌闻声出来，见吴莎莎跪在她家门口，有点嫌恶，说："吴莎莎你有事说事，进门就跪你这算什么？好像我们家多霸道似的。"

吴莎莎就哭着说："晓萌，我知道我不该来打扰你们，可我真的是没办法了才来找你的。"

何晓萌拽着她胳膊上的衣服，像拽着一只脏乎乎的什么小动物似的扯她起来："起来说。"

吴莎莎怕把何晓萌家人跪烦了，忙起来了，哭着把杜沧海被抓的事说了。显然，何晓萌的妈妈对市里这次集中打击走私犯罪行动很了解，但她不想揽事，主要是这次打击走私犯罪，是上面组织的，她不过是一派出所的户籍警而已，插不上手，也照实说了，让吴莎莎找其他人想办法。

除了眼泪唰唰地流，吴莎莎上哪儿去想办法？何晓萌看不下去，就说："要不，你去找孙高第试试，他姐夫是市刑警队的。"

杜沧海和孙高第的恩怨，何晓萌也知道，但她能指给吴莎莎的路，这也是唯一的一条路了。

虽然知道孙高第未必肯帮杜沧海的忙，但吴莎莎还是千恩万谢，去孙高第家的路上，她已经做好了豁出去了的打算，只要能把杜沧海救出来。

她有直觉，孙高第会帮她，是的，无论如何她也得求孙高第帮帮杜沧海。

吴莎莎抱定了死也不能让杜沧海坐牢的决心，一路找到孙高第家。

孙高第正在家看黄色录像，听见有人敲门，就恼恼地，匆忙把录像机关了，把录像带拿出来藏好，才去开门。见外面站着的是吴莎莎，很意外，也很高兴，说真没想到。又拍了自己脑门儿几下，自言自语说不是做梦吧？

吴莎莎不想见孙高第的父母，说："我找你有点事，别吵着你父母，外面说吧。"

孙高第说："吵个屁，我爸出差了，我姥姥生病，我妈都好几天没回来了。"说着，把吴莎莎让了进来。

吴莎莎站在他家客厅中央，看着古香古色的钢琴，宽敞的沙发，转身冲一脸纳闷地看着她的孙高第笑了笑，说："没想到我会来找你吧？"

孙高第嗯了一声，问她喝咖啡还是喝果汁。

吴莎莎就说什么都行。

孙高第给她冲了一杯速溶咖啡，吴莎莎没心思喝，可孙高第非让她尝尝，说雀巢牌的，进口货，可紧俏了。为了让孙高第高兴，吴莎莎抿了一口，苦苦的。孙高第殷切地看着她，说香吧。

吴莎莎说苦。孙高第让她再喝一口，说乍一喝苦，但回味是香的。她满脑子是怎么把杜沧海捞出来，哪儿有心思喝咖啡？可孙高第殷勤地凑过来，端起杯子，一定要她再尝一口，吴莎莎接过来，又喝了一口，孙高第问："怎么样？喝咖啡会上瘾的。"

吴莎莎低着头，急得泪都要滚出来了，说："孙高第，我今天是来求你的。"

孙高第一愣，龇牙咧嘴说："咱俩说什么求不求的，有事直接说，只要我能帮上忙，头拱地给你办。"

吴莎莎哽咽了一下："听说你姐夫是市刑警队的，你能不能求他帮帮沧海？"

孙高第愣愣地看着她，问："杜沧海怎么了？"

吴莎莎就把杜沧海被派出所带走的事说了，说："电子表也不是杜沧海自己去日本走私进来的，他就是批发了拿回青岛来卖，他没有罪。"

孙高第说："他有没有罪不是我们说了能算的，这要看公安机关怎么处理。"

吴莎莎看着他掉泪。

孙高第拍着自己的头顶笑，说："这要别人嘛，说不准我还真能帮他一把，可你说就杜沧海这小子，废了老子一个蛋，夺了我的梦中情人，我凭什么帮他？"

吴莎莎定定地看着他，说："就凭我来求你，就凭你说我是你的梦中情人。"

吴莎莎瞥了一眼茶几上的电话机，问："你姐家有电话吗？"

孙高第说："有。"

吴莎莎就拿起电话，递给孙高第："你给他打个电话。"

孙高第接过话筒，说："然后呢？"

"你说了算。"

孙高第爽快地说："成，我打完这电话，你陪我看一盘录像带。"

孙高第答应得这么痛快，吴莎莎还挺高兴的，觉得孙高第也不像外面传说的那么下流嘛，连想也没多想一点儿，就答应了，说："可以。"

孙高第就拨了几个号码，等电话通了，跟他姐夫把杜沧海的事说了一遍，让他尽量帮忙，能大事化小就大事化小，能小事化了就小事化了，然后嗯嗯了几声，说好，等他姐夫消息。挂上电话，搓搓手说，打击走私犯罪是全国行动，比较难办，好在他姐夫答应了帮忙。

吴莎莎没想到事情这么顺，不由得，有点惭愧，觉得自己以前把孙高第想得太坏了，就说："你不是说让我陪你看一盘录像带吗？"

孙高第说："真看？"

吴莎莎说："真看。"

孙高第就起身回了卧室，把录像带塞进录像机，看着吴莎莎说："你答应过我的，必须陪我看完。"

吴莎莎点点头。孙高第就按下了播放键。

吴莎莎看着电视屏幕上的画面，就傻了。是毛片，两个赤身裸体的男人正在对一个同样是赤身裸体的女人上下其手，各种动作不堪入目，她噌地站起来，厉声说："孙高第！"

孙高第忙拉着她的手，说："这可是你答应过我的。"

吴莎莎几乎要哭了："我没说看黄色录像带。"

孙高第生硬地拽着她坐下来："我也没说不是黄色录像带。"

吴莎莎想走，可又怕走了，孙高第就不帮杜沧海了，只好心乱如麻地在一片淫乱的叫声中缩在沙发的角落里闭着眼。过了一会儿，感觉一只手轻轻拢到她胸上。她睁开眼，看见孙高第的脑袋几乎要埋在自己胸前了，就大叫了一声："孙高第！你干什么？"

孙高第看录像已经看得心醉神迷，说："莎莎，我给你两个选择：一、我求我姐夫，必须帮杜沧海，但是，你得和我好；二、我不帮杜沧海，你现在就可以走了。"

吴莎莎怔怔地看着他，看着看着，眼泪就滚了下来，她哽咽得佝偻着身子，不说话。

孙高第让她哭得很懊恼，耐着性子点了支烟，以为她哭一会儿就好了，可吴莎莎越哭越凶，就有点恼了，狠狠地掐灭了烟，说："行不行？给句痛快话。"

吴莎莎哽哽咽咽地说:"你发誓。"

孙高第说:"我发誓,我一定对你好。"

吴莎莎纠正他说:"你发誓你姐夫一定帮忙把杜沧海弄出来!"

孙高第说:"我保证,不把杜沧海弄出来我是小狗。"

吴莎莎瞪着一双泪眼说:"死全家。"

孙高第就恼了,说:"吴莎莎,你也太狠点了吧?"

吴莎莎说:"我信不过你。"

如果这句话是丁胜男说的,孙高第会觉得无所谓,她爱信得过信不过,关他鸟事? 大不了骂回去就是了,可吴莎莎说,他受不了。这就像生活中的我们,随便一个陌生人骂我们几句,我们最多是加倍诅咒地骂回去;可如果是我们喜欢的、在意的人骂了我们,我们的心脏会痛。因为在喜欢和在意的人面前,我们是没有戒备的,喜欢和在意让我们在面对这些人时不曾佩戴过半寸盔甲,每一个恶意的眼神,每一句恶毒的语言,都是足以把我们捅伤倒地的武器,爱和喜欢,意味着遍体软肋。

在吴莎莎面前,孙高第特别想做人们传说中的那种言而有信、有骨气也有自尊的人,所以,尽管看黄片看得欲火中烧,他还是一脸凛然正气的模样,站了起来,说:"吴莎莎你要这么说的话,还是走吧。"

吴莎莎愣愣地看着他,犹豫了一会儿,站了起来,孙高第有点难过,说:"吴莎莎,我没想到在你眼里我那么差劲。"

说这话的孙高第黯然得很,刹那间让吴莎莎有些恍惚,觉得自己太恶毒,以至于伤害了孙高第的自尊,就说:"我和杜沧海都要结婚了,我要这样了,觉得自己不是人。"

孙高第就默默给她拉开了门。吴莎莎走到门口,站了一会儿,突然又转过身,一把搂过孙高第的脖子,就吻了上去,孙高第两手微微朝外张开着,好像有点无措,然后慢慢地合拢,搂住了她的腰。

是的,她宁肯和她讨厌的孙高第好,也不能让杜沧海去坐牢,所以,孙高第解开她衣服的时候,她没反抗。

她像砧板上的鱼一样,被孙高第脱得光光的,他一边看录像一边仔细地研究她身体的每一个部位,亲吻她,从头到脚,感叹她雪白细腻的皮肤,然后在一阵剧痛中入侵了她的身体深处。

后来,孙高第又要了她一次,抱到床上去要的,压在她身上问是不是觉得他很无耻。

吴莎莎闭着眼睛,没说话,觉得自己像个妓女。孙高第的床技很好,很懂前戏,他摸她亲她舔她,这要是丁胜男,早就尖叫成叫春的猫了,可吴莎莎不,像一条被一棍子砸昏过去的鱼,湿漉漉地躺在那儿,一动不动,整个过程,她就睁了两次眼,看的全是天花板,孙高第觉得这眼神很熟悉,就拼命想在哪里见过,在医院!他陪丁胜男去打胎的时候,丁胜男躺在妇科手术台上,就这眼神看着手术室的天花板,眼里充满了幽怨的恐惧。

也是很久以后,吴莎莎才知道,当女人不爱男人时,他有再好的床技和性能力,都是没用的。性,对于女人来说,永远都是情感先行。尤其是在崇尚爱情的女人那儿,哪怕是她同意的,没有爱的性,对她来说,都是被迫承受的犯罪,除了憎恶,毫无快感可言。

十一点的时候,吴莎莎说该回家了,孙高第不舍得她走,躺在床上,搂着她的腰耍赖。吴莎莎心里想着杜沧海,千头万绪的难过在胸口乱撞,就问他姐夫这个人怎么样。

孙高第说很靠谱,不能办的事,从来不忽悠,能办的事也不会事先说大话,都是悄悄把事办妥了,才会说。

吴莎莎说因为以前闹的那些事,他姐夫应该也知道杜沧海和他的关系,能真心帮这忙吗?

孙高第愣了一下,光着身子跑到客厅,又拨电话。吴莎莎就听他在客厅说因为当年的事,把杜沧海折腾得不轻,也是因为这,他才去做买卖还债没考大学的,所以,他总觉得欠他一人情,让姐夫一定要想办法帮他。

听他在客厅里情真意切地说着,吴莎莎突然有点感动,觉得孙高第也是个有良知的人。所以,当他邀功似的说又跟姐夫强调了一遍必须帮杜沧海的重要性,央求吴莎莎别走,吴莎莎没有再坚持。

那一夜,他们几乎没怎么睡,一直在说话,精力旺盛的孙高第在凌晨的时候,又要了她一次,吴莎莎疼得厉害,好像昨晚没愈合好的伤口又被撕开了一次,孙高第挺心疼她,见她疼得脸色都白了,就停下来去了卫生间。回来,见吴莎莎盯着他看,不明白他为什么去了这么久,他就笑笑,说对男人来说,没有什么是比做爱做到一半就停下来更难受的了,他去厕所自己摸出来了。

尚不谙熟男女之道的吴莎莎,就觉得男人真莫名其妙。

后来,他们说起了丁胜男。孙高第说他一点儿也不喜欢丁胜男,他们俩做爱,也不是他主动的,是丁胜男觉得,只要和他睡了,他就会喜欢她,和她结婚,所以……吴莎莎说:"你这是对她不负责任。"

孙高第就说:"那你今天来找我的时候,想过为我负责吗?"

吴莎莎一下子哑然了。

孙高第叹了口气,说其实丁胜男也挺可怜,她为了他,什么都可以去做,可是他却什么都不愿意为她做,因为不爱她,他找不到为她做事的动力,但吴莎莎不一样,他喜欢她。然后,沉默了很长时间,突然看着吴莎莎说:"莎莎,你看我多可怜,你和我睡,是为了杜沧海,可我是真心喜欢你,我喜欢的女人和我做爱,竟然是为了救另外一个她喜欢的男人。真他妈的讽刺。"

说着,他扇了自己几个耳光。吴莎莎突然也觉得自己很差劲,忙一把攥住了他的手说:"孙高第,你别这样。"

孙高第就怔怔地看着她,说:"如果杜沧海没事,你还会和他好吗?"

吴莎莎怔怔地看着他,心乱如麻,眼泪唰地就滚了下来。孙高第慢慢地说:"莎莎,你说得很对,有时候,我确实很无耻。"

吴莎莎只是哭。

孙高第又慢慢地说:"如果你还和他好,我会去告诉他的,我把你睡了,一夜睡了三次。"

吴莎莎大哭,说:"孙高第,你卑鄙,你无耻!"

孙高第拿起她的手,捂在自己脸上,深情地看着她:"为了你,我卑鄙无耻一点儿,也没什么。"

过了一会儿,又说:"得不到你,做君子有什么好?"

那天,吴莎莎答应了孙高第,只要他姐夫能帮忙把杜沧海捞出来,那么,她就和杜沧海一刀两断，和他在一起。

孙高第怕吴莎莎反悔，想早点把一切都坐实，第二天下班就拎着两瓶酒去了吴莎莎家，把酒往桌上一蹾，跟冷眼看着他的大吴说："叔，以后想喝什么酒跟我说，我给你搞。"

大吴冷冷地说："我想喝茅台、五粮液，你有吗？"

孙高第拍着胸脯说："成，等我和莎莎结婚的时候，茅台我管您管个够。"

大吴说："你梦游是吧？"

孙高第就站起来张望了一眼院子，说："莎莎该下班了吧？"

话音刚落，吴莎莎就回来了，见孙高第在，就很不自在，说："你来了啊？"又问大吴今晚想吃什么，大吴扫了孙高第一眼，说："吃屎！"

吴莎莎就冲孙高第使了个眼色，示意他走。孙高第说："既然咱俩的事定了，早晚都得跟咱爸说，你就……"

孙高第话音未落，大吴就从桌子上拎起两瓶酒扔到了门外，喝道："谁是你爸？什么玩意儿?！给我滚远远的。"

孙高第也不气，反倒坐下了，说："爸，从昨天晚上开始，莎莎就是我的人了，和隔壁杜沧海没关系了，至于我这女婿，您是想认也得认，不想认还得认。"

大吴虽然无赖，游手好闲，但也喜欢听人讲点古，吃饱喝足之后，对豪侠仗义还是有几分推崇的，这杜沧海前脚才进去，后脚吴莎莎就跟孙高第好上了，让他自觉羞惭，觉得吴莎莎也太不讲究了，让他以后怎么在街坊邻居跟前抬头？越想越觉得窝心，就从锅台上抄起菜刀，问吴莎莎："你给我老实说，昨晚去哪儿了？"

吴莎莎低着头没说话。

大吴知道，这就是默认了，一把抓起吴莎莎的包，扔到院子里，悲愤道："吴莎莎，你他妈的还是个人哪？你真是你奶奶的好孙女啊，你……旧社会你奶奶是个卖的都比你讲究！你给我滚！"说着，猛地就把吴莎莎推了出去，又转身，拎起孙高第，也扔也似的推出去，关上了门，大喊让他们滚。

240